Accidentelle

Titre original : *The Accidentals*
Première publication par Tuxbury Publishing LLC.

Collection New Way dirigée par Dorothy Aubert
Ouvrage dirigé par Dorothy Aubert
Design de couverture par Laetitia Kalafat

Pour la présente édition :

34-36, rue La Pérouse
75116 - Paris
www.hugoetcie.fr

ISBN : 9782755644128
Dépôt légal : octobre 2019
Imprimé en France par CPI Brodard et Taupin
N° d'impression : 3033828

SARINA BOWEN

Accidentelle

Traduit de l'anglais (États-Unis)
par Pauline Vidal

Hugo New Way

OUVERTURE

OUVERTURE : *Premier mouvement d'une composition musicale comme un opéra ou un ballet. Traditionnellement, l'ouverture est composée de thèmes et de motifs qui seront ensuite développés dans le courant de l'œuvre.*

Chapitre 1

J'étais en CE2 lorsque j'ai découvert que l'homme qui chantait « Wild City » à la radio était celui qui envoyait tous les mois un chèque à ma mère. Il y avait pourtant une petite différence sur les noms : les chèques annonçaient un Frederick Richards, alors que les DJ parlaient de Freddy Ricks.

Mais j'avais déjà une oreille bien développée. Ma mère poussait exactement le même soupir lorsqu'elle ouvrait ses enveloppes que quand elle éteignait la radio.

J'avais beau la supplier, elle refusait de parler de lui.

– C'est un inconnu, Rachel. Ne te préoccupe pas de lui.

Sauf qu'il était sur toutes les lèvres. Freddy Ricks a été nommé pour un Grammy quand j'avais dix ans et son deuxième album est resté pendant des mois en tête du hit-parade. En grandissant, j'ai entendu ses chansons dans des pubs pour voitures de luxe ou en faisant la queue à la pharmacie. J'ai lu des interviews de lui dans *People* et *Rolling Stone*.

J'ai appris par cœur sa page Wikipédia. Mon nom n'y était pas cité, pas plus que celui de ma mère.

Ce qui ne diminuait en rien mon intérêt. J'achetais ses disques avec l'argent gagné en faisant du baby-sitting et je conservais chaque article trouvé dans les magazines. J'étais une fan enragée et intraitable.

Chaque fois qu'on se disputait avec maman, j'accrochais une nouvelle photo de lui sur le mur de ma chambre. Ou alors je mettais mes écouteurs, afin de mieux ignorer la mère avec qui je vivais, pour écouter le père que je n'avais jamais rencontré.

Elle m'exaspérait avec ses silences, alors qu'aujourd'hui je serais prête à tout pour revoir une dernière fois son visage.

Prête à tout.

Seulement, je n'aurai plus jamais la chance d'entendre sa voix. Et ce type qui ne s'est pas manifesté depuis près de dix-huit ans ? Apparemment, il m'attend au bureau des services sociaux.

Je commence à angoisser lorsque le van se gare devant l'établissement. J'en ai presque les mains trop moites pour détacher ma ceinture. Après les avoir essuyées sur ma jupe en jean, j'essaie de saisir la poignée poisseuse de la portière.

Chaque fois que je monte dans ce véhicule délabré, sans doute le même qui va à la rescousse des jeunes tombés dans des labos de meth, ou toute autre mission d'assistance sociale, je me dis : *ma vie n'est pas là.*

C'est horrible de vivre dans un foyer d'accueil, pourtant, ce n'est rien à côté de la déclaration du cancérologue de maman m'annonçant que, malgré les bienfaits de sa chimiothérapie, elle avait contracté une infection mortelle.

Rien ne sera jamais plus pareil.

– Je repasse vous prendre dans une demi-heure, m'annonce le chauffeur alors que je m'enfonce dans la moiteur d'Orlando.

– Merci.

Ces temps-ci, je suis incapable d'aligner plus d'un mot à la fois.

Un goût de bile m'emplit la bouche tandis que je regarde le van s'éloigner. J'ai encore le choix. Bien que l'État de

Californie ait récemment pris quelques décisions à mon sujet – pas toujours des plus agréables –, je suis certaine que la loi ne peut me forcer à entrer dans ce bâtiment.

Rien ne m'oblige à rencontrer l'homme qui m'a abandonnée avant ma naissance. Je reste plantée sur le trottoir brûlant, à essayer de réfléchir.

Plus de mille fois je me suis imaginée face à Frederick Richards, mais jamais sous les néons du Département des services sociaux pour l'enfance et les familles de Floride.

J'étudie autour de moi les différentes possibilités qui me sont offertes. Le parking adjacent appartient à un centre commercial, où on trouve un bar à jus de fruits, un magasin de jeux vidéo et un salon de manucure. Au lieu de rejoindre mon père, je pourrais me faire vernir les ongles tout en dégustant un milk-shake. Si seulement j'étais plus courageuse... *Prends ça, Frederick Richards !* Ma vie peut continuer sans lui. Dans un mois, j'aurai dix-huit ans. Là, mon cauchemar avec les services sociaux se terminera, de toute façon.

Il n'a qu'à rester là, dans le cabinet d'Hannah, à consulter sa montre toutes les deux minutes, pendant que je me régalerai de l'autre côté de la rue.

À vrai dire, je n'aime pas trop les milk-shakes. Trop épais.

Tandis que je me balade mentalement dans cette ville de fous, le soleil de Floride me tape sur la tête. Une goutte de sueur me coule dans le dos. D'un seul coup, j'aperçois un homme au volant d'une berline noire en train de me dévisager. Un éclair me parcourt la poitrine, mais je me rends vite compte qu'il ne peut s'agir de Frederick Richards. Il est typé hispanique, avec les cheveux poivre et sel.

Je fronce les sourcils.

Il me décoche un large sourire.

Abruti. Je me détourne pour ouvrir la porte du cabinet de l'assistante sociale. Une bouffée d'air frais me saisit, mais c'est à peu près tout ce qu'il y a d'accueillant dans cette pièce. Le reste semble gris, y compris les meubles bon marché et les murs crasseux qui auraient déjà dû être repeints avant ma naissance.

– Bonjour, Rachel ! lance la réceptionniste ridée. Asseyez-vous, Hannah va vous recevoir dès que possible.

Je jette un coup d'œil vers la porte. *Et s'il était vraiment là ?* J'ai soudain la bouche sèche. Une nouvelle nausée me prend alors que je m'installe dans le fauteuil cabossé.

Machinalement, je sors de ma poche mon iPod au métal froid entre mes doigts humides. La musique a toujours été ma drogue préférée. Dans la paume de la main, je tiens le monde policé, organisé en playlists de ma création. Des milliers d'exemples de perfection préenregistrée, prêts à jouer au contact de mon pouce.

« Tu as gâché des mois entiers de ta vie à penser à lui, se plaignait souvent ma mère en fixant ses yeux laser sur mon tas de CD. Alors qu'il n'a pas passé plus de cinq minutes à se préoccuper de nous, je peux te le garantir. »

Je fourre l'iPod dans mon sac à dos et en tire la fermeture. Maman avait raison sur tout. Et ça fait mal de songer que je n'ai jamais saisi l'occasion de m'excuser. Tout fait mal, tout le temps. À présent, je suis Rachel en Colère. C'est à peine si je me reconnais. Même là, au milieu de ce petit bureau minable, j'ai envie de tout casser.

Lorsque la porte s'ouvre près de moi, je sursaute tel un de ces chatons farouches qu'on voit un peu trop sur YouTube. C'est là que j'aperçois les yeux noisette d'Hannah posés sur moi. L'air inquiet, elle s'avance, fermant la porte derrière elle.

– Rachel, murmure-t-elle. Vous désirez vraiment rencontrer Frederick Richards ?

Oui ?

Non.

Parfois.

Mince.

Je me lève, les genoux cotonneux. Hannah rouvre la porte et il nous suffit de trois pas pour entrer dans son cabinet.

Oui, il est bien là, après tout ce temps, assis dans un horrible fauteuil aux bras métalliques. Je le reconnaîtrais entre mille, avec ce visage qu'on voit sur tant de couvertures d'albums et dans la presse people. Avec ses vidéos, je me le représente sans mal chantant sur scène à Los Angeles aussi bien qu'à Rome. Je sais de quoi il a l'air quand il se balade dans les rues de La Nouvelle-Orléans ou quand il prend le train à New York. N'importe quelle fille peut ainsi le suivre grâce à Instagram.

Et je sais maintenant à quoi il ressemble lorsqu'il voit apparaître un fantôme.

Il retient son souffle tandis que j'entre dans la pièce. Un court instant, ça me donne l'avantage. J'ai pu l'étudier depuis des années tandis que, pour lui, mon visage représente une totale surprise. Peut-être y devine-t-il ma mère ? J'ai hérité de ses cheveux blond cendré et de ses yeux marron.

À moins qu'il ne garde aucun souvenir d'elle.

Finalement, il se lève. Il est grand. Je n'en reviens pas qu'il emplisse ainsi le petit cabinet d'Hannah. Apparemment, les vidéoclips ne capturent pas vraiment les proportions.

Je reste plantée sur place, la bouche sèche. Il ne sait comment réagir lui non plus. Jusqu'à ce qu'il saisisse ma main moite dans sa paume glacée.

– Désolé pour ta mère. Désolé...

Il s'éclaircit la gorge, puis :

– En fait, je suis désolé pour bien des choses. Mais ce que je regrette le plus, c'est que tu aies perdu ta maman.

Incapable de répondre, je contemple ses longs doigts. Voilà une semaine que j'entends ce genre de phrase et j'arrive, d'habitude, à balbutier un « merci. » Mais pas cette fois.

– Rachel, lance Hannah derrière son bureau. Si vous veniez vous asseoir ?

Sa voix me fait l'effet d'une douche froide. Relâchant la main de M. Frederick Richards, je me glisse docilement sur un siège, tandis qu'il regagne le sien.

– Cette situation n'a rien d'ordinaire, reprend-elle d'un ton docte.

On ne se quitte pas des yeux. Il a des ridules autour des paupières et de la bouche. D'après Wikipédia, son quarantième anniversaire vient de passer. Depuis dix ans que je le suis, il a pris de l'âge mais reste un très bel homme. Ma mère était tombée sous son charme. Tombée, comme elle disait...

– Rachel, Monsieur Richards voudrait vous aider. Seulement il n'a aucun droit sur vous. Sa signature ne se trouve pas sur votre certificat de naissance, ce qui ne fait que compliquer les choses. Ainsi, il a accepté de passer un test ADN, avant d'engager un avocat pour le tribunal des affaires familiales. Mais le système est un peu lent. Il ne pourra vraisemblablement pas être désigné comme votre tuteur légal avant vos dix-huit ans, le mois prochain.

Là, il faut que je réponde quelque chose.

– D'accord...

Qu'est-ce que ça signifie, alors ? Qu'il va s'en aller ?

– Pardon, intervient-il, pourrions-nous discuter, Rachel et moi ?

– Vous voulez dire en tête à tête ?

– C'est cela, répond-il du ton courtois des gens habitués à être écoutés.

– Aujourd'hui ? Non, répond Hannah. Il s'agit là d'une visite supervisée entre un enfant à la garde de l'État et un inconnu. Je suis certaine que c'est très difficile pour vous, Monsieur Richards, et que vous vous passeriez bien d'oreilles indiscrètes. Mais ce cabinet héberge chaque année des centaines de conversations compliquées. Je peux vous promettre que vous vous en remettrez.

Hannah n'est pas du genre à mâcher ses mots. En peu de temps, elle m'a arrosée de mauvaises nouvelles, sans jamais chercher à les édulcorer.

À commencer par le fait que j'allais devoir déménager dans un foyer d'accueil.

« Ce n'est pas le Ritz, a-t-elle reconnu. Mais c'est tenu par de braves gens et si quelque chose vous semble désagréable, n'hésitez pas à m'appeler aussitôt. »

M. Frederick Richards pousse un soupir. Ses mains fines me rappellent que sur presque toutes ses photos il tient une guitare.

– Puisque vous êtes venu jusqu'en Floride offrir votre aide à Rachel, reprend Hannah, si vous nous disiez ce que vous avez derrière la tête ? J'ai cru comprendre que, jusqu'à maintenant, votre proposition était plutôt d'ordre financier.

– En effet, reconnaît-il, les doigts sur les lèvres. J'ai toujours... Enfin, jusque-là, je pensais qu'il me suffirait d'offrir un soutien financier.

Il se tourne vers moi :

– Je ne savais pas que ta mère était malade. Personne ne me l'avait dit.

De nouveau, je ne sais quoi répondre. Mon père va finir par croire que sa fille est muette.

– Donc... reprend-il à l'adresse d'Hannah, vous avez dit que Rachel allait passer la prochaine année scolaire en internat. Il me semble qu'elle aurait besoin d'un domicile après avoir atteint ses dix-huit ans.

– Techniquement, elle aura passé l'âge en août. Néanmoins, elle pourra sans doute garder sa place dans le foyer d'accueil jusqu'à son départ pour l'université.

Je ferme les yeux, la gorge nouée à l'idée de rester là-bas une seule minute de plus. En relevant les paupières, je constate qu'il me regarde. Il se tourne dans son petit fauteuil pour me faire face :

– Rachel, je voudrais t'aider. Au début, j'avais l'intention de t'emmener.

Il s'accompagne d'un geste trop vague pour que je comprenne à quoi il fait allusion.

– Mais, poursuit-il, si ce n'est pas possible, je m'assurerai que tu sois bien traitée.

– D'accord... dis-je dans un murmure.

Il se retourne vers Hannah :

– Il doit bien exister un moyen qui me permette de la voir. Elle n'est pas prisonnière de l'État.

– Eh bien, répond Hannah en tapotant son bureau, cela dépendra de Rachel. Elle suit des cours d'été et ne peut pas sortir tard le soir. Si elle désire passer du temps avec vous, c'est à elle de le décider. Je n'ai pas le droit de vous communiquer ses coordonnées, en revanche, je peux lui donner votre numéro de téléphone.

– Allez-y, lâche-t-il en me regardant.

Mon cœur bat la chamade.

– Université de Pine Bluff, dis-je d'un seul coup. Normalement, je termine à quatorze heures trente.

J'interroge Hannah du regard pour vérifier si elle ne désapprouve pas, mais elle semble sereine, alors j'ajoute :

– Je dois être rentrée pour dix-neuf heures trente.

– Très bien, dit-il en sortant un carnet et un stylo de sa poche.

J'ai l'impression de voir ses mains trembler tandis qu'il écrit sur la couverture.

Hannah jette un coup d'œil sur la pendule :

– Nous avons encore quelques minutes. Je pourrais faire deux copies des documents apportés par Monsieur Richards. Voulez-vous que j'y aille maintenant, Rachel ? Sinon, je peux attendre.

– Non, allez-y.

Elle se lève, sort et bloque la porte ouverte avec une cale en caoutchouc.

Frederick se rassied sur son siège, la tête adossée au mur.

– Je sais que... commence-t-il. Bon, je ne m'attends pas à ce que tu comprennes. Mais je tiens à te dire combien je suis heureux de te voir.

Préférant ne pas répondre, je me contente de hocher la tête. Toute ma vie, j'ai rêvé d'entendre ces paroles. Pourtant, je serais prête à y renoncer pour effacer le mois dernier.

– Si tu es d'accord, je t'attendrai demain à la sortie des cours à quatorze heures trente.

– D'accord, dis-je en m'humectant les lèvres. J'aurai plein de devoirs à faire.

Qu'est-ce qui me prend d'ajouter un détail aussi bête ? Comme si les devoirs comptaient en ce moment précis.

– Je resterai le temps que tu voudras, reprend-il.

Durant le silence qui s'ensuit, Hannah refait son apparition.

– L'un d'entre vous a-t-il des questions ?

– Je voudrais juste que tu m'appelles si je peux faire quelque chose, insiste-t-il. Tu as mon numéro, je suis au Carlton.

C'est là que Ray, le conducteur du van, frappe à la porte.

– Rachel, êtes-vous prête ?

Je me lève, prête à m'éclipser.

– Rachel ? lance la voix douce d'Hannah. Je vous ai laissé trois messages aujourd'hui. Il faudrait confirmer notre prochain rendez-vous.

– Mon téléphone ne marche plus. J'ai dû, euh...

Je ne veux pas avouer que mon abonnement a été coupé. Ma mère a passé des semaines à l'hôpital avant de mourir. Certaines factures n'ont pas été réglées. Ce n'est qu'un problème mineur parmi ceux que je rencontre en ce moment, mais je me sens plutôt embarrassée.

– Oh ! reprend Hannah pleine de compassion. Dans ce cas, je peux vous envoyer un mail ?

Je fais oui de la tête.

– Prenez ceci.

Elle me tend une carte où apparaît le nom de Freddy Ricks, avec son numéro personnel et son adresse mail.

Dans un dernier regard, je m'assure qu'il se trouve bien là, que je ne rêve pas, et je le sens tout ému.

– Au revoir, murmure-t-il.

Et puis, celui que *Rolling Stone* décrit comme « l'éloquence qui invite à la danse » serre les lèvres avant de détourner la tête, en direction du mur.

Par cette nuit moite, typique de la Floride en juillet, je m'avise qu'une insupportable chaleur va encore régner au moins trois mois à Orlando. Le temps que ça se rafraîchisse un peu, je serai loin, très loin de là.

Assise sur l'édredon rugueux, j'essaie de faire mes exercices de maths. Sur le lit voisin, ma camarade Evie disparaît derrière ses trop longues boucles et son monstrueux casque. La musique qui en sort en braillant est tellement insupportable que je me demande comment elle n'en devient pas sourde. Voilà quatre ans qu'elle vit dans le foyer de Parson.

Ça lui est peut-être égal de ne rien entendre.

Ce sera ma septième nuit ici. Entre ces murs, la réalité semble se faufiler, se transformer. J'ai regardé ma mère mourir. Et, bien que j'aie vu son cercueil s'enfoncer dans la tombe, je continue à guetter le moment où elle va passer la porte en disant :

« Rachel, prends tes affaires, on s'en va. Et d'abord, pourquoi est-ce que tu n'as pas encore passé tes examens ? »

Je tourne une autre page de mon livre de maths. L'école préparatoire de Clairborne – où j'entre l'année prochaine – n'acceptera pas un bulletin incomplet. J'ai sauté tous les partiels la semaine où maman est morte. Mon lycée m'offre l'occasion de les repasser durant la session d'été, et je me retrouve là, bloquée dans cette chambre avec mes révisions et un bon vertige. J'essaie une fois de plus de résoudre l'équation de cette page, et c'est là que j'entends le klaxon d'une voiture.

Je lâche tout pour me précipiter vers la porte. L'escalier est tapissé d'une moquette brune inapte à masquer la poussière des milliers de pieds qui l'ont piétinée depuis des dizaines d'années.

Dehors, à l'angle de la rue, attend un tacot bleu que je reconnais. En sort Haze qui claque la portière derrière lui. Je m'assieds sur le perron crasseux et il prend place près de moi, enveloppe ses genoux entre ses bras tatoués, pose le menton sur ses biceps.

– Bonsoir, dit-il.

– Salut.

– Tu ne m'as pas appelé. J'ai attendu, je voulais savoir comment ça s'était passé.

– Mon téléphone ne marchait plus.

Et quand bien même, je n'aurais pas su quoi dire.

– Tu l'as bien aimé ? demande-t-il avec un regard en coin.

Je hausse les épaules. *Je l'ai toujours bien aimé.*

– C'était trop dur. On mourait de peur tous les deux.

– Pas besoin d'avoir peur, sauf de moi.

– Haze !

On est amis depuis le CE1, quand j'ai pincé Adam Lewis dans le dos pour qu'il laisse Haze tranquille. Depuis, il m'est resté fidèle, bien qu'il n'ait plus besoin de ma protection. Aucun Adam Lewis au monde ne tiendrait plus à en découdre avec la version Haze de dix-neuf ans.

Désormais, c'est moi qui ai besoin de protection. Ces derniers temps, il me rejoignait à l'hôpital et, lorsque je tenais la main de ma mère, il prenait la mienne ; ensemble, on regardait son corps s'enfoncer dans la maladie, avec chaque jour plus de tubes et, sur la fin, un ventilateur chuintant. Durant ces trois semaines de calvaire, il m'emmenait et me raccompagnait quotidiennement. À la fin, lorsque j'étais trop fatiguée pour rester seule, il a dormi sur mon canapé, quitte à sécher le lycée.

Maintenant, si lui aussi doit se rattraper avec les cours d'été, c'est un peu ma faute.

Avant l'enterrement, alors que je restais complètement anéantie dans sa voiture, il m'a prise dans ses bras et embrassée pour la première fois. Et, à présent, flotte entre nous, sur ce perron crasseux, cette chose inavouée qui a tout changé. Haze n'a jamais hésité à me passer un bras sur l'épaule ou à me tapoter dans le dos, sauf que, maintenant, je sens monter en lui une sorte de chaleur dès que je m'approche.

À cet instant, ses doigts se posent sur mon genou dénudé. Et je ne sais vraiment pas comment il faut l'interpréter.

– Je ne vois pas en quoi ton père croit pouvoir t'aider, maugrée-t-il. Il n'a jamais que dix-sept ans de retard.

Je sais ! approuve en moi la Rachel en Colère. Bien sûr que j'en veux à Frederick. Pourtant, Haze ne devrait pas m'obliger à justifier ma décision de le rencontrer.

Ses doigts caressent doucement mon genou. Il y a de l'amour dans ce geste, chose que j'apprécie amèrement. Mais il y a également de l'espoir. Alors, je lui étreins la main, histoire de l'écarter un peu, tout en changeant carrément de sujet :

– Tu as des nouvelles de Mickey Mouse ?

Il a posé sa candidature dans tous les parcs à thème du coin, dans l'espoir d'être engagé dès qu'on aura enfin notre diplôme.

– Pas encore. Je me demandais... quel est le pire job dans ce genre d'endroit ?

– Tu crois que Mickey doit porter une couche ? Et Dingo ?

Un léger sourire lui étire les lèvres.

– Tu savais que les employés avaient un code pour toutes ces conneries ? Par exemple « Code V » pour vomi. Ils le nettoient avec de la « poudre magique », en fait de la sciure de bois coupée de charbon.

– Dégueu. Évite tous les postes autour de Space Mountain.

– On est bien d'accord ! Rachel, ton couvre-feu est dans deux minutes.

– Exact.

– On pourra se retrouver demain après les cours.

– Non, Frederick revient me voir.

Ce nom résonne bizarrement dans ma bouche. Solennel. Mais je ne peux pas le désigner comme « mon père » alors que, pour autant que je sache, il ne m'a jamais appelée sa fille.

Haze semble déconfit.

– Pourquoi, Rach ? Tu ne vas quand même pas écouter son baratin. Qu'est-ce que ta mère en dirait ?

Il s'est toujours bien entendu avec maman – même après avoir cessé d'être un élève modèle pour se couvrir de tatouages et redoubler une année.

– Pauvre Haze, a-t-elle soupiré en apprenant la nouvelle. Il en a bavé.

Avec moi, Jenny Kress était une mère tyrannique, mais elle avait un faible pour lui. L'un des grands mystères de ma vie.

– Jenny dirait que cet homme n'est rien pour toi, insiste Haze.

Je contemple les craquelures de l'allée de ciment. En fait, ma mère a souvent répété ça, jusqu'au soir où tout a changé.

– C'est elle qui a décidé, dis-je lentement.

– Décidé quoi ?

Mon cœur se serre déjà. Je suis encore trop sous le choc pour repenser à la dernière semaine de ma mère. À chaque jour suffit sa peine, il faut que j'oublie ces heures terribles, lorsque les médecins tentaient de ralentir son déclin, et les infirmières – ses collègues – s'affairaient d'un air inquiet.

– C'était le soir où tu es sorti acheter des milk-shakes.

Le seul souvenir de sa chambre d'hôpital me renvoie sous la surface du lac profond de l'effroi où je me débats.

D'un seul coup, elle a dit :

« Il faut qu'on appelle ton père. »

Sur le coup, j'ai tenté de la dissuader :

« Ce n'est pas le moment.

– C'est plus que le moment ! »

Là-dessus, elle a poussé le soupir le plus triste de sa vie.

C'est à cet instant précis que j'ai saisi la gravité de la situation. Quelque part, j'étais parvenue à rester positive, bien que je ne l'aie jamais vue dans un tel état – elle ne cessait de dormir et sa peau crissait comme du papier. Et bien qu'Hannah, l'assistante sociale, ait commencé à lui rendre régulièrement visite.

Jusque-là, j'avais pu jouer la comédie. Et puis, elle a fait éclater la bulle. *Il faut qu'on appelle ton père.* La plus terrible chose qu'elle m'ait jamais dite.

« Hors de question qu'on l'appelle, avais-je rétorqué au bord de la nausée.

– Qui ça » avait lancé Hannah sur le seuil de la chambre.

Et voilà.

– Merde, marmonne Haze, surpris.

Me tirant par le poignet, il m'aide à me lever.

– Ça ne veut pas dire que c'était une bonne idée. Au fait, qu'est-ce qui s'est passé entre eux ?

– Aucune idée. L'évidence mise à part.

Le sous-entendu sexuel me donne des palpitations.

– Tu m'étonnes, sourit Haze. Tu crois que c'était un coup d'un soir ou ils étaient en couple ?

Je ne peux que secouer la tête.

– Sais pas. Chaque fois que je lui posais la question, elle disait qu'elle ne le connaissait pas très bien. Que c'était un inconnu.

Encore que je n'aie jamais trop gobé cette réponse. Maman semblait lui en vouloir davantage qu'à un simple inconnu. Ou n'était-ce qu'une illusion ?

Je détestais l'idée de n'être que le fruit du hasard. Un enfant non désiré.

Cet horrible soir où ma mère a prié Hannah de le convoquer était sans doute une ouverture – une rare occasion de poser des questions. Mais je n'en ai pas profité. J'avais trop peur de briser la glace, comme si, en identifiant mes pires cauchemars, j'allais les voir se réaliser.

Pourtant ça m'est arrivé. Les dernières paroles de maman ont été :

« Ça va aller, Rachel. »

Haze me caresse le dos d'un geste qui me met sur mes gardes.

– Rach, rien ne t'oblige à revoir ce type si tu n'y tiens pas.

– Je sais.

– On devait passer chez toi demain pour récupérer les affaires dont tu as besoin.

Autre perspective qui me fait peur.

– Ça peut attendre.

– D'accord, murmure-t-il d'un ton attendri.

Je sais alors ce qui va suivre. Il me prend le visage entre ses mains et je cesse de respirer. Lentement, il abaisse son menton vers le mien, nos lèvres se rapprochent. Je ne sens bientôt plus que ses paumes sur mes joues, son souffle sur mon visage et son doux baiser.

Je me détache aussi vite que possible sans risquer de paraître impolie.

– À demain matin, dit-il.

Après quoi, il file vers sa voiture.

Chapitre 2

La première minute de la journée est toujours la plus dure.

Lorsque j'ouvre les yeux, je découvre le plafond craquelé et si je ne sursaute pas en comprenant qu'il ne s'agit pas juste d'un cauchemar, la lumière grise qui filtre à travers les sinistres rideaux se charge de me ramener à la réalité. À moins que ce ne soient les grognements de sœur Mary Ruth à travers le couloir.

Ma mère est partie, et elle ne reviendra pas.

C'est alors que grossit la boule dans mon ventre, et rien ne la stoppera. Même si je trouve la douche inoccupée. Même si Evie ne me vole pas mon toast avant qu'il sorte du grille-pain.

Avant le début de mes ennuis, je ne savais pas que ce genre d'endroit pouvait exister. Tout comme les sessions d'été, qui me paraissaient des plus bizarres car je n'avais jamais vu personne vouloir prendre des cours en été sauf pour apprendre à conduire.

C'est comme si, le jour de la mort de ma mère, était apparu un univers infernal dans lequel je me retrouvais enfermée. C'est le cœur battant que je me lave et m'habille aussi vite que possible.

– Bonjour, ma chérie, lance la sœur de service lorsque j'entre dans la cuisine.

Elle me tend un minuscule verre de jus d'orange avec tant de précautions qu'on le croirait rempli d'or liquide.

– Merci, dis-je avant de le vider.

Puis je saisis mon sac à dos et cours dehors, où stationne une vieille voiture bleue à l'angle du trottoir.

Ça me soulage toujours de me poser sur la place passager de Haze. Sans perdre de temps en bavardages inutiles ni dire bonjour ou me demander comment j'ai dormi, il se penche, me prend dans ses bras. Je pose le menton sur son épaule et pousse un long soupir.

– Plus qu'un mois, murmure-t-il en faisant allusion à mon anniversaire.

Je ravale mes larmes. Un mois, une éternité. Jusqu'ici, je n'ai tenu que huit jours.

– Qu'est-ce qui se passerait si tu ne retournais pas là-bas ?

Il recule pour mieux me scruter de ses yeux noirs.

– L'assistante sociale viendrait me chercher. De toute façon, on me retrouverait au lycée.

– Défense de laisser tomber, commente-t-il en démarrant.

Il me faut de bonnes notes, sinon je ne pourrai pas intégrer l'école Préparatoire de Clairborne en septembre. C'est l'unique chose de ma vie qui n'ait pas explosé le jour où ma mère est entrée à l'hôpital.

Avec Haze. Dieu merci.

Sans autre commentaire, il allume la radio. Sam Smith chante doucement dans les haut-parleurs, emplissant l'habitacle de ses peines de cœur.

Plus tard dans la matinée, j'étudie à la médiathèque du lycée lorsqu'un mail inattendu me parvient. Je ne reconnais pas le nom de l'expéditeur, mais le sujet est clair : « Bienvenue à Clairborne. »

Chère Rachel, bonjour

Je me doute que tu n'as pas grand-chose à faire de la lettre d'un inconnu pour te rappeler que les cours reprennent dans sept semaines. Mais tu n'en recevras que quatre.

Désolé. Je suis les directives.

Je m'appelle Jake et je viens de terminer ma troisième année à Clairborne. Félicitations pour ton admission et tout. C'est une école géniale et je ne dis pas ça juste parce que tu as déjà payé ton inscription. C'est un endroit super. J'ai bien appris mes leçons, tu vois, et c'est sans doute pour ça qu'on m'a chargé d'écrire cette lettre.

Chaque nouvel étudiant reçoit quatre lettres d'un « camarade » et on m'a passé tes coordonnées. Tu auras bientôt une adresse mail à ton nom toi aussi, genre Rachel.Kress@ClaibornePrep.edu. C'est très facile de faire des alias sur le serveur quand on est un geek comme moi !

Voilà. On passe de bons moments à l'internat ! Quand je me suis assis pour écrire cette lettre, je me demandais si je pourrais me faire passer pour un mec cool. Quatre paragraphes et je suis déjà démasqué.

Bref.

On ne m'a indiqué que quelques détails sur toi : ton nom, ton adresse, ton ancien lycée et ta classe. Orlando, Floride ? Dur de vivre si près de Disney World ? Tu aimes encore l'endroit ou tu préférerais y mettre le feu ? J'y suis allé deux fois avec ma famille, comme n'importe quel ado américain. Et c'est moi celui qui a vomi après un tour dans les tasses.

Véridique. Pour ma défense, il faisait très humide car on y est allés en août au moment des promotions. J'accuse la chaleur et la limonade. Et ma famille ne me laissera pas l'oublier. Dix ans plus tard, j'entends encore : « Tu te rappelles l'époque où Jake a vomi à Disney World ? »

Si tu viens de Floride, tu vas devoir t'acheter des vêtements d'hiver et des bottes. Surtout n'oublie pas les bottes. Dans le New

Hampshire, on a droit à beaucoup de gadoue et le printemps se fait désirer. En mars et avril, on patauge dans les chemins boueux, sous des arbres dénudés, parmi les derniers tas de neige qui refusent de fondre.

J'en fais une super-pub, non ? Clairborne, son temps pourri et ses lits jumeaux extra-longs. Pour cinquante mille dollars par an, tu pourras en profiter, toi aussi.

N'hésite pas à me poser des questions sur ce dont tu auras besoin, ou si tu veux t'inscrire à un cours. Conseil de pro : des draps extra-longs. Si tu prends la taille standard, ils vont sans arrêt se détacher. Et si tu choisis une couleur ou des motifs originaux, tu ne risques pas qu'on te les fauche à la buanderie. Les miens sont décorés de bonshommes de neige. (Merci maman.)

N'hésite pas à m'envoyer un mail quand tu veux.

Jake Willis

En lisant cette lettre, j'ai l'impression d'émerger de ma propre réalité pendant quelques minutes. Au point d'éclater de rire lorsque j'arrive au paragraphe des tasses.

Je n'arrive pas à croire que je vais entrer à Clairborne cet automne.

J'étais en seconde quand j'ai commencé à supplier ma mère de m'y envoyer. À force de naviguer sur leur site web, j'étais tombée amoureuse du clocher et des briques de la façade couverte de lierre. On aurait dit un décor de film. J'avais envie de marcher sur des feuilles mortes (on ne connaît pas ça en Floride), de côtoyer des étudiants dignes de ce nom.

Ce qui laissait ma mère imperturbable :

« On ne peut pas se permettre ça, m'a-t-elle répondu les dix premières fois que je lui en ai parlé. C'est pas dans nos moyens.

– Mais si j'obtenais une bourse ? »

Après tout, c'était ainsi qu'elle avait pu s'y offrir elle-même une année. *Ou si tu demandais l'argent à mon père ?*

Même si je n'exprimais pas cette demande à haute voix, elle flottait toujours entre nous.

On en a discuté un million de fois. On faisait toutes les deux comme si ce n'était qu'une question d'argent, alors que le sujet était bien plus complexe. À mon âge, elle a également passé une année à Clairborne. Et c'est là qu'elle est tombée enceinte. De moi.

Elle ne m'a jamais beaucoup parlé de cette époque, encore moins de mon père. Mais je savais qu'elle ne voulait pas que mon adolescence se termine de la même façon que la sienne, avec trop de liberté, suivie d'un bébé.

Pourtant, je n'ai pas cédé. Je la harcelais sans cesse. Une année dans cette école serait un vrai plus dans mon dossier pour la fac et, pour elle, c'était important.

Finalement, elle a accepté. Un jour, elle a laissé un chèque sur mon bureau, à l'ordre de l'école Préparatoire de Clairborne. Sans lui demander pourquoi elle avait changé d'avis, j'ai foncé vers mon ordinateur pour compléter mon inscription.

Une semaine plus tard, elle m'annonçait que son cancer était revenu.

À présent, mes doigts effleurent le clavier tandis que je cherche quel genre de réponse faire à cette lettre amicale. « Salut Jake. J'étais à peine inscrite dans ton école que ma vie a viré au désastre. Ma mère ne voulait pas que j'aille à Clairborne et je crois qu'elle n'a cédé que parce qu'elle pensait qu'elle allait mourir. »

On ne peut pas mettre ça dans un mail à un inconnu.

Cher Jake,

Merci pour ta lettre. J'ai du mal à me projeter là-bas l'année prochaine, les pieds dans la neige. Je n'en ai vu qu'une fois, quand j'avais trois ans. Quant à Disney World, ça me plaît toujours. Parfois, tous ces touristes deviennent encombrants, mais il y a

des avantages. Avec mon ami Haze, on aime bien se glisser dans les hôtels pour profiter de la piscine. On a récupéré toute une pile de clés magnétiques abandonnées à présenter s'il le faut.
Et tu n'es pas le seul à avoir vomi dans les tasses. D'après mes sources, ça arrive tous les jours.
J'ai des millions de questions à poser sur Clairborne. Toute mon expérience de l'internat se limite à ma lecture des livres d'Harry Potter. Et si le choixpeau magique m'envoyait à Serpentard ? Les elfes de maison sont-ils tous amicaux ? Le cours de potions est aussi dur qu'il en a l'air ?
Est-ce que j'aurai une coloc ? Ça me semble un peu terrifiant.
Quoi d'autre ? J'ai plein de questions sur les différentes activités. Je vois qu'il existe une chorale et un chœur. Ce n'est pas la même chose ? Les ensembles a cappella m'intéressent également beaucoup. Mais je vais sans doute devoir passer une audition, non ? Ouille !
Mon adresse mail de Clairborne devrait plutôt être carrément : elleesttropenflippe@ClairbornePrep.edu.
Merci de m'avoir écrit. Au moins je connaîtrai quelqu'un à Clairborne.
Rachel Kress

Après avoir appuyé sur envoi, je me remets à stresser à l'idée que je vois mon père après les cours. Je perds une heure à essayer de lire une page de mon manuel. Le temps que la cloche sonne, j'ai les paumes toutes moites.

Dans les toilettes des filles, je me passe un coup de brosse sur les cheveux. À huit ans, je rêvais que Frederick apparaisse aux fêtes de fin d'année. Il y a encore deux mois, je l'ai imaginé au fond de la salle durant mon solo au concert des chœurs de printemps.

Chaque fois que je m'imaginais notre rencontre, je la voyais sous un éclairage flatteur. Mais, là, je n'ai que cette lugubre version de moi-même, les yeux gonflés, dans des vêtements froissés, pas très propres. Je range ma brosse dans mon sac et quitte en vitesse les toilettes, ne serait-ce que pour m'éloigner de ce reflet dans la glace.

– Salut !

Haze m'attend devant la porte et on se dirige ensemble vers la sortie.

– Tu es sûre de toi ?

– Oui.

Non.

La tension ressentie hier dans le cabinet d'Hannah redouble quand Haze m'ouvre la porte. Et je ne sais pas si je redoute davantage de voir mon père ou qu'il ne vienne pas.

Mais si, le voilà, adossé à une voiture, avec des lunettes de soleil et une casquette de base-ball, genre star incognito. Plus je m'approche de lui, plus j'ai la tête qui tourne.

Haze pose une main sur mon bras.

– Rien ne t'oblige à le voir, tu sais. Pas besoin d'être polie. Il ne l'a jamais été.

C'est vrai, bien sûr. Pourtant, je veux rester aimable, jouer les filles sympas.

– Sauf que j'y tiens, d'accord ?

Haze me jette un regard sous ses boucles scintillantes. Il a un visage de tragédien, paupières sombres et cils noirs.

– Tu n'es pas en colère ?

Bien sûr que si. Mais pas question de laisser Frederick deviner ce que je ressens, de peur qu'il ne file en Californie avant de me laisser une chance de... de quoi, au juste ? De faire sa connaissance ? De dire ce que j'ai sur le cœur ? D'apprendre la vérité ?

De lui donner des remords ?

– Méfie-toi, Rach, lance Haze. Appelle-moi s'il se passe quoi que ce soit. Je viendrai te chercher.

Il m'embrasse brièvement sur la joue, puis s'éloigne d'un pas vif, frôle Frederick Richards, sans le quitter des yeux.

Je le regarde partir. Et puis je reprends mon chemin dans un soupir vers cet homme qui est mon père.

Frederick Richards ôte ses lunettes, les glisse dans sa poche.

– Tout va bien ?

– Oui, dis-je en m'arrêtant, sans trop savoir s'il veut me faire entrer dans la voiture ou non.

Du regard, il suit Haze sur le parking.

– Très bien. Je sais qu'il fait chaud, mais ça te dirait de marcher un peu ? Si tu veux, tu peux laisser le sac à dos dans la voiture.

– D'accord.

Il ouvre la portière arrière et je lui tends mon sac qu'il dépose sur la banquette, avant de se retourner vers moi.

– Tu ne devrais pas te garer ici, dis-je alors. Tu vas avoir une contravention.

– Peu importe. Carlos la déplacera si nécessaire.

Il se penche vers l'avant :

– Vous n'avez qu'à rester ici, lance-t-il. Je vous appellerai.

– Bien, patron, répond une voix de l'intérieur.

Mon père saisit deux bouteilles d'eau sur le siège, me les tend. Puis il ferme la portière et me désigne du menton le trottoir qui mène aux terrains de sport :

– On y va ?

Tout en lui emboîtant le pas, j'ouvre ma bouteille.

– Alors, voilà ton lycée ? Ça se passe bien ?

Facile de répondre à cette question. Je devrais y arriver.

– Pas mal, dis-je avant d'avaler une gorgée d'eau. Mais ce n'est pas en Floride qu'il y a les meilleures écoles.

– J'aime bien cet établissement. Tu aurais vu mon lycée, on aurait dit une prison.

– Pas trop fan des études, on dirait ?

Ma réplique enjouée nous surprend autant l'un que l'autre. Il me décoche un bref sourire.

– Pas trop. J'étais impatient. Je croyais avoir mieux à faire ailleurs.

Et on continue de bavarder ainsi, c'est plus agréable de marcher que de poireauter dans les sièges en plastique du cabinet de l'assistante sociale. Il devait s'en douter pour m'avoir proposé cette balade.

– J'ai cru comprendre que tu avais de grands projets pour l'année prochaine, reprend-il.

– Oui, l'école Préparatoire de Clairborne.

La lettre d'admission avait occupé toutes mes pensées pendant près d'un mois, jusqu'à ce que ma mère ne puisse plus quitter son lit. Là, tout s'est mis à dérailler. Affolée, j'ai appelé les secours. Quinze jours plus tard, elle était morte.

– C'est une décision importante, lâche-t-il prudemment.

Le trottoir se resserre en direction du terrain de baseball.

– Oui...

Je peux difficilement lui expliquer pourquoi j'avais envie d'aller là-bas. Comment lui dire que, malgré mon excellente éducation, je rêve de retourner sur les lieux où j'ai grandi ?

– Ma conseillère d'orientation voulait que je fréquente une école privée. Ici, il n'y a pas beaucoup de choix pour les études supérieures.

C'est la vérité, mais pas seulement.

– Ah, très bien ! Clairborne est une ville agréable. C'est là que j'ai grandi.

Évidemment, je le sais déjà ; c'est indiqué sur Wikipédia.

– Les photos sont très sympas, dis-je sans conviction.

– Attends, tu n'y es jamais allée ?

– Pas depuis mon enfance. Et, après avoir posé ma candidature... ce n'était plus le moment de voyager.

Ma mère a passé l'hiver allongée sur le canapé, à maigrir et perdre ses cheveux. Pourtant, je ne m'affolais pas car la chimio semblait réduire ses tumeurs.

– Certes, soupire-t-il.

On poursuit notre chemin. L'équipe de base-ball s'entraîne, mais les gradins sont déserts. Il va s'y asseoir et j'en fais autant ; on regarde un instant les joueurs lancer des balles. Le coach siffle toutes les secondes.

– Rachel...

Ça me fait drôle de l'entendre prononcer mon nom. Il parle avec le même timbre que quand il chante.

– J'ignore si je peux ou non te demander de m'en parler...

Impossible de raconter à Frederick la mort de maman, alors que j'ai déjà tant de mal à y penser moi-même. Si bien que je ne dis rien.

– Mais je voudrais t'interroger sur l'endroit où tu vis. Tu t'y sens en sécurité ?

– Ce n'est pas dangereux, dis-je sans le regarder. C'est un peu la zone, mais personne ne m'embête. Et je suis la plus âgée.

– Comment ça, la zone ?

Je lève un instant les yeux, mais j'ai du mal à soutenir son regard.

– Minable, quoi. Les élèves qui y vivent sont déprimants.

– Mais ils te laissent tranquille ?

– À peu près. Ils fouillent dans mes affaires quand je ne suis pas là. Je voulais en apporter davantage mais, maintenant, je n'y tiens plus. J'avais ma propre bouteille de shampooing et elle a disparu. Des trucs comme ça. Tu vois... ce n'est pas bien grave.

– Et si tu avais un casier à serrure ?

– C'est interdit.

Il se frotte le menton :

– C'est nul. Tu dois te sentir paumée.

– Plutôt, oui.

J'ai l'impression que je me sentirai désormais paumée partout, et ce n'est pas à cause du foyer.

– C'est une accumulation de petites humiliations. Des coups gratuits. Pas assez de temps sous la douche.

Je passe une main dans mes cheveux hirsutes.

– Et comment ça se passe à Pomelo Court ?

Cette allusion à notre maison me fait sursauter. Bien sûr qu'il sait où nous vivions – il nous y envoyait un chèque tous les mois. Il doit pouvoir en réciter par cœur le code postal.

Sauf qu'il n'y est jamais venu.

– Euh... quelqu'un s'en occupe. Mary.

– Mary... répète-t-il. Tu lui fais confiance ?

Il a des yeux d'un beau gris tendre, chose qu'on ne voit jamais trop sur ses photos.

– Bien sûr. C'était la meilleure amie de maman.

– D'accord, acquiesce-t-il, pensif. Bon, l'assistante sociale et l'avocat m'ont dit que jusqu'à tes dix-huit ans, dans un mois, je ne pouvais pas faire grand-chose pour toi, mais si tu veux récupérer tes affaires ou aller voir Mary, je peux t'aider.

– J'adorerais voir Mary, mais elle doit être au travail.

– On verra bien. S'il le faut, on reviendra demain.

Il se lève et je le suis. Avant, j'étais du genre à résoudre mes problèmes, maintenant, la vie me mène par le bout du nez.

Chapitre 3

De retour à la voiture, Frederick ouvre la portière arrière et s'assied. Je me glisse près de lui.

Le conducteur se retourne et là, je le reconnais. C'est celui qui m'a souri dans le parking d'Hannah, hier.

– Bonjour, Rachel, dit-il. Je suis Carlos.

– Bonjour, Carlos.

– Où va-t-on ?

– Washington Street ?

– Parfait.

Il se penche vers le GPS du tableau de bord, alors que j'aurais pu le guider sans peine.

– Patron, reprend-il en tendant un téléphone à Frederick, ça n'a pas arrêté.

– Dommage.

La voiture s'éloigne du trottoir tandis que Frederick parcourt ses messages. Et la sonnerie retentit. Il tape sur l'écran, porte l'appareil à son oreille.

– Henry. Quoi de neuf ?

Il écoute à peu près trois secondes avant de rétorquer :

– Je sais que tu ne supportes pas le chaos, mais ça fait une dizaine d'années que je fais partie de tes clients les plus faciles. Tu n'as jamais eu à me sortir de prison ni à m'expédier à l'hôpital, que je sache. Et voilà que, pour une fois que j'ai besoin de ton aide, tu me fais comprendre que le service que je demande est trop grand.

Je me sens de trop et regarde par la fenêtre.

– Je n'ai encore aucune réponse. Et je vois que je vais bientôt passer pour un abruti. Mais c'est comme ça. Il faut que je raccroche, maintenant.

Là-dessus, il coupe et balance le téléphone sur le siège.

– Bon, Carlos, où en sont les Dodgers ?

– Pas terrible, patron, dit le chauffeur en augmentant le volume de la radio. Ils vont encore perdre le match.

– Décidément, c'est la journée !

La cloche tinte lorsque j'ouvre la porte du salon de coiffure de Mary. Je ne connais pas la jeune femme derrière le comptoir. Mais Mary occupe sa place habituelle près de la fenêtre, avec une cliente âgée dans son fauteuil. Je m'arrête pour les regarder.

– Rachel ! s'écrie Mary en déposant ses ciseaux. Oh, ma chérie ! Pourquoi n'es-tu pas à Atlanta avec ta tante ?

Pas facile de répondre à cette question, mais rien ne m'y oblige. Car les yeux de Mary regardent derrière moi et elle reste bouche bée.

Je me retourne pour apercevoir Frederick arrêté devant un étalage de produits pour cheveux. Impassible, il lève une main et nous salue toutes les deux.

Mary parvient à se reprendre :

– Viens, ma chérie, j'ai quelqu'un à coiffer. Megan va te faire un bon shampooing avec un soin hydratant. Ensuite, je te ferai une petite coupe et on pourra bavarder, d'accord ?

L'air soucieux, elle me prend le visage entre ses mains.

– Tu m'as l'air bien fatiguée !

Je me laisse envelopper dans une blouse et mener à un lavabo, me repose sur l'appuie-nuque.

– Dites-moi si c'est trop chaud, suggère la fille.

– D'accord.

Je ferme les yeux tandis qu'elle me masse le crâne. J'aime bien ce salon et si maman et moi pouvions nous l'offrir, c'est juste parce que Mary nous fait un prix. L'employée prend son temps, me frottant les tempes du bout des doigts, ce qui me donne bizarrement envie de pleurer.

– Un dernier rinçage, annonce-t-elle.

Quand je peux enfin me redresser, j'aperçois Frederick assis sur un canapé rose au repose-pieds capitonné, un magazine ouvert sur les genoux, en train de taper sur son téléphone.

– Viens, me lance Mary, ma prochaine cliente est toujours en retard. On va faire vite.

En m'asseyant, j'aperçois dans la glace un visage tellement creux que je sursaute. Mon propre visage...

– Oh, ma chérie, tout va bien ? Il faut me dire ce qui t'arrive. Tu es si maigre, Rachel !

Je ferme les yeux.

– Ça va... J'ai juste un peu de mal.

– C'est ton père ?

– Oui. On a fait connaissance hier.

– Ta mère m'a dit un jour qui c'était. Et elle n'en a jamais plus reparlé. Pardon de te choquer, mais je me suis souvent demandé si elle était sérieuse ou non.

Dans la glace, je vois Mary chercher Frederick des yeux.

– C'est vraiment un beau mec. Pas étonnant que ta mère...

Elle ne va pas plus loin. Moi aussi, j'ai essayé d'imaginer la chose, Freddy à vingt et un ans, maman à dix-neuf. Elle rongeait son frein dans le New Hampshire, économisant pour l'université, alors que lui devait déjà être la star locale, diplômé de l'école de musique, à quelques mois d'exploser dans tout le pays.

Ils ont dû se rencontrer un soir, peut-être après l'un de ses concerts, flirter, au point d'en faire un bébé. Après quoi il l'aura quittée pour sa première tournée, sans savoir ce qui leur était arrivé.

– On devrait profiter de ta présence pour parler de la maison, dit Mary alors qu'elle entame la coupe. Je n'y ai rien laissé d'autre que l'électricité, et le loyer est payé jusqu'au quinze août.

– Jusqu'au quinze août...

Déposant ses ciseaux, elle retourne mon siège face à elle.

– S'il te faut un mois de plus, on peut prévenir le propriétaire, mais je me suis dit que tu ne voudrais pas dépenser ton argent pour une maison que tu n'habites pas.

– Non, je... C'est très bien.

De toute façon, je dois bientôt partir pour Clairborne.

– Je m'occupe de tout, murmure Mary, ne t'inquiète pas. Mais, tant que tu es là, tu voudrais peut-être récupérer certaines affaires dans ta chambre. Tu comptes passer à Atlanta ?

– Non...

Ma tante Lisa est venue à l'enterrement, mais je n'en garde pas un souvenir précis. Il y avait trop de monde, surtout des infirmières de l'hôpital où travaillait ma mère, mais aussi mes camarades du chœur auxquels je n'ai d'ailleurs pas parlé. Je restais abattue au premier rang entre Haze et une tante que je connaissais à peine.

La sœur de ma mère vit à sept heures de route d'Orlando. Elles n'étaient pas proches, je ne l'ai rencontrée qu'une ou deux fois. Après la cérémonie et un déjeuner organisé par Mary, où je n'ai rien mangé, ma tante Lisa a regagné Atlanta sans moi, chargeant Hannah Reeves de tout m'expliquer.

« Il ne vous reste que deux semaines de cours, m'a expliqué celle-ci de sa voix paisible. Je sais que votre admission à l'école préparatoire compte beaucoup pour vous. Lisa m'a dit qu'elle ne peut pas rester à Orlando, de peur de perdre son travail. »

Ça m'a paru logique, du moins jusqu'à ce que je croise le regard d'Hannah. Pour la première fois, il ne me paraissait pas tranquille. Un court instant, ses yeux noisette se sont emplis de larmes. Et là, depuis la fenêtre de sa voiture, j'ai découvert le foyer de Parson pour enfants.

Elle a poussé un profond soupir.

« Rachel, ce genre de chose arrive souvent. Votre mère ne s'attendait pas à partir si vite. Elle ne croyait pas mourir avant vos dix-huit ans. Et votre tante reste sous le choc. Je vais laisser passer une semaine avant de la rappeler pour voir si vous pouvez la rejoindre en Géorgie à la fin de votre année scolaire. »

Finalement, elle a localisé Frederick qui nous a surprises toutes les deux en apparaissant quelques jours plus tard. Et je ne sais toujours pas quelles conclusions en tirer.

Alors que Mary me sèche les cheveux, la cliente suivante arrive, armée d'un horrible sac capitonné.

– Un instant ! lui lance Mary.

Et puis, elle me souffle à l'oreille :

– N'hésite pas à m'appeler. Je rentre en général à dix-neuf heures. J'insiste, j'attends de tes nouvelles.

– Merci.

Alors que Frederick s'apprête à payer, elle refuse d'un geste. Alors, il lui laisse cinq billets de vingt en pourboire.

– Tu voulais aussi acheter du shampooing, non ? me demande-t-il en désignant l'étagère pleine de produits.

– Euh...

Chez Mary, la moindre bouteille coûte vingt-cinq dollars. Avec maman, on se fournissait au supermarché, comme tous les gens normaux.

Mary en sort une de l'étagère pour me la poser dans la main. Puis elle regarde Frederick dans les yeux :

– Elle devrait manger plus souvent.

Avant de se tourner vers moi :

– Appelle-moi tant que tu voudras, ma chérie.

Une heure plus tard, je suis assise sous un parasol au bord de la piscine du Carlton, avec mon livre de maths sur les genoux et un crayon à la main.

Sauf que Frederick est en train de téléphoner non loin de là. À son ton, je peux dire que Henry, son interlocuteur, l'énerve un maximum :

– Écoute, j'ai l'impression que le promoteur te tient par les couilles. Sinon, tu ne serais pas en train de geindre comme une putain de gonzesse. Mais ça ne va qu'empirer jusqu'à ce que ça aille mieux.

S'ensuit un silence et je me dis qu'ils ont peut-être fini de se disputer, mais non :

– Mon vieux, reprend Frederick d'une voix tendue, à toi d'accélérer le mouvement et d'en assumer les conséquences. Règle-moi ça tout de suite, ou j'engage quelqu'un d'autre

Ouille !

Si Frederick veut accélérer le mouvement, n'est-ce pas à cause de moi ?

Une serveuse s'approche, un sourire éclatant aux lèvres.

– Comment allez-vous ?

– Bien, merci, dis-je machinalement.

Son badge indique qu'elle s'appelle Heidi. Comment réagirait-elle si je répondais que rien ne va ?

– Puis-je vous apporter quelque chose ? Un verre de limonade ? Du thé glacé ?

– Rien, merci.

C'est un meilleur hôtel que ceux dans lesquels on se faufilait, avec Haze, pour squatter la piscine. Le thé doit coûter dans les six dollars.

– Faites-moi signe si vous changez d'avis, lâche-t-elle avec un nouveau sourire avant de s'éloigner.

Finalement, je commande un thé une heure plus tard alors que nous venons de nous asseoir à une petite table.

– Nous sommes un peu pressés, explique Frederick à une autre serveuse souriante. Que pouvons-nous commander qui soit prêt rapidement ?

– Évitez les pizzas. Les salades et les burgers sont moins longs à préparer.

– Parfait, je prendrai un burger à point et des frites.

Je commande la salade. Et, tandis qu'elle s'éloigne, le silence s'installe entre nous. Frederick joue avec ses couverts et je regarde un jeune papa dans la piscine, côté petit bassin, en train d'encourager sa fille.

– Vas-y, tu vas y arriver !

La gamine porte des palmes roses et un maillot de bain Mickey Mouse. Frederick les observe lui aussi. Le père sort sa fille de l'eau pour la faire tourbillonner dans ses bras.

– Youpi ! crie-t-il au moins dix fois.

J'ai presque envie de leur balancer mon thé glacé à la figure. C'est là que Carlos approche, armé d'un petit sac à provisions noir qu'il dépose devant nous.

– Pourriez-vous ramener la voiture vers quinze heures ? lui demande Frederick. Nous devons filer aussitôt après le repas.

– Bien sûr, répond Carlos avec un large sourire.

Frederick sort un téléphone du sac, me le tend.

– Tiens, c'est pour toi. Comme ça, je pourrai t'appeler.

Je jette un regard sur l'appareil entre mes mains, un iPhone tout neuf au joli boîtier orange.

– Si tu veux garder ton ancien numéro, reprend-il, mon assistant pourra s'en occuper.

Je parcours l'écran qui s'allume aussitôt et les apps jaillissent comme des pierres précieuses. Le genre de téléphone que maman et moi n'aurions jamais pu nous offrir.

Je suis envahie d'une sorte de dégoût, au point de me demander comment réagirait Frederick si je disais que la couleur ne me plaisait pas ? Ou si je le balançais dans la piscine.

Est-ce qu'il se mettrait à hurler, me ferait une scène ? Sa réaction pourrait m'indiquer certaines choses que je ne trouverai jamais dans les vidéos YouTube.

Je parcours du pouce ce bel appareil tout neuf en me disant que Frederick Richards fuirait peut-être la Floride si sa fille n'était qu'une enfant gâtée. J'aurais dû commander du homard et du champagne, histoire de vérifier sa réaction. Haze a raison, rien ne m'oblige à être gentille.

Cependant, je sens le regard de mon père peser sur moi. Et je sais que jamais je ne ferais ça. Ce n'est pas mon genre. Je ne jette pas dans l'eau chlorée des cadeaux à mille dollars.

Ce n'est pas qu'une question d'éducation. Je tiens à ce que Frederick m'apprécie. Pourtant, je m'en veux à mort.

– Merci, dis-je en haussant le menton. Merci pour cette journée.

Il se détourne en serrant les lèvres.

– De rien.

Le repas arrive et je mange un peu, mais me contente surtout de remuer la salade dans son bol.

– Je te ramènerai à l'heure pour la soirée dit Frederick en reposant une frite dans son assiette.

Il n'a pas très faim lui non plus. Une fois qu'il a réglé, je me lève, hisse mon sac à dos. À peine arrivés dans le lobby, on voit venir vers nous un homme bronzé en tenue de golf, le bras posé sur l'épaule de son fils.

– Pardon, lance-t-il en souriant, mais on est de très grands fans. Peut-on vous demander un autographe ?

– Euh, bien sûr... dit Frederick en cherchant un stylo dans sa poche.

Le garçon, sans doute un collégien, ôte sa casquette de base-ball et la lui tend en balbutiant un « merci » gêné.

Pas vraiment plus à l'aise, Frederick plisse le front.

– Vous êtes des supporters de l'équipe des Brewers ? Bon, tant que vous ne soutenez pas les Cubs...

Il signe en hâte la casquette, la leur rend avec un clin d'œil :

– Nous sommes un peu pressés...

– Merci beaucoup, dit le père en reculant, l'air ravi.

– Désolé, me murmure Frederick quand on repart vers l'entrée. J'aperçois Carlos qui nous attend dehors.

– Alors... lance Frederick tandis que la voiture se gare devant le foyer Parson.

Alors... j'agrippe le bord de ma chemise en jean en me demandant ce qui va suivre. Il va sûrement me dire qu'il a réservé une place sur le prochain vol pour Los Angeles et, quelque part, je serais plutôt d'accord avec ça, car chaque minute que je passe en sa présence est aussi stressante qu'une audition pour un solo dans un chœur.

– Même heure demain ? dit-il pourtant.

Un estomac se desserre et je n'en reviens pas de me sentir soudain tellement soulagée. Je ne sais même pas pourquoi. Je suis parvenue jusqu'ici sans lui. Je ferais mieux de ne pas compter sur son aide. Et là, je m'entends dire :

– Il faut que je passe encore du temps à la bibliothèque de l'école pour mes révisions de maths.

– Pas de souci, se hâte-t-il de répondre. Si je te retrouvais plus tard, je pourrais encore m'assurer que tu as bien déjeuné.

– Tu sais, ils ne nous laissent pas mourir de faim ici.

Cette réponse désinvolte m'a échappé, alors que j'ai rêvé toute ma vie qu'il m'invite à dîner.

Il contemple derrière moi la décoration de vinyle gris des bâtiments et les vitres sales. Il n'essaie même pas de masquer sa désapprobation.

Ça me donne chaud aux joues, comme si j'étais responsable de la crasse ambiante.

Ses yeux gris se tournent vers moi :

– Viens dîner avec moi demain, parce que j'ai à faire samedi.

Je me replie plus vite qu'un parasol cassé.

– D'accord. Merci. Alors, à demain.

J'ouvre la porte.

– Envoie-moi un texto. Carlos a mis mon numéro et le sien sur ton téléphone.

– D'accord !

Je jaillis de sa voiture pour entrer dans le foyer Parson à 19h32. Le tacot bleu garé à l'angle du trottoir envoie un coup de klaxon impatienté alors que je pénètre à l'intérieur.

Je suis contre la règle d'utiliser un téléphone après le couvre-feu, et Evie aurait vite fait de me dénoncer. Pourtant, plus tard, sous mes couvertures embaumées par mes cheveux tout propres, je m'amuse avec mon nouveau jouet, me connecte sur Instagram pour y découvrir combien les photos paraissent éclatantes sur cet écran brillant.

Ça me fait drôle... Freddy Ricks qui a posté une photo de l'océan Pacifique il y a deux heures, alors qu'on déjeunait sous le parasol de l'hôtel à trois mille kilomètres de là.

Belle journée pour une balade sur la plage, aurait écrit mon père, avec pour hashtags #OcéanMonAmour et #RêveDeCalifornie.

Une sensation piquante me parcourt le cerveau. Je suis son compte Instagram depuis toujours, et ce n'est même pas lui ?

De mémoire, je tape le numéro de Haze sur mon nouveau téléphone et lui envoie un texto :

Désolée pour ce soir. Pas le temps.

Il faut que je signe *RK* parce qu'il ne connaît pas mon nouveau numéro.

Réponse instantanée :

Je t'attendais. Ça va ?

Très bien.

Réponse laconique à laquelle j'ajoute un cœur. Mais c'est tout ce que j'écris car je suis trop fatiguée pour me taper un deuxième round sur cette sortie avec mon père.

Une minute plus tard, mon téléphone vibre.

Tu me manques.

Je ferme la messagerie et passe quelques minutes à associer mon compte mail à ce joli téléphone tout neuf. Il regorge de condoléances dont la plupart proviennent de mes anciens professeurs, mais je n'ai pas le courage de les lire maintenant. À la première amabilité sur ma mère, je vais éclater en sanglots.

Un seul sort du lot et il provient de Jake, le garçon de Clairborne :

Salut Rachel !

Rien d'extraordinaire à ce que tu débarques pour la terminale. C'est assez fréquent car la prépa a bonne réputation. Et les étudiants ont plutôt tendance à continuer sur l'université de Clairborne. Mes parents y sont professeurs, autrement dit, si j'échoue, je risque de prendre cher...

Ils passent l'année à Glasgow, alors je vais habiter pour la première fois dans la résidence. Je suis un peu inquiet à l'idée de partager ma chambre avec quelqu'un, mais celles des terminales sont plutôt grandes, et ça me rassure.
Pour les groupes musicaux, je ne connais aucune chorale digne de ce nom. En revanche, je sais que les ensembles a cappella organisent des auditions. Ils se considèrent comme une fraternité. Si je le sais, c'est grâce à leurs adorables petits prospectus sur les tables du réfectoire. Tu verras !
J'espère que tu passes un bel été. Je suis à Cap Code avec mes parents et je passe des heures à travailler au restaurant de fruits de mer. Ça paie bien, mais j'ai l'impression d'empester le poisson frit. Je n'arrête pas de laver mon uniforme pour en chasser l'odeur. Sauf qu'elle en a trop imprégné le coton. Sympa.
Pour tout arranger, Cap Code n'est pas aussi sombre que le New Hampshire. Je suis un fan d'astronomie. J'avais apporté mon télescope jusqu'ici, mais il y a davantage de lumière de pollution que prévu. Parfois, je n'aperçois pas la moindre étoile, même pendant la nouvelle lune.
Je sais, problème de pays riche.
Continue à poser des questions ! Jake

J'ai l'impression d'avoir lu sa première lettre il y a des siècles. Pourtant, ça ne remonte qu'à quelques heures. Je tape une réponse du bout du doigt :

Cher Jake,
Sympa de répondre à mes questions. Il faudrait encore me dire ce que je dois apporter. Il existe une liste de recommandations ?
Euh... l'astronomie ? Je ne connais aucun autre amateur. Je suis allée à Cap Canaveral en voyage scolaire, et j'ai vu des lancements de fusées (on les aperçoit à plus de cent cinquante kilomètres à la ronde.) Mais ce n'est pas vraiment la même chose.

Ça doit être tellement cool de regarder dans un télescope ! C'est vrai que ce qu'on y voit dans le ciel nocturne a plus d'un million d'années, ou je ne sais pas ? C'est une pensée réconfortante, en fait. Ces derniers temps, ma vie a viré à une vitesse vertigineuse, et j'aurais préféré que ça se calme.
À bientôt,
Rachel

C'est toute la vérité que je peux raconter dans une lettre à un inconnu. Après avoir appuyé sur « envoi », je fourre mon nouveau téléphone sous mon oreiller et tâche de m'endormir.

Chapitre 4

L'après-midi suivant, je fais mes exercices de maths à la bibliothèque jusqu'à l'heure de fermeture, à dix-sept heures trente. Ma seule distraction étant Haze, assis à côté de moi, en train de faire la gueule.

Tous mes examens seront terminés dans un peu plus d'une semaine. Le reste de mon été se présente comme un vide absolu, avec mon anniversaire au milieu.

Mon premier anniversaire sans maman. Je ne veux pas y songer pour le moment.

Je reçois un nouveau mail de Jake et ça fait du bien.

Rachel,

Gentil à toi de dire que l'astronomie te semble « cool », alors que la plupart des gens diraient « ringarde. » Pour moi, c'est passionnant. J'aime l'idée que l'astronomie soit accessible à tous (juste sortir pour regarder le ciel) et en même temps lointaine.

Permets-moi tout de même, en tant que geek, de corriger tes notions célestes. Comme tu l'as dit, on y voit des choses vraiment anciennes, à commencer par une géante étoile rouge appelée Betelgeuse qui doit se trouver à 640 années-lumière. Autrement dit, la vue qu'on en a ce soir date de 640 ans.

Cette étoile est sans doute déjà morte. En fait, j'espère qu'elle a

fini par exploser il y a 639 ans, comme ça, je pourrai bientôt la voir de mes yeux. D'un autre côté, Sirius (à ne pas confondre avec le parrain de Harry Potter), n'est qu'à 8,6 années-lumière. Donc, on voit cette étoile à l'époque où tout le monde ne jurait encore que par la Nintendo Wii.
Lorsque tu regardes les étoiles, tu captes un mélange de l'ancien et du nouveau. Comme si on avait photoshoppé le ciel.
D'après ton dernier message, on dirait que ton été ne se passe pas si bien que ça. J'espère que les choses vont aller mieux.
Tu recevras une liste en août pour tes bagages. Il y a des gens qui apportent une cafetière ou une machine à pop-corn, bien que ce soit interdit. Mais le règlement de Clairborne n'est pas toujours bien respecté.
Il est temps que j'aille vendre des moules frites à des clients bourrés.
Ciao ! J.

– C'est qui, ce type ? demande Haze par-dessus mon épaule d'où il semble clairement avoir lu mon mail.

– C'est…

J'essaie de me rappeler comment Jake s'est présenté dans sa première lettre.

– Un camarade. Ou quelque chose comme ça. De l'école. Pour répondre à mes questions.

À mesure que je balbutie mes explications, l'expression de Haze semble s'assombrir.

– Horriblement amical, non ?

– Et alors ? Tu préférerais que mes futurs camarades soient tous des connards ?

– Non, grimace-t-il. Mais ça fait quand même un peu snob. Tu ne vas pas te marrer tous les jours avec des dingues d'astronomie.

Agacée, je ferme mon ordinateur. Il y a, quelque part, un garçon du nom de Jake qui guette sur une plage du

Massachusetts l'explosion d'une étoile. Je l'imagine en train de regarder le ciel, les mains dans les poches.

Mon subconscient le rend plutôt mignon et doux. Les cheveux blond roux, les yeux bleus. Je devrais pouvoir trouver sa photo sur un réseau social, mais je crois que je m'en abstiendrai. C'est plus drôle de ne pas savoir.

Haze ferme son livre et se lève. Il est cinq heures et demie – l'heure de retrouver Frederick pour le dîner.

On sort du bâtiment et mon anxiété me reprend.

– Tu sais, marmonne Haze, tu pourrais le laisser tomber aujourd'hui. Qu'est-ce qu'il dirait ? « Hé, Rachel, tu m'as posé un lapin ! Oh, désolée papa. Si je fais ça mille jours d'affilée, on sera quittes. »

Six mille jours, rectifie mon esprit. *Ou six mille cinq cents.*

– Haze, je ne crois pas que j'arriverai à te faire comprendre.

– Non, tu ne pourras pas.

– Écoute, il est là et il ne demande qu'à m'aider.

Ça sonne plutôt mieux que la vérité, cette masse de curiosité dévorante qui m'aura rongée pendant quinze ans et demi.

– Mais je t'aide, moi.

– C'est vrai. Et on va se retrouver samedi, après ton boulot au garage.

Il m'accompagne jusqu'à la voiture. Là, Haze s'éloigne sans nous quitter des yeux.

– Un de tes amis ? demande Frederick lorsque j'arrive à sa hauteur.

– Oui, depuis toujours.

– Il a l'air mécontent.

Je me glisse dans la voiture en souriant à cet euphémisme.

– Tu as raison. Il n'est pas... content.

À l'avant, Carlos se met à rire. Là, je commence à radoter :

– Ça fait bizarre, ces mots négatifs qui ne sont pas exactement le contraire du positif.

Frederick se gratte le menton.

– En effet, dit-il en sortant un carnet pour se mettre à griffonner, ça ne semble pas aussi positif que tu le souhaiterais.

– Qu'est-ce que tu fais de ces notes ?

Là, je me rends compte que c'est la première fois que je l'interroge sur lui-même. Quand j'aimerais plutôt lui demander : *Comment tu as mis ma mère enceinte ?*

Sauf que j'ai peur qu'il n'apprécie pas ma question, ni moi sa réponse.

– Pas grand-chose, dit-il en continuant d'écrire. De temps en temps, une chanson.

Là, son téléphone sonne et j'ai droit à une autre discussion unilatérale avec Henry :

– N'est-ce pas pour ça qu'on paie l'attachée de presse Becky ? Pour régler toutes ces merdes ? Vous n'avez qu'à trouver quelque chose tous les deux, je me fiche de ce que ce sera, une gastro, un problème de drogue. Dites-leur que j'ai été enlevé par des aliens. Je raccroche, maintenant.

Il coupe la communication, mais garde les poings serrés sur ses genoux jusqu'au restaurant.

Menu thaï ce soir. Je me retrouve à une autre terrasse de restaurant et tâche de me tenir tranquille. Assis en face de moi, Frederick me fait l'effet d'un mirage. Pour la troisième fois, je me retrouve en sa présence. Ça pourrait se terminer de deux façons différentes – un jour je trouverai normal d'entrer dans une pièce et d'y voir Frederick. Ou, plus vraisemblablement, il va de nouveau disparaître.

Dans dix ans, si on m'interroge sur mon père, je pourrai répondre :

« Je l'ai rencontré trois fois lorsque j'avais dix-sept ans. On a dîné dans un restaurant thaï donnant sur un terrain de golf et je n'ai pas eu le courage de lui demander comment j'ai été conçue. »

Mais Frederick s'est lancé dans un sujet de conversation nettement plus neutre :

– Quels cours comptes-tu choisir à Clairborne ?

– Euh...

Voilà des semaines que je n'y ai plus réfléchi.

– La littérature russe me tentait, et je choisirais bien l'espagnol comme langue étrangère.

Et la musique. Mais je ne suis pas prête à en discuter.

Ce qui semble plutôt ironique car j'ai toujours cru que lorsque je rencontrerais mon père, on ne parlerait que de musique. Dans mon rêve, il serait touché de découvrir que nous avions tant en commun, et désolé d'avoir perdu tant de temps.

Mais maintenant ? La musique est la dernière chose dont je voudrais parler. Si je lui dis que j'ai arrangé l'un de ses titres préférés – « You Can't Always Get What You Want » des Rolling Stones – pour ma chorale de première, en harmonie à quatre voix et contrepoint, il saura exactement comment fonctionne mon culte du héros.

Et ce serait trop humiliant.

– Je n'étais pas aussi doué que toi pour les études, explique mon père. J'ai failli rater ma première année d'université.

– Ah bon ?

Sauf que je le sais déjà pour l'avoir lu dans une interview.

– Les cours obligatoires m'ont presque tué. Mais j'ai tenu bon jusqu'à ce qu'on me laisse suivre tous les cours de musique, et je m'en suis sorti.

J'en sais déjà tant sur lui – qu'il aime les vieux films et le jus d'orange fraîchement pressé. J'ai lu qu'il avait joué une fois dans un meeting de la campagne Obama et qu'il était allergique à la coriandre.

– J'aurais aimé savoir que ce n'était pas la peine de me montrer si impatient, poursuit-il. J'aurais voulu pouvoir recommencer, ça et un tas d'autres choses.

Lesquelles, par exemple? Je lui laisse le temps d'y réfléchir.

– Ton poulet était bon? demande-t-il seulement.

Rachel en Colère laisse échapper un cri silencieux.

– Deux choses, annonce Frederick une fois qu'on a débarrassé nos assiettes. Je vais à La Nouvelle-Orléans ce soir.

Mon cœur se serre.

– D'accord.

– Mais je vais revenir, ajoute-t-il. Encore que rien ne t'oblige à me croire.

Mes joues brûlent. Je bois une autre gorgée de soda.

– Écoute, reprend Frederick en saisissant sa bière. J'ai déjà annulé pas mal de concerts. Mais celui-ci risquerait de fâcher trop de gens importants. Enfin, je pense qu'ils me lâcheront dès dimanche soir.

Un concert? Tête d'affiche d'un festival de musique? Je pourrai vérifier plus tard sur son site web, et je pourrai même le faire sur le superbe téléphone qu'il m'a offert.

Prenant mon courage à deux mains, je pose une question:

– Pourquoi tu as annulé toutes ces choses?

– Pour pouvoir passer une quinzaine de jours à Orlando.

– Oui, mais pourquoi ?

La question finit par échapper à Rachel en Colère. Je serre les lèvres afin d'empêcher les cinq suivantes de suivre. *Ça compte tellement pour toi ce qui pourrait m'arriver ? Tu connaissais un peu ma mère avant votre coup d'un soir ? Pourquoi tu ne nous as pas appelées pendant presque huit ans ?*

Frederick examine sa bouteille de bière comme si la réponse y était inscrite.

– La semaine dernière, Hannah t'a donné un écouvillon...

– Pour un test ADN...

J'étais étonnée qu'il ne faille rien de plus qu'une tige de coton à l'intérieur de ma bouche. Trop décevant.

– C'était pour le juge. J'ai engagé un avocat pour essayer d'obtenir ta garde.

Mon cœur bat la chamade, sans m'empêcher de répondre :

– Mais Hannah m'a dit que ça ne fonctionnerait pas.

– Elle avait peut-être tort. Tu veux sortir de là où tu es, n'est-ce pas ?

– Bien sûr.

– L'avocat que j'ai trouvé ne demandait qu'à s'y mettre.

Il sort quelque chose de sa poche arrière. Un papier plié.

– Tiens, je me suis dit que tu voudrais voir le rapport du labo.

Il dépose sur la table un feuillet intitulé : « Résultats du test de paternité ».

– Ce nombre est le seul qui compte, reprend Frederick en désignant le bas de la page.

Probabilité = 99 998.

– Ce qui signifie...

– Je sais ce qu'est une probabilité, dis-je d'un ton hargneux.

– Je n'en doute pas.

Il ne va pas me préciser en plus que c'est concluant. Je n'ai pas besoin de ce test. Si ma mère a reconnu, même à contrecœur, que Frederick était mon père, c'est acté.

Je m'éclaircis la gorge :

– Alors... à moins que tu n'aies un jumeau identique...

J'aurais bien ajouté : *tu es coincé avec moi.*

Sauf que non. Il peut disparaître à n'importe quel moment.

Il replie le papier, le range.

– C'est juste pour l'administration, Rachel. Je n'en ai jamais douté.

Ah oui ? Comment savais-tu ? Et où étais-tu ?

Là surgit la principale question : *Combien de temps comptes-tu rester ?*

Carlos apparaît devant notre table :

– Dix-neuf heures dix, patron.

En bonne fille bien élevée, je remercie Frederick pour ce dîner.

Chapitre 5

Je passe le reste du samedi à réviser au Starbucks en attendant que Haze achève son travail. Il m'a fallu apporter un sac à dos rempli de bouquins, ainsi qu'un gigantesque sac-poubelle avec ma lessive sale.

Jamais je ne me suis sentie aussi sans abri qu'en ce moment, obligée de cacher mes affaires sous la table du café. Pour me rassurer je tape une réponse au mail de Jake.

Jake,
Parmi les choses que tu m'as dites, il y en a une qui m'a fait partir en vrille – que le règlement n'était pas toujours bien respecté. Que faire quand on est frappée du syndrome de l'élève modèle ?

R.

Je n'ai lu que quelques pages de mon livre lorsqu'un nouveau message apparaît dans ma boîte de réception. En découvrant le nom de Jake, j'éprouve un élan de bonheur tel que je n'en ai plus ressenti depuis longtemps. Après un bref coup d'œil vers l'entrée, pour m'assurer que Haze n'est pas arrivé, je lis en hâte.

Rachel,
Salut de nouveau ! Les règles académiques sont vraiment

importantes et personne ne les transgresse. On nous fait signer un code de déontologie sur la triche, le plagiat et ce genre de chose. La triche est bien trop grave, ici, pour que qui que ce soit essaie.

Alors que pour la vie de tous les jours, c'est autre chose. La plupart des consignes des résidences sont constamment enfreintes. Par exemple, les horaires. Toute personne surprise dans la chambre de quelqu'un d'autre en dehors des horaires autorisés n'a qu'à dire qu'il travaille sur un projet de groupe, parce que les devoirs, c'est sacré. :)

Le règlement existe (je suppose) afin que les infractions flagrantes et irresponsables puissent être punies. Par exemple, ces joueurs de hockey, l'année dernière, assez idiots pour utiliser leur propre messagerie afin d'annoncer qu'ils organisaient une beuverie dans la résidence universitaire alors que leur surveillant était au mariage de son frère.

Selon moi, il faut être idiot pour se mettre dans une situation difficile. Tant qu'on se montre à peu près prudent (ou élève modèle !). J

P.S. Je suis jaloux pour Cap Canaveral. Mais le Centre Astronomique des Geeks devrait se trouver quelque part comme le Nouveau-Mexique, avec ses grands réseaux de télescopes et ses champs de météorites. Curieusement, on n'a jamais trouvé une météorite dans le New Hampshire, bien que j'aie ramassé à peu près un million de pierres qui y ressemblaient.

Je révise mon image mentale de Jake à la plage. À présent, il ramasse des pierres, les examine, puis les jette dans les vagues.

Ses messages représentent une issue de secours à ma vie. Du coup, Clairborne me semble plus accessible. Et, lorsque je lis ses mails, je croirais presque que la terre tourne toujours autour du soleil et que je vais fréquenter une nouvelle école vraiment sympa à la rentrée.

À treize heures, enfin, Haze arrive pour me sauver. Je fourre mon linge dans le coffre de sa voiture avant de m'affaler sur le siège passager.

Il se penche vers la console pour m'attirer vers lui. Son baiser me prend par surprise et, sans doute parce que je suis si contente de le voir, l'effleurement de ses lèvres provoque une réaction inédite en moi, comme un éclair dans la poitrine.

Je me sens bien. Plus il insiste, plus j'oublie mon anxiété.

C'est là qu'il émet un son guttural, tourmenté. Mon aisance diminue. Ses bras évoquent davantage un étau qu'une étreinte et je frémis.

Alors que Haze me lâche, on pousse ensemble un énorme soupir.

– Je sens l'essence, dit-il en regardant la chemise de mécanicien qu'il porte toujours. Désolé.

Émergeant de mon rêve, je me redresse, attache ma ceinture et, peu après, la voiture décolle du trottoir.

J'avais demandé à Haze de me déposer à une laverie, car j'avais manqué le jour de la blanchisserie chez Parson. Du coup, il a apporté son linge, lui aussi. Et on se retrouve l'un à côté de l'autre, à charger chacun une machine.

Soudain, il se débarrasse de sa chemise et je ne sais plus où poser les yeux. Voilà que l'ancien petit garçon maigrichon au menton boutonneux est devenu affreusement baraqué, alors que je ne faisais plus attention à lui. Tous ces muscles et cette peau souple et cuivrée...

– Où est papa aujourd'hui ? demande-t-il en jetant sa chemise dans la machine.

– Je lui ai dit que j'avais des choses à faire.

Ce mensonge vient de m'échapper. Je ferais mieux de ne jamais parler de Frederick avec Haze.

– Ce mec m'échappe. Il t'oublie pendant dix-sept ans et, maintenant, il voudrait passer tous ses après-midi avec toi ? Il avait une bonne raison d'attendre que Jenny débarrasse le plancher ?

– Haze ! Il ne savait pas qu'elle était malade !

L'air excédé, il lève sur moi des yeux bordés de cils immenses.

– Il ne savait pas, car il n'a jamais demandé. Et d'un coup, tu deviens le centre de son univers ? Je trouve ça louche.

– Qu'est-ce que tu racontes ? N'importe quoi ! Tu deviens insultant.

Il lève les mains comme pour se défendre.

– On se calme. Personne n'est plus intelligent que toi, Rachel, mais on dirait que tu acceptes des bonbons d'un inconnu. Après tout, c'est ce qu'il est pour toi, un simple inconnu.

Malheureusement, c'est la pure vérité.

– Regarde, ajoute-t-il en riant, il se trouve trop bien pour conduire sa propre voiture ! Qu'est-ce qu'il attend de toi ?

Je me dirige vers le distributeur de monnaie, histoire de ne pas reconnaître que je n'en sais rien.

De toute façon, Haze n'a aucun respect pour les pères. Le sien s'est suicidé quand il avait douze ans et moi onze. Un jour, il a arrêté sa vieille voiture bleue sur un pont et puis s'est jeté à l'eau. Sa mère en a pleuré pendant des mois. « Au moins, il n'a pas fait ça à la maison, disait-elle. Les hommes estiment qu'ils ne doivent rien à personne. Ils laissent les femmes ramasser les morceaux. »

Sauf que la mère de Haze ne s'en est pas donné la peine. Chaque fois qu'il venait passer du temps chez nous, c'était en fonction de la quantité de vin qu'elle avait pu avaler.

La vieille voiture bleue a attendu quatre ans que Haze atteigne l'âge de la conduire. Dans la boîte à gants, il garde la lettre que son père y a laissée pour lui : « Hazario, tu n'y es pour rien. Ne laisse jamais personne prétendre le contraire. Papa. »

Le distributeur avale le premier dollar que j'y glisse sans rien lâcher en retour. J'appuie sur le bouton d'annulation, aucun résultat ; j'attends une minute en me demandant si je devrais commettre l'erreur d'y mettre un autre dollar, et puis j'essaie. Là, enfin, tombent quatre pièces de vingt-cinq cents.

Assis dans des fauteuils en plastique, on attend avec Haze que les machines achèvent de tout laver et sécher. Mon bouquin de maths ouvert sur mes genoux, je n'arrive pourtant pas à me concentrer. Depuis que ma mère est entrée à l'hôpital, il y a trois semaines, chaque minute de chaque jour me coûte deux dollars pour quatre pièces.

– Ce serait sympa d'aller se baigner, observe Haze lorsque nos vêtements sont enfin secs et pliés. Tu veux qu'on se faufile dans le Sheraton ? J'ai la clé magnétique dans ma voiture.

– Je n'ai pas de maillot.

– Où est-il ?

– Chez moi.

Il démarre et tourne à droite à la sortie du parking, en direction de notre quartier.

Ça fait une dizaine de jours que je ne suis pas venue ici. Je contemple les pavillons alignés derrière des pelouses desséchées ; j'y retrouve toute ma vie. Pourtant, quand il se gare près de chez moi, je reste figée derrière ma vitre.

– Tu as la clé ?

Je la sors en contemplant la petite maison verte que ma mère considérait comme une « caravane améliorée. » Avec ses portes et ses fenêtres fermées, on dirait une tombe. Des prospectus s'entassent sur le perron et une bande de scotch jaune ferme la boîte à lettres.

Ma gorge se serre. Les restes de ma vie m'attendent à l'intérieur, à commencer par nos mugs à café préférés alignés sur une étagère. Je n'ai qu'à traverser la rue et entrer. Pourtant j'attends qu'une voix familière m'interpelle de la cuisine. « Bonjour, ma chérie. »

Mais rien ne vient. Je finis par murmurer :

– Laisse tomber la piscine. Je suis pas d'humeur.

L'air attendri, Haze pose une main sur mon épaule.

– Viens là.

Je me laisse faire, posant le visage dans son cou tiède, et il commence à me masser le dos. Je m'appuie contre lui comme si sa solide charpente me protégeait de tout danger.

Il m'embrasse sur la tempe.

– Et si j'allais chercher ton maillot ?

– D'accord. Parce que moi, je n'y arriverai pas.

Il prend la clé dans ma main.

– Où est-il ?

– Dans le premier tiroir de ma commode.

– J'arrive.

La piscine du Sheraton est énorme et je me glisse dans une des innombrables toilettes pour me changer. Haze m'a apporté un minuscule bikini. Tu m'étonnes.

– Chambre 305, annonce Haze à un mec endormi qui nous tend deux serviettes.

Peu après, on dépose nos affaires sur deux transats avant de s'approcher du bord de la piscine. On plonge et on nage sous l'eau en se souriant.

– Bon, dis-je en remontant à la surface. C'était une excellente idée.

Une heure durant, j'oublie tout pour ne plus songer qu'à barboter dans l'eau. La piscine rétrécit en son centre où quatre lions de béton crachent des jets d'eau. Alors que Haze s'approche de l'un d'eux, je lui donne un petit coup sur l'épaule et il se retourne, en prend plein les oreilles.

– Toi ! s'exclame-t-il en m'arrosant.

– C'est juste un crachat de lion.

Pour toute réponse, il plonge sous l'eau et m'attrape les pieds puis remonte à la surface sans me lâcher, secoue la tête comme un chien mouillé à m'en faire éclater de rire.

– Qui va se prendre un crachat de lion, maintenant ?

– Non !

Je couine tandis qu'il me fait passer sous un lion, puis un autre. Après quoi, il m'embrasse sur la bouche, me serre contre lui, m'entoure de ses bras. Je me sens prisonnière et je n'aime pas ça.

Submergée, je me détache aussi doucement que possible.

– Je ne veux pas nous faire remarquer, dis-je en guise d'explication.

– Pas de souci, soupire-t-il.

On sèche sur nos transats lorsqu'il se met à toussoter :

– Je voudrais te demander quelque chose.

– Oui ? dis-je, plongée dans mon bouquin de maths.

Il me pose une main sur le genou.

– Rachel, regarde-moi.

– Quoi ? dis-je en levant les yeux.

Il m'étreint ostensiblement le genou.

– Quand tu auras dix-huit ans, je voudrais que tu viennes vivre avec moi.

– Vivre... où ça ?

– Avec moi. Jusqu'à la rentrée.

J'essaie de comprendre. Il habite une maison minuscule avec son ivrogne de mère. Où pourrais-je bien dormir ? Sur le canapé où celle-ci passe ses journées ?

Sans me quitter des yeux, il me caresse le genou.

– Haze, je ne crois pas que je pourrais faire ça...

– Tu peux faire tout ce que tu veux. Ce ne serait que pour quinze jours, jusqu'à ton départ pour le New Hampshire.

Il se rapproche de moi, me prend les deux mains.

– S'il te plaît !

On se fixe un instant. Rien ne sera jamais plus pareil dans ma vie. Mais lui est toujours là.

– Je vais y réfléchir.

Forcément.

Durant quelques battements de cœur, je reste figée dans le rayon de l'attention qu'il me porte. Ses yeux se plissent légèrement, comme s'il allait sourire.

Et voilà qu'à la place, il se penche pour encore m'embrasser.

Dans mon lit trop mou du foyer de Parson, j'ai du mal à m'endormir. Mes pensées tiennent de l'Orbitron du Royaume enchanté, à tourner trop vite pour être agréables. Maman, Frederick, Haze et ma petite maison verte s'emmêlent comme pour me défier de m'y arrêter.

Et demain, c'est le partiel de maths.

À côté, Evie commence à ronfler, alors je sors mon vieil iPod de sous mon oreiller, enfile les écouteurs et le mets en route.

J'ai toujours aimé l'instant qui précède une chanson – ce silence béant d'espoir. Il y a quelque chose d'étrangement intime à brancher un son sur deux trous au bord du crâne. Parfois, j'entends même l'interprète inspirer avant la première note. Ça donne l'impression d'être parmi les musiciens.

Les yeux clos, j'attends, et dès qu'un doigt gratte une corde, je reconnais sans peine la main de Frederick. J'en pince pour cette chanson depuis le CM2. Je connais l'ouverture par cœur.

Et puis une voix s'élève, triste et grave :

Elle mettait les amplis au plus fort
Balançant les hanches et j'en j'oubliais les accords
Personne d'autre ne détenait une telle force
Dont je m'enivrais et implorais encore

La musique a toujours été ma seule attache avec lui. Bizarrement, il ne m'a jamais laissée tomber. Et maintenant ? Je ne sais pas ce qui va se passer. Je sais seulement que si Frederick ne vient pas après le lycée demain, ce refrain ne résonnera jamais plus de la même façon pour moi :

Au cœur des nuits de Wild City
Mes oreilles ont résonné des années durant
Les lumières brillantes de Wild City
Qu'on a payées en pleurant.

Chapitre 6

Le lundi après-midi, je passe mon partiel de maths les mains dans les poches. Mon soulagement dure un bon quart d'heure. Après quoi, je sors vérifier que Frederick va bien revenir comme promis.

Je pense que je vais sans cesse me poser la question – même s'il reste dans ma vie une fois que j'aurai quitté la Floride. Il y aura toujours un peu de moi, assise sur le banc devant le lycée, à me demander s'il ne va pas décider du jour au lendemain d'arrêter de se donner autant de mal pour moi.

Trois voitures se succèdent devant le point de rendez-vous, mais je n'aperçois aucune berline noire.

Bon, Carlos est peut-être bloqué dans les embouteillages.

Je vérifie de nouveau mon téléphone. Pas de message ni de texto. En revanche, je trouve une nouvelle alerte Google sur « Freddy Ricks. » Je tape dessus, et le titre me laisse sans voix : *Freddy Ricks annule neuf étapes dans sa tournée, y compris un spectacle à guichets fermés au Madison Square Garden.*

Sérieux ? Je clique sur le lien de l'article :

Atteint d'une tendinite au pouce et sur deux doigts, le chanteur auteur-compositeur va rembourser les billets de tous ces concerts. « Il suivra une procédure ambulatoire et un traitement, annonce l'attachée de presse Rebecca Showers aux médias. Freddy devait reprendre dès le mois d'octobre. »

Et c'est tout.

Dans ma vision périphérique, quelqu'un agite les bras.

Je lève les yeux et aperçois Carlos devant un 4x4 brun que je ne connaissais pas, en train de m'adresser de grands signes. Je me lève, me précipite vers la voiture.

Ainsi le revoilà. Pour la quatrième fois. Mais je ne m'y habituerai pas. En ouvrant la portière, j'entends la voix de Frederick au téléphone :

– Henry, j'aimerais pouvoir discuter davantage avec toi, seulement l'avocat que tu as engagé m'a fait poireauter une heure dans son cabinet. Alors, grouille.

Tandis que je me glisse sur le siège, il lève une main et me prie d'attendre un instant.

– Il ne nous reviendrait pas aussi cher de contester les contrats syndicaux que de les payer ? Ah ! Voilà, on savait bien que ça allait nous coûter un max.

Je dépose mon sac à dos à mes pieds tout en gardant les yeux sur sa main droite ; il serre le poing, s'en frappe le front.

– Franchement, Henry ! Je ne te demande pas de t'en mêler. Il faut juste que je sache. Tu pourrais envoyer à Carlos le numéro de suivi ? Merci.

Du pouce droit, il coupe la communication puis se met à frapper le téléphone contre ses jambes d'un geste énervé.

Sa main va bien.

Il tourne vers moi un regard las. J'avais toujours cru que sa vie n'était qu'une succession de plaisirs. Musique jour et nuit.

Là, il n'a pas trop l'air de s'amuser.

– Désolé, murmure-t-il. Comment s'est passé ce week-end ?

– Très bien. J'ai passé mes partiels et fait ma lessive.

– La fête !

– C'était dingue. J'ai la gueule de bois.

J'observe sa réaction. Apparemment, il me croit sur parole.

– Tiens, reprend-il, j'ai trouvé un mot pour toi. Inférieur.

– Quoi ?

Il vient de me traiter d'inférieure ?

– Un négatif sans son positif. On ne peut pas être férieur.

– Oh ! dis-je dans un éclat de rire nerveux. En fait, dans mon cas, si. Je suis très férieure. Demande à n'importe qui.

Ce qui me vaut un autre sourire fatigué avant que son téléphone ne sonne de nouveau. Il regarde de qui vient l'appel et fourre l'appareil dans sa poche.

– Dans l'avion, j'ai regardé le dernier Harry Potter, dit Frederick alors qu'on parcourt les jardins de son bel hôtel. Tu les as vus ?

– Oui. Mais les livres sont mieux.

– Ah bon ? Alors que les films sur le Hobbit étaient meilleurs, bien qu'ils ne respectent pas trop le livre.

Je me demande ce qu'il pense de la chanson qu'Ed Sheeran a écrite sur le Hobbit et s'il est aussi impressionné que moi qu'il en ait joué chaque instrument, à part le violoncelle.

Seulement, je préfère encore éviter le sujet musique. Alors, j'essaie autre chose :

– C'était comment, La Nouvelle-Orléans ?

Sur mon nouveau téléphone, j'ai déjà examiné le programme du festival où il a joué pendant le week-end.

Son compte Instagram comporte de nouvelles photos, dont une de lui avec un guitariste de blues légendaire.

– C'était chaud, marmonne-t-il. Avec des moustiques de la taille de ta tête.

Ainsi le concert avait lieu en plein air? Je ravale cette question. Je n'ai pas envie d'avoir l'air d'une fan. Et il ne parle jamais de son œuvre ni de sa vie. Le silence qui s'ensuit me donne l'impression qu'il cherche encore à savoir si je vaux la peine de faire partie de ses proches.

Le téléphone dans sa poche se met à vibrer et il le sort pour jeter un coup d'œil à l'écran.

– Eh merde! s'exclame-t-il en se frottant la nuque. Désolé, Rachel, mais je dois répondre.

Il porte l'appareil à son oreille, et ce qu'il dit alors me donne la boule au ventre:

– Salut, papa.

Wouah!

Pour commencer, je n'ai jamais dit ça de ma vie. Et... mon grand-père au téléphone? Je me suis dit parfois que je devais bien avoir quelque part un ou deux grands-parents vivants. Cependant, Richards étant un nom assez répandu, Google ne m'a pas beaucoup aidée quand j'ai voulu le retrouver.

– Papa, ma main va très bien, ricane mon père. Si je devais me faire opérer, je te le dirais.

Il s'éloigne de l'allée pour s'adosser à un arbre.

Apparemment, il veut un peu d'intimité, alors je recule, mais je peux l'entendre encore.

– Papa, écoute. Tout va bien pour moi. C'était juste une excuse pour m'offrir du temps libre. J'ai quelques affaires à régler et je ne peux pas en parler pour le moment.

Il regarde par-dessus son épaule, m'aperçoit:

– Je vais bien, juré. Est-ce que tu pourrais rassurer maman? Je te raconterai tout dès que possible.

Il achève la communication, puis tourne vers moi un visage à l'expression indéchiffrable.

– Tu as des grands-parents, annonce-t-il d'une voix tranquille. Ils vont vouloir te rencontrer. Ils sont, euh...

Son regard se pose sur le lac artificiel, survolé par une aigrette aux longues pattes.

– Il se passe trop de choses en ce moment, ajoute-t-il. Mais ce sera bientôt possible.

Cette idée me donne un peu le vertige, jusqu'à ce que je prenne conscience d'une chose importante :

– Ils ne sont pas au courant pour moi.

Ses propres parents ne savent pas qu'il a un enfant ?

Frederick se pince l'arête du nez, secoue la tête.

– Oh ! dis-je encore sans cacher ma déception.

Je suis son plus profond secret. Alors qu'on reste en face de l'autre sans rien dire, une voiture de golf passe devant nous, avec deux passagers qui rient aux éclats.

Ne pleure pas. Là, je me retourne, incapable de le regarder davantage. Je me suis toujours sentie invisible à ses yeux. J'ai l'habitude d'être ignorée. Mais l'idée de ne pas exister pour ses parents me semble insupportable. À croire qu'il a honte. De moi.

Tout en essayant de respirer le plus calmement possible, je repars lentement vers l'hôtel. Il m'emboîte le pas. *Des grands-parents.* Je n'en ai jamais eu. La mère de maman est morte quand j'avais quatre ans et je me souviens à peine d'elle. Quant à son père, il est décédé avant ma naissance.

Tout en me demandant à quoi ses parents peuvent ressembler, je risque un coup d'œil vers Frederick. La mâchoire serrée, les lèvres tombantes... S'il a jamais regretté d'être revenu en Floride pour me trouver, c'est maintenant.

Dès que je m'en sens capable, je pose une question. Pas la principale, mais c'est un début :

– Pourquoi tu as menti sur ta main ?

– Parce que beaucoup de gens sont furieux quand on annule des concerts. J'avais besoin d'une bonne raison.

– Et je n'en suis pas une ?

Il s'immobilise.

– Bien sûr que si. Seulement, je viens de présenter une requête pour obtenir ta garde. Si nos deux visages apparaissent sur un site web de magazine people, j'ai peur que ça ne soutienne pas mon dossier.

– Oh ! dis-je bêtement.

On regagne l'hôtel en silence. En entrant dans le lobby, Frederick jette un regard hargneux vers le restaurant.

– Si on se commandait à dîner, ce soir ? J'ai envoyé Carlos me chercher un colis.

– Pas de souci, merci.

Il appuie sur le bouton de l'ascenseur et je le suis au troisième étage, puis le long d'un corridor. Il nous emmène dans sa chambre ? Ça me semble un peu trop intime, surtout s'il est de si mauvaise humeur.

Cependant, quand il ouvre la porte, je découvre une sorte de palais, avec un grand salon-salle à manger, ainsi qu'un coin cuisine qui semble n'avoir jamais servi. Quant à la chambre, on n'en voit que la porte, au fond de la pièce.

– Il y a un balcon, grommelle Frederick. Si tu veux réviser à l'air libre.

Sans me faire prier, je fonce avec mes textes de littérature, m'installe sur une chaise longue devant une table en verre.

Tandis que je réfléchis à une rédaction sur *La métamorphose* de Kafka, on frappe à la porte.

– Comme ça, vous l'avez retrouvée ! C'est exactement ce qu'il me fallait pour ce soir. Voyons si elle a survécu.

Là, je le vois saisir une gigantesque boîte que lui tend Carlos et l'emporter vers la table de la salle à manger, pour en couper les bandes adhésives.

– *¿Quiere burritos?* demande Carlos. J'ai trouvé cet endroit en ville. Si j'y vais maintenant, ce sera bon.

– Rachel ? lance Frederick. Ça te dit, des burritos ?

Je me lève, passe une tête dans la pièce.

– *Si, yo quiero.*

– *¿Carne?* demande Carlos en riant. *¿Cerdo? ¿Pollo?*

– Du porc.

– J'espère que ce sera aussi bon qu'à Los Angeles, lâche Frederick.

– Ne rêvons pas de miracles, commente Carlos en se tournant vers la porte.

– Carlos ? le rappelle mon père. Envoyez un texto à Henry pour lui dire qu'on a retrouvé la guitare qu'il a perdue.

– C'est déjà fait, répond le chauffeur en sortant.

Frederick se penche sur son paquet.

– Chaque fois qu'on expédie une guitare, je me demande pourquoi j'ai trouvé que c'était une bonne idée. Il peut se passer tant de choses.

Dans la boîte apparaît un étui à guitare noir et, à l'intérieur, une énorme quantité de matériaux d'emballage, d'où il tire un bel instrument de bois. Il le retourne entre ses mains avec le sourire d'un enfant à Noël, esquisse un pas de danse vers le canapé, le pose sur ses genoux avant de lui murmurer d'une voix tendre :

– Viens voir papa.

Cet étrange choix de mots me ramène instantanément sur le balcon, où les pages de mon examen de littérature volettent au vent. Je les rabats de la main tandis que de l'intérieur montent les notes de cordes pincées une à une.

Et puis commence une mélodie à m'en dresser les cheveux dans la nuque. Je l'ai déjà entendu jouer de la guitare, aussi bien acoustique qu'électrique, sur d'innombrables enregistrements. Mais ces cordes qui vibrent si près me donnent des frissons. Je retiens mon souffle tandis que la musique devient de plus en plus élaborée.

Elle s'arrête brusquement mais, après quelques légers ajustements, elle recommence, m'inondant comme une vague déferlante.

Ma mère est morte il y a quinze jours. J'ai affronté chaque heure dans une profonde torpeur, un manque total de vie privée, préférant m'évader à chaque nouveauté qui se produisait. Cependant, la guitare de Frederick semble arrêter le temps. Pendant qu'il joue, je me sens emportée par la nuit tiède et le doux rythme d'une guitare que j'ai entendue toute ma vie.

Au point que j'écarte mes devoirs pour me prendre la tête dans les mains. Je ne connais pas cette chanson, pourtant, elle commence à me déchirer le cœur. Je parviens à tenir jusqu'à ce qu'il se mette à chantonner comme pour lui-même de sa voix de baryton. Là, les larmes me coulent le long des joues et sur les mains. Je m'y noie, frissonnant silencieusement jusqu'à la fin de la chanson.

Dans le silence qui suit, je serre les lèvres. Je ne suis qu'une épave qui tâche de ne pas renifler. J'entends Frederick aller et venir derrière moi, puis le bruit d'un robinet qui coule. Au bout d'une minute, il apparaît sur le balcon, dépose un verre d'eau et une boîte à mouchoirs sur la table. Je n'arrive pas à lever la tête.

Une main tiède se pose sur ma tête, y reste le temps de trois palpitations puis s'en va. Frederick retourne à l'intérieur.

Je presse mes doigts sur mes yeux en souhaitant qu'ils cessent de pleurer. J'entends Frederick qui range en chantonnant tous les papiers arrivés avec la guitare; j'enfonce les ongles dans mes paumes et compte les feuilles d'un bananier dans la cour en contrebas.

Finalement, Carlos apporte les plats. Frederick apparaît sur le seuil du balcon avec deux sacs en papier blanc.

– Tu te sens prête à découvrir si on fait de bons burritos à Orlando ?

– Bien sûr, dis-je d'une petite voix.

Il prend place sur l'autre chaise, me passe un sac sur lequel on a griffonné « Rachel. »

On se met tous les deux à déballer ; ça sent plutôt bon. J'ai l'appétit capricieux. Parfois, je n'arrive à rien manger, d'autres fois, je meurs de faim. Là, j'engloutis une grosse bouchée.

– Qu'est-ce que tu en penses ? demande-t-il en s'essuyant la bouche avec une serviette en papier.

La question me semble ambitieuse, jusqu'au moment où je me rends compte qu'il ne fait allusion qu'au burrito.

– Très bon, dis-je sincèrement.

C'est vrai. Le porc est mixé avec des herbes et des haricots.

– Oh ! dis-je, soudain affolée. C'est plein de coriandre !

La surprise qui s'affiche sur le visage de Frederick me fait comprendre mon erreur. Il repose son burrito puis, à l'aide d'un couteau, le coupe en deux, me montre un morceau. Pas trace de coriandre.

– Carlos sait, commente-t-il tranquillement.

– Ah, c'est pratique ! dis-je d'une voix tremblante. Il lit la presse lui aussi.

– *Rolling Stone*, précise-t-il. Difficile d'oublier les reporters qui en rajoutent des tonnes.

On déguste en silence et je me sens vidée.

– Je peux te poser une question ? demande-t-il.

– D'accord.

Il dépose sa nourriture.

– Depuis combien de temps sais-tu que je suis ton père ?

Facile.

– Depuis toujours.

Il écarquille les yeux.

– Qu'est-ce qu'elle t'a dit sur moi ?

– Rien. Mais chaque fois que tes chansons passaient à la radio, elle changeait de station. En CM1, je les connaissais toutes par cœur.

Il se lève précipitamment, ouvre le réfrigérateur pour prendre une bière et la lumière l'éclaire. Je vois alors son regard, comme s'il venait de prendre un coup.

Je ne me sens pas coupable pour autant.

Chapitre 7

Je suis assise dans une salle d'étude quand Frederick m'envoie un texto :

Nouveau chauffeur aujourd'hui. Avec une voiture gris métallisé. Ne cherche pas Carlos après le lycée.

À quoi je réponds :

C'est toi qui viens me chercher ?

Haze ne va pas être content. Il voulait qu'on aille manger une glace.

J'espère.

Bon, drôle de réponse. Je tape :

Où est Carlos ?

Il n'était là que pour me rendre service. Il a dû rentrer dans sa famille.

Pourquoi tu ne loues pas tout simplement une voiture ?

Je ne sais pas conduire. Je peux te dire que les gens se moquent incessamment de moi. Tiens, voilà encore un drôle de négatif. Parce que cessamment n'existe pas.

Je réponds :

Mais cessant, oui.

Une demi-heure s'écoule et je finis par me demander si je ne l'ai pas vexé, quand, finalement, mon téléphone vibre à nouveau.

Demande de garde approuvée.

Quoi ?

L'interdiction de téléphoner dans le lycée m'oblige à sortir du bâtiment pour l'appeler. À l'instant où il répond, je lance :

– Qu'est-ce que ça veut dire ?

– Que j'ai gagné ! s'écrie-t-il. Le juge vient de m'accorder une garde temporaire d'urgence. Et comme tu vas avoir dix-huit ans dans trois semaines, c'est parfait.

– Mais... qu'est-ce qui s'est passé ?

– Hannah Reeves. Elle a dit au juge ce qu'il fallait. Et ça a marché. J'avais envie de me jeter dans ses bras.

– Attends... je ne savais pas qu'il y avait une audience.

– Je ne t'en ai pas parlé parce que je craignais de perdre. Mon avocat m'avait prévenu que la logique ne l'emportait pas toujours. En fait, il suffisait d'une jeune et belle assistante sociale en tailleur bleu pour gagner. On se retrouve devant ton lycée dans vingt minutes. Tu dois sortir de là.

– Euh... en principe, ma journée ne se termine que dans trois quarts d'heure.

Il rit dans mon oreille.

– J'ai maintenant le droit de tout te raconter sur mes années de bohème. Sors quand tu voudras, je serai là dans le quart d'heure qui suivra. Et, Rachel ?

– Oui ?

– Ça veut dire qu'on peut partir pour la Californie dès que tu auras passé ton dernier partiel. On se retrouve dehors.

Il raccroche.

Je reste un peu au soleil, mon téléphone à la main, à essayer de comprendre ce qui vient d'arriver. Frederick est passé devant un juge pour demander ma garde. Il lui a dit – du moins son avocat – : « Elle m'appartient. »

Tout ce que j'attendais de lui depuis si longtemps.

Et puis il m'a invitée en Californie. Non, pas invitée. Il m'a informée qu'on y allait, comme si ça ne dépendait que de lui.

Légalement, c'est vrai.

Je ne peux pas me faire à cette idée. Ça vient vraiment de se passer comme ça ?

Mon téléphone vibre avec un texto, cette fois de Haze :

Où es-tu ?

Devant la porte Est.

Il arrive en quelques minutes.

– Qu'est-ce qu'il y a ? Tu ne pars jamais si tôt.

Je lui oppose un sourire béant, car je prends enfin conscience de la bonne nouvelle :

– Fini, le foyer de Parson, Haze ! Pour toujours ! Frederick m'emmène.

– Où ça ? se rembrunit-il.

– Eh bien...

Mon cœur bat la chamade.

– Quand les cours seront finis, il veut m'emmener en Californie.

L'air grave, il pose les mains sur mes épaules :

– Je t'en prie, ne pars pas avec lui. Il ne faut pas.

– Pourquoi ?

Il doit bien exister une centaine de raisons et il n'en approuvera pas une seule.

– J'ai bien envie de découvrir la Californie.

Au début, ces paroles flottent entre nous. Je suis un peu choquée d'avoir décidé aussi vite. Mais j'ai attendu toute ma vie cette invitation. Dix-sept années de curiosité, ce n'est pas rien. J'ai enfin la chance de comprendre comment Frederick est devenu mon père.

– Non, Rach, murmure Haze.

Et là, il fait une chose que je n'avais encore jamais vue de sa part. Il pleure.

– Tu ne peux pas partir comme ça !

Ma gorge se serre.

– Il le faut.

Mais ce n'est qu'une excuse. Ce départ pour la Californie avec Frederick est un choix personnel et nous le savons aussi bien l'un que l'autre.

– Rien ne t'y oblige, dit-il, les yeux brillants.

Alertée par un coup de klaxon, je me retourne. Frederick est arrivé.

– Merde ! crie Haze entre nous. Tu ne sais pas ce que j'aimerais lui faire, à cet homme !

Il balance son sac de gym contre le mur.

– Haze ! je crie malgré moi. Arrête, tu veux ? De toute façon, je devais m'en aller. Tu le sais, non ? Je partais à l'automne, quoi qu'il arrive.

Il secoue la tête :

– C'est n'importe quoi, Rachel. Tu serais revenue un jour ou l'autre. Tandis que maintenant, c'est fini.

La voiture klaxonne de nouveau.

– Tu sais ? dis-je d'un ton suraigu. Ce serait sympa si tu pouvais être un peu content pour moi. Quand tout allait mal, tu étais là. Mais maintenant que ça se passe un peu mieux...

Je suis trop fatiguée pour achever ma phrase. Je ne tiens pas non plus à ce qu'on se dispute. Il voudrait certaines choses que je ne peux lui donner et je ne trouve pas les mots pour le lui expliquer.

Là-dessus, je m'écarte pour prendre la direction du parking.

– Rachel, attends ! Ne t'en va pas comme ça ! Ne choisis pas ce connard à ma place !

Je m'arrête, toutefois trop énervée pour soutenir son regard.

– C'est trop injuste ! Tu ne dois pas le prendre ainsi.

Il croise les bras :

– Tu vois une autre façon de le prendre ?

– Je pars pour la Californie et ça ne te plaît pas, c'est tout !

Il baisse la tête. Le cœur battant, je me dirige vers la voiture. Un chauffeur inconnu m'ouvre la porte. Je me glisse auprès d'un Frederick en costume-cravate.

Quand on amorce un demi-tour, je ferme les yeux. Quelque part, j'ai envie de crier : « Arrêtez cette voiture ! » J'ai tort de planter Haze au beau milieu d'une dispute. Mais si je reviens, ça recommencera de plus belle.

– Rappelle-moi pourquoi tu es si gentille avec ce type, demande Frederick. Chaque fois que je le vois, il braille.

C'est là que j'éclate car, en fait, aucun d'eux n'a raison.

– Il est venu s'asseoir à côté de moi dix jours d'affilée pendant que je la regardais mourir. Dans ce putain d'hôpital !

Et toi, tu étais où, d'abord ?

Dans le silence qui suit ma crise, on n'entend plus que le ronronnement du moteur.

Ce qui me vaut cette expression stupéfaite de Frederick. J'éprouve quand même un serrement de cœur et préfère me retourner vers la fenêtre.

Au bout d'une minute de quiétude, je l'entends sortir son téléphone.

– Oui, Madeline, je crois que vous pouvez m'aider. J'occupe actuellement la chambre 408, et je voudrais en changer. Pourriez-vous m'obtenir une suite à deux chambres ? Ma fille se joint à moi.

Ma fille. C'est la première fois que je l'entends utiliser ce mot.

– Je suis content que les affaires marchent si bien, mais je vous prie de consulter mon compte. Qui est votre meilleur client ce mois-ci ? Bien. Voyez ce que vous pouvez faire.

En sortant du parking, on a croisé la vieille voiture bleue de Haze. Je me demande si je remonterai un jour à bord.

Chapitre 8

Moins de quarante-huit heures plus tard, je me retrouve à l'arrière de la berline. Cette fois pour quitter la Floride.

– L'aéroport, s'il vous plaît, lance Frederick au chauffeur. Merci.

La voiture s'éloigne du trottoir et le concierge du Carlton nous adresse un signe de sa main gantée.

Une fois que Frederick a obtenu ma garde, tout s'est passé très vite. Il a pris contact avec la conseillère d'orientation de mon lycée qui nous a fait parvenir d'urgence mes notes finales. Même ma dissertation faite à la maison m'a valu un A.

Hier, la nouvelle voiture de location de mon père s'est garée devant ma vieille maison de Pomelo Court, où m'attendait un Haze renfrogné pour m'aider à vider ma chambre.

J'avais demandé à mon père d'attendre dans la voiture.

En fait, je ne voulais pas le faire entrer dans la maison de ma mère, j'aurais vécu ça comme une trahison. Elle avait travaillé dur pour payer cette modeste demeure, afin que je puisse fréquenter la meilleure école de la région, et je n'étais pas sûre qu'elle aurait jamais laissé Frederick y entrer.

Alors, il m'a attendue en lisant le journal dans son habitacle climatisé. Et c'est Haze qui m'a aidée à tout ranger dans des boîtes. Je pensais que ça prendrait un bon moment, mais ça s'est passé désespérément vite. Une boîte pour les vêtements que je voulais porter à Clairborne. Une boîte pour mes livres, etc.

Mary emballera le reste et le mettra au garde-meuble pour moi. Sur une des boîtes, j'ai inscrit « l'autel », comme disait ma mère, pour les deux piles de CD de Frederick.

Je les ai tous achetés avec mon argent gagné avec mon baby-sitting. Si je n'hésitais pas à télécharger d'autres musiques, pour lui, je voulais lire les commentaires des pochettes.

Quand j'étais plus jeune, je croyais que chacune de ses chansons reflétait la pure vérité. J'écoutais ses nouveaux albums du début à la fin, en croyant qu'au cours des dix-huit derniers mois, il était tombé en panne au bord d'une route désertique et que ça l'avait fait réfléchir sur sa vie, qu'il avait manqué un avion destiné à le ramener vers son grand amour, surpris son amoureuse en train de le quitter avant l'aube et s'était interrogé sur la destinée de ces jeunes gens qui mouraient en Afghanistan.

S'il chantait: « Je voulais que tu restes un instant », je croyais qu'il avait reproduit les mots exacts adressés à quelqu'un dans la vraie vie.

Les paroles constituaient mon seul moyen de capter ses pensées et je les prenais au pied de la lettre. Jamais je n'aurais imaginé qu'il puisse embellir la situation, inventer quelque chose. J'ai même essayé de trouver « Wild City » sur une carte.

En vain, à mon grand effroi.

En grandissant, j'ai appris à ne pas tout prendre pour argent comptant. Pourtant, je passais des heures sur mon lit à disséquer les paroles de ses chansons, à scruter les allusions à une petite amie nommée Jenny ou à une fille disparue depuis longtemps.

Je n'en ai jamais trouvé.

Une fois mes affaires récupérées, Haze a fermé les boîtes avec du ruban adhésif tandis que je me glissais dans la chambre de ma mère. Ça a toujours été un endroit spartiate, à peine décoré. La photo de ma classe de l'année dernière était encore encadrée sur la commode. Je n'aime pas la tête que je faisais dessus avec ce sourire figé. À côté, j'ai récupéré la montre de ma mère.

– N'oubliez pas de prendre quelques objets qui vous rappellent des souvenirs, m'a conseillé Hannah. Si votre mère avait une paire de boucles d'oreilles qu'elle préférait, récupérez-les. Ça n'a peut-être l'air de rien, mais un jour, vous serez contente de les avoir. Les broches de ma grand-mère font maintenant partie de mes bijoux préférés.

La montre a tenu le compte de ses horaires d'infirmière pendant des années. À présent, je la porte au poignet. À mesure que maman maigrissait, elle devait la resserrer.

Il y avait également une boîte à bijoux, que je n'ai plus ouverte depuis mon enfance. J'en ai soulevé le couvercle, pour découvrir des boucles d'oreilles ordinaires, posées sur des photos. J'ai déposé le tout dans mon sac fourre-tout en me promettant de remercier Hannah pour ses conseils.

Le pire détail de cette journée a été le regard de Haze quand on a terminé. Je m'attendais à une autre dispute, mais on y a échappé. Avant de sortir, il m'a étreinte dans ses bras comme jamais. Et, quand je l'ai embrassé sur la joue, il a versé une larme. Il n'a pas dit un mot, à part « au revoir ».

À présent, en route pour l'aéroport, je regarde les panneaux d'affichage d'Orlando défiler devant nous. C'était le décor de ma vie et je ne sais pas quand je le reverrai.

Frederick sort son téléphone, tape un numéro.

– Hannah Reeves, je vous prie, lance-t-il avant de reprendre : Bonjour à vous ! Avec Rachel, nous partons pour Los Angeles. Je voulais juste vous remercier pour tout ce que vous avez fait. Je sais que ce n'est pas pour l'argent.

Sa réponse le fait rire, et il ajoute :

– Promis. Au revoir.

– Tu as été un peu lourd, là, dis-je quand il raccroche.

– Mais non ! Hannah est une fille bien. Qui voudrait d'un boulot pareil ? Autant creuser des tranchées.

Il écarte la paroi de plastique qui sépare le siège avant de l'arrière.

– Pourriez-vous ralentir un peu, mon vieux ? Merci.

En se radossant près de moi, il ajoute :

– Carlos me manque.

– C'est quelqu'un de bien.

Ma carte d'embarquement indique le numéro 2A. Je n'ai encore jamais voyagé en première classe. Tandis que mon père franchit la porte avec son étui à guitare, je m'attends à ce qu'on lui dise qu'il ne peut pas l'emporter dans la cabine, mais non. En fait, une hôtesse souriante lui propose même de trouver un « coin tranquille » pour le ranger.

Mon téléphone vibre alors qu'on s'installe. Je m'assieds sur mon siège de cuir avant de découvrir les textos de Haze.

Tu peux encore changer d'avis. Si tu n'aimes pas la Californie, je t'offrirai le billet retour, d'accord ? Souviens-toi que je serai toujours là pour toi.

Mon cœur se serre en lisant ses mots.

Appelle-moi avant de monter à bord.

Je n'en fais rien.

L'hôtesse s'arrête devant mon père pour lui offrir une bière.

– Voulez-vous une limonade ? me propose-t-elle ensuite.

– Oui, merci.

En première classe, on a droit à de vrais verres et ils arrivent dès qu'on s'assied.

Je m'enfonce dans mon fauteuil. L'odeur de l'oxygène tamisé de l'avion me déroute un peu. Ma vie en Floride s'achève brutalement ici, comme une chanson interrompue au beau milieu du refrain.

Mon téléphone vibre de nouveau. Comme mon père me regarde, je l'éteins sans lire le message.

– Tu files en douce, on dirait ? observe-t-il.

– Un peu. De toute façon, tu ne l'aimes pas.

– Rachel, je ne te juge pas. Je suis moi-même connu pour toujours filer en douce.

DUO

DUO : *1. Morceau pour deux interprètes de tous genres. 2. Au piano, deux interprètes sur un même instrument.*

Chapitre 9

Au moment où je descends l'escalator de l'aéroport de Los Angeles, quelqu'un crie mon nom. Et voilà qu'apparaît Carlos devant l'arrivée des bagages, un large sourire aux lèvres :

– *¡Bienvenida a California!*

– *¡Gracias, Carlos! ¿Como esta?*

– *¡Bien, bien!*

On s'approche du tapis roulant. Frederick traîne derrière, son téléphone collé à l'oreille. Non loin de là, deux femmes chuchotent sans le quitter des yeux.

Je commence à m'habituer aux réactions du public. Je m'amuse à deviner si les gens vont oser s'approcher ou non. Et ces deux-là, sûrement.

Nos sacs arrivent et on s'en empare au premier tour, bien que l'un d'eux me tombe sur les pieds.

– Bon, je suppose que je peux compter dessus pour jeudi, conclut Frederick au téléphone. On se voit demain, Henry.

Il range l'appareil et c'est là que les deux femmes se ruent sur nous, tout sourires, l'air implorant. Pendant qu'avec Carlos on entasse les affaires dans deux chariots, Frederick signe leurs cartes d'embarquement avec le Sharpie qu'il garde toujours dans sa poche.

– On était toutes les deux à votre spectacle à Las Vegas ! glousse l'une d'elles.

– L'année dernière ! ajoute l'autre.

Je me tourne vers Frederick. Il plisse le front, comme chaque fois que les gens le dérangent.

– Monsieur, dis-je, il faut se dépêcher si vous voulez vous rendre à la private party de Justin Bieber.

Il hausse un sourcil.

– Oh ! Nous n'allons pas vous mettre en retard, disent les femmes en s'éloignant.

– Justin Bieber ? répète-t-il sèchement. Trop cool !

– Eh oui, dis-je.

Je suis ravie à l'idée d'arriver en Californie. Maintenant que Frederick est coincé avec moi, je vais pouvoir observer sa vraie vie, qu'il le veuille ou non.

Le moment venu, je me glisse dans la voiture auprès de mon père.

– On y sera dans dix minutes, annonce-t-il tandis que Carlos démarre.

– C'est vrai ?

J'avais tellement entendu parler des embouteillages de Los Angeles...

– C'est un des grands avantages de Manhattan Beach !

Enfant, je me demandais souvent où vivait mon père, l'imaginant dans quelque endroit magique avec piscine. Pourtant, le quartier où nous arrivons me semble bien loin de mes fantasmes avec ses villas si proches les unes des autres, encerclées de murs en crépi. Mais chacune présente au moins un détail des plus élégants – barrières métalliques, vitres teintées. Elles ne révèlent pas leurs secrets à la rue, laissant juste entrevoir leur luxe.

Tandis que le soir tombe, la voiture s'arrête devant une maison étroite à l'étonnante porte de bois zébré. Carlos sort nos bagages du coffre et Frederick tape un code au-dessus de la poignée.

– La combinaison est 8-6-7-5-3-0-9, m'explique-t-il.

– Comme la chanson des Tommy Tutone ? « Jenny, Jenny, you're the girl for me » ?

Frederick écarquille les yeux :

– Attends, tu n'étais pas encore de ce monde quand cette chanson est sortie !

– J'aime bien les sons à l'ancienne, dis-je en le suivant vers l'entrée.

Bien entendu, « Jenny » était le nom de ma mère. Faut-il y voir une coïncidence ?

Sans doute.

Je ne m'attendais pas à ce genre d'intérieur.

– Depuis combien de temps tu habites ici ?

– Trois ou quatre ans. Je sais, la déco est un peu froide.

J'essaie de comprendre pourquoi la maison semble à ce point sans vie. Le rez-de-chaussée est essentiellement composé d'une grande pièce avec cuisine séparée. On voit d'abord un immense canapé d'angle en cuir derrière une table basse, et on aperçoit dans le fond, non loin des portes-fenêtres, un magnifique piano à queue.

Mais, à part une collection de disques vinyle dans un angle, la salle est aussi impersonnelle que la suite de l'hôtel qu'on vient de quitter. Les seules photos aux murs représentent des paysages.

Je suis mon père au premier, dans un couloir flanqué de quatre portes.

– Voici ta salle de bains, dit-il en me désignant l'une d'elles.

Au fond, je devine la chambre principale, qui paraît habitée, une pile de livres sur la table de nuit. La pièce voisine a les murs recouverts de mousse noire, ainsi que les vitres. Pour l'insonorisation. Une dizaine de guitares sont accrochées aux murs. Les seuls vrais meubles restent un simple tabouret et un ampli.

Dans ma chambre, je découvre un lit tout neuf, avec encore des étiquettes sur le matelas, où s'entassent un édredon, des draps et des oreillers dans leurs enveloppes.

J'appelle mon père reparti dans le couloir.

– Qu'est-ce qu'il y avait dans cette pièce, avant ?

– Rien, lance-t-il par-dessus son épaule. Je n'y entrais jamais.

Le lendemain matin, je suis réveillée à six heures. La maison est silencieuse tandis que j'enfile mon short et mon tee-shirt. J'ai l'impression d'être un intrus en descendant l'escalier sur la pointe des pieds. Frederick est assis sur le canapé, les cheveux en bataille.

– Un peu jet-lag ? demande-t-il. On va se promener sur la plage.

Je le suis dehors, il tourne sur la gauche. Je découvre l'océan, rainure bleue entre les immeubles qui peuplent le bas de la colline. Il nous faut descendre une suite de marches de béton puis traverser une petite rue commerciale pour atteindre la plage.

Je comprends pourquoi il habite ici. L'ambiance est glamour et on peut se rendre partout à pied.

– Ah ! s'écrie-t-il lorsqu'on atteint le sable. Ça va mieux !

J'enlève mes chaussures pour laisser le sable se glisser entre mes orteils. Une brise fraîche me donne la chair de poule. Derrière nous, des gens promènent leurs chiens sur le trottoir et, sur un sentier parallèle, défilent joggers et cyclistes.

La plage elle-même est à peu près déserte.

Sous le ciel lavande, je me sens transportée dans la vie d'une autre. Comme si je venais de me fondre dans un rêve.

On achète du café, puis on entre dans une petite épicerie. Frederick dépose quelques marchandises dans son caddie.

– Jus d'orange, beignets, fromage blanc, bière, énonce-t-il. Ça devrait le faire.

– C'est comme ça que tu fais tes courses ?

– Tu veux dire... pour plus tard ?

Je hoche la tête, alors il répond :

– C'est à ça que servent les restaurants.

– Sérieux ?

– Qu'est-ce que tu voudrais ?

– Du pain ? De quoi garnir un sandwich, une salade.

– C'est parti.

J'y ajoute du raisin et des fraises, puis de la laitue, des tomates, de la feta et une boîte de céréales. Les prix sont épouvantables, mais ce doit être moins cher que de tout commander à domicile. Frederick me suit, l'air amusé, en buvant son café.

– Les musiciens n'ont pas besoin de grandir, a dit un jour ma mère.

Je lui avais demandé une fois de plus pourquoi il n'était jamais là. Une des rares petites miettes qu'elle m'ait jamais offertes sur lui.

Je dépose une bouteille de lait dans le caddie en me demandant ce qui a pu se passer entre eux. Et si j'aurai jamais assez confiance en Frederick pour lui poser la question.

Plus tard dans la journée, la maison se remplit de musiciens. Depuis le palier, j'écoute Frederick en train de les accueillir.

– Fini la plaisanterie, Ernie ! Maintenant, on se remet au travail. Bon sang, Art ! Je suis pas sûr pour cette moustache.

– Elle pousse toute seule, répond l'autre.

On sonne de nouveau à la porte et tous saluent un dénommé Henry. Le fameux Henry, souffre-douleur de mon père. Je ne peux m'empêcher d'espionner leurs échanges.

– On va prendre une photo ! lance-t-il. Je n'ai rien posté sur Insta depuis des semaines.

– L'enfer ! marmonne mon père. Le monde va cesser de tourner si tu ne mets pas Instagram à jour.

– La ferme ! Et passe le bras autour du cou d'Ernie. Non, l'autre bras ! Je ne veux pas qu'on voie ta main soi-disant blessée.

– Tu n'as qu'à la blesser pour de bon, lance une voix, ça rendra l'affaire crédible.

Et mon père d'éclater de rire.

Je prends le temps de me sécher les cheveux et de ranger mes affaires. Une fois prête, je glisse mon portefeuille dans ma poche arrière et descends aussi discrètement que possible. Mais, lorsque j'arrive au pied des marches, toutes les conversations s'arrêtent.

Mon père s'éclaircit la gorge.

– Les gars, voici Rachel. Soyez cool avec elle. Elle n'a pas l'habitude des voyous de votre espèce.

La plaisanterie tombe à plat, car quatre types me dévisagent avec une curiosité non feinte.

– Vous devriez voir vos têtes, dis-je dans un murmure.

Le type au crâne rasé réagit le premier :

– Pardon. C'est juste que je vois la gueule de Freddy depuis vingt ans. Je n'aurais jamais cru qu'il serait mieux en fille.

– J'ai dit cool ! rouspète mon père.

– Tu as dit cool avec elle, pas avec toi.

– Cet abruti, c'est Ernie, il est à la basse.

Ce que je sais déjà. Ernie apparaît depuis le début sur les notes d'accompagnement de ses albums. Dans ses interviews, Frederick en parle comme de son « meilleur ami ». Ils ont tous les deux grandi à Kansas City avant de fréquenter le lycée de Clairborne. Et le crâne luisant d'Ernie est visible sur presque toutes les vidéos.

– Ravie de vous rencontrer, Ernie, dis-je.

Il a de profonds yeux noirs et de larges épaules.

– Et voici Henry, ajoute Frederick en me montrant le seul type un peu chicos du groupe. Ne le laisse pas te dicter ce que tu dois faire.

Henry lève les yeux au ciel avant de me serrer la main.

– Je travaille pour la société de gestion de Freddy. Votre père me paie pour lui donner des ordres.

Après avoir été présentée à un percussionniste négligé et à un jeune claviériste, je m'esquive :

– Je vais me balader, dis-je en enfilant mes chaussures devant la porte.

Mon père me suit sur le perron.

– Désolé.

– Pas de souci.

– À tout hasard, la plage est dans cette direction. Ici, nous sommes dans la 16ᵉ Rue, plus tu vas vers le nord, plus les numéros augmentent. Attends...

Il sort son portefeuille.

– C'est pour toi.

Une carte de crédit à mon nom.

– Pour quoi faire ?

– Ce que tu voudras, des tee-shirts, du café. Ces fruits qui te plaisent tant. Tout ce que peut désirer une fille qui s'ennuie en été.

– Ah, merci !

– Et il y a une librairie entre Manhattan et la 9ᵉ.

– Cool. À plus.

Je sens son regard me suivre quand je descends l'allée du jardin.

– Tu as ton téléphone ? lance-t-il.

Cette question me frappe bizarrement. Pour la première fois, il me rappelle maman. Je me retourne :

– Pourquoi ? C'est un quartier dangereux ?

– Non, s'esclaffe-t-il.

– Alors, salut !

Et je reprends mon chemin sans me retourner.

C'est agréable de se retrouver seule. Ça ne m'était plus arrivé depuis un moment, surtout sans rien avoir à faire de particulier. Je descends Manhattan Avenue en regardant les vitrines. Une bonne moitié sont des boutiques branchées avec une décoration magnifique.

Je m'arrête pour admirer quelques maillots de bain au look à la fois sport et sexy. La plupart des étiquettes ont été retournées, mais j'en distingue tout de même une : 260 $. Ça me fait pouffer et je sens ma mère sourire à côté de moi. On plaisantait souvent sur les prix exorbitants de certains objets.

Elle plissait le nez quand elle riait.

Bizarrement, je perçois sa présence par-dessus mon épaule en me baladant à travers Manhattan Beach. Pour autant que je sache, elle n'a jamais mis les pieds en Californie. Pourtant, ensemble, on remarque à quel point tout le monde ici a l'air sportif et en forme, et combien l'odeur diffère de celle de la Floride, plus salée, plus sèche.

Je m'installe sur le sable au soleil. J'irai plus tard à la librairie, mais je m'aperçois que j'ai une autre question pour mon ami Jake. Je tape le message :

Salut, c'est Rachel Kress. Tu sais quels livres je devrais lire pour le cours de littérature ? J'irai les chercher en librairie. Merci !

Il risque de ne pas me répondre avant un moment mais je préfère attendre. L'océan est d'un joli bleu. Je prends une photo, me demande si je ne devrais pas l'envoyer en texto à Haze. Ce ne serait pas un peu vache ?

Je n'ai pas encore pris ma décision lorsque mon téléphone sonne. Je ne reconnais pas le numéro.

– Allô ?

– Rachel ? lance une voix rauque. C'est Jake.

Les battements de mon cœur s'accélèrent.

– Salut, dis-je prudemment. Merci de m'appeler.

– Pas de souci !

Il prend un ton si aimable que je me surprends à sourire.

– Alors, reprend-il, ton été se passe mieux, maintenant ?

Je regarde l'océan Pacifique scintiller à l'horizon.

– En fait, je suis sur une plage de Californie, là.

– Arrête ! Moi, je suis sur une plage dans le Massachusetts. Enfin, je la vois derrière une vitrine. On est chacun à un bout du pays. Tu n'as pas repéré des pirates là où tu es ?

– Non, dis-je, au bord de l'éclat de rire.

C'est plus marrant d'appeler Jake que de lui écrire.

– Moi non plus. Tant mieux.

– En effet.

– Alors, pour les livres...

– Oui ?

J'avais déjà oublié la cause de son appel.

– Tu prends le cours de littérature anglaise ou russe au premier trimestre ?

– J'aimerais commencer par le russe, seulement je ne sais pas si c'est à moi de choisir.

– Écoute, je sais qu'on va lire *Anna Karénine*, mais si tu te retrouves en anglais, ce sera Chaucer, je crois.

– Merci pour le tuyau. Je vais peut-être commencer par *Anna Karénine.*

– Tu vas sans doute recevoir un emploi du temps dans une quinzaine de jours. Attends un peu et tu verras.

– Je voudrais prendre de l'avance. La rentrée va arriver vite.

– Ça n'a pas l'air de trop te réjouir. Tu es inquiète ?

– Un peu.

J'ai l'impression qu'il ne me reste aucun atout pour me faire de nouveaux amis ou impressionner mes futurs professeurs.

– J'ai un peu le trac pour l'année prochaine, reconnaît-il lui aussi. Pour des raisons différentes des tiennes. Mais ma mère me conseille toujours de me demander : qu'est-ce qui pourrait m'arriver de pire ?

Ça m'est déjà arrivé, à moi. Et encore maintenant.

– Euh... je ne sais pas. À toi d'abord.

– Facile. La pire chose qui pourrait m'arriver, ce serait de me prendre la tête toute l'année à essayer d'impressionner le département d'astronomie de Clairborne et de me faire rejeter.

– Tu tiens vraiment à y entrer ? Plus que tout ?

– Tous mes autres choix passent loin derrière. Ce sera vraiment terrible si je n'y arrive pas.

– Euh... mais si rien d'autre ne t'intéresse, ils s'en rendront compte. Explique-leur clairement à quel point c'est important pour toi. Tout le monde ne demande qu'à trouver des gens passionnés, tu sais ?

– Tu es trop maligne, Rachel Kress !

J'entends un sourire dans sa voix. Alors, je plaisante :

– On me dit ça tout le temps.

– Tu ne vas pas me confier ta pire angoisse ?

– Euh... Vomir durant mon audition a cappella.

– Du coup, ils sauront que c'est important pour toi.

– Trop malin !

– Bon, s'esclaffe-t-il. Ça serait sans doute pas super comme première impression, mais je suis sûre que tu y arriveras. Si c'est vraiment ce qui te fait le plus peur dans la vie, tu n'es pas trop mal partie.

Si tu savais...

– Content d'avoir pu te parler. Maintenant, il faut que je me prépare. Si la nuit le permet, au moins j'aurai droit ensuite à une heure sur la plage avec mon télescope. Sauf que c'est bientôt la pleine lune.

– Et alors ? Tu n'es pas un loup-garou ?

– Quoi ? Pas toi ?

On éclate de rire comme deux dingues.

– La brillance de la lune efface pas mal d'éléments, explique-t-il ensuite. Elle dissimule les petites étoiles.

– Oh ! Dommage.

– Ouais. Profite bien de tes vacances à la plage.

– Merci.

Vacances me semble un drôle de mot pour décrire mon voyage en Californie. Mais je ne vais pas lui expliquer ça maintenant.

– À bientôt, dis-je en espérant que ce soit vrai.

– Salut !

Une cloche tinte à la porte de la petite librairie. J'aime aussitôt cet endroit, avec ses étagères en bois pleines de livres. Ça sent le papier et le savoir.

Je m'adresse à la jeune femme derrière le comptoir.

– Avez-vous *Anna Karénine* ?

– Bien sûr. Quelle traduction ?

J'hésite. Je n'en ai aucune idée.

– Celle de Pevear est très appréciée.

– D'accord. Alors celle-ci, s'il vous plaît.

Je sors la carte de crédit de Frederick. *La carte de papa.* Avec Haze, on s'est toujours moqués des jeunes qui utilisaient celle de leurs parents chaque fois qu'ils avaient envie de quelque chose. Et voilà que je fais maintenant partie d'eux.

– Vous avez oublié de signer au dos, m'indique la vendeuse en me tendant un stylo.

– Pardon, elle est neuve.

Je trace mon nom à l'encre bleue. RACHEL KRESS.

Quand j'étais petite, maman m'a expliqué que l'initiale de mon deuxième prénom était R. pour Rose. Pendant des années, j'ai signé Rachel Rose car je trouvais que ça sonnait bien.

À quinze ans, en m'inscrivant en cours de conduite, maman a sorti mon certificat de naissance, et là j'ai appris que mon vrai deuxième prénom était Richards. Curieux, tout de même. Elle avait changé d'avis ?

– Voulez-vous un sac ? me demande la vendeuse.

– Non, merci.

En sortant du magasin, je sens les yeux de maman sur moi.

Je n'ai aucun mal à retrouver la porte zébrée. Je m'apprête à taper la combinaison sur le clavier, mais je m'arrête en percevant la voix stridente de Frederick :

– On ne va pas au studio ce mois-ci, les mecs ! Je sais que c'est nul, car vous avez déjà perdu la paie des concerts. Mais je ne suis pas prêt.

– Tu ferais mieux de t'y mettre, proteste Henry. En annulant ta tournée d'été, tu as déjà perdu plus d'un million de dollars.

Je me fige, la main sur la porte.

– ... ça va coûter cher à ta réputation, ajoute Henry.

– Je le sais très bien. Et puisque tu aimes tellement l'aspect financier des choses, vois cet été comme une occasion pour moi de rembourser une dette contractée à mes vingt ans. Je ne te parle même pas des pénalités de retard. Ça te parle mieux ainsi ?

Quoi qu'Henry réponde, c'est d'une voix trop basse pour que je le perçoive par-dessus les battements de mon cœur. Je reste immobile sur le perron, tel un intrus, sans plus savoir que faire.

Cependant, au bout d'une minute, quelqu'un dit quelque chose, déclenchant un éclat de rire général. Dès qu'ils se calment, je tape lentement le code d'accès, tourne la poignée de la porte.

La conversation s'arrête. De nouveau, les regards se tournent vers moi, la voleuse de l'été à un million de dollars.

– Qu'est-ce que tu as pris ? lance Ernie. Ça me semble trop épais pour une lecture de plage.

Gênée, je montre mon exemplaire d'*Anna Karénine* à l'assemblée, avant de filer dans l'escalier.

– Nabokov ? lâche une autre voix. Mince, Freddy, elle ne peut pas être ta... ta fille.

Dans le silence gêné qui s'ensuit, Frederick répond sèchement :

– Art, *Anna Karénine*, c'est de Tolstoï.

J'ai reçu un texto vers vingt et une heures.

Tu m'avais promis la lune.

Le temps que je comprenne, la photo de Jake répond à mes questions : un superbe clair de lune sur un ciel noir.

Chapitre 10

La semaine suivante, je m'ouvre un pamplemousse dans la cuisine sur une planche achetée la veille, après avoir découvert que Frederick n'en avait pas. Apparemment, il ne coupe jamais rien. Pourtant, il possède une belle collection de couteaux dans un bloc de bambou. Incompréhensible.

Là, je me surprends à fredonner la mélodie de « Wild City » et m'interromps brusquement. Bien que Frederick soit en train de prendre une douche à l'étage, je n'ai aucune envie qu'il m'entende chanter l'un de ses tubes.

Une fois encore, je me demande si cette chanson a quelque chose à voir avec la réalité. Il n'existe aucune ville qui porte le surnom de « Wild City ». Et, si ma recherche Google m'amène sur un million de sites web, rien ne se rapporte à son histoire.

Je n'ai jamais été capable de comprendre. Encore qu'il n'y ait peut-être rien à comprendre.

Tout en essuyant le comptoir, je planifie ma matinée. D'abord lire. Ensuite envoyer un texto à Jake. Nos messages ne portent pas sur les cours ces derniers jours. On s'est envoyé des liens de vidéos de loups-garous. Et je vais passer une partie de la journée à la plage, où ma groupie intérieure pourra chantonner à loisir et où je serai à l'écart du groupe.

J'ai du mal à me faire une idée de la journée type de Frederick, dans la mesure où il semblerait qu'elle n'existe pas. Certains jours, Henry passe le chercher pour l'emmener à des réunions. D'autres fois, Frederick passe son temps à pianoter en chantonnant. Sinon, Ernie vient seul, se brancher au petit ampli du salon pour jouer avec lui. Ce sont mes moments préférés, car je peux me planquer dans ma chambre et les écouter en douce depuis l'étage.

Leurs bavardages sont aussi intéressants que la musique.

– Je crois que j'ai la mélodie, commence Frederick, mais il faut que je l'essaie avec un peu plus de rythme pop. Elle a besoin de ces rebonds.

À quoi Ernie répond quelque chose autour de la mesure ou du contretemps. Et ils reprennent le riff.

Je ne sais pas à quoi va ressembler cette journée, puisque Frederick n'est pas encore descendu.

Et là, le téléphone fixe sonne, me faisant sursauter. Depuis une semaine que je suis là, c'est la première fois que je l'entends. J'attends de voir si Frederick va y répondre. Au bout de trois sonneries, j'essuie les mains sur mon jean et décroche :

– Allô ?

– Bonjour, ma chère. Qui est à l'appareil ?

– C'est... Rachel.

Qui est-ce que ça intéresse ?

– Frederick est là ? Dites-lui que sa mère voudrait lui parler.

Je retiens mon souffle.

– Allô ? Vous êtes toujours là ?

Frederick apparaît dans la cuisine, les cheveux mouillés.

– Rachel ? Quelqu'un me demande ?

Je pose la main sur le micro.

– C'est ta mère.

Il me dévisage un long moment, puis saisit le combiné comme s'il s'agissait d'une grenade dégoupillée.

– D'accord, soupire-t-il. Il va bien falloir que j'y passe.

Il pose l'écouteur sur son oreille.

– Maman, salut.

Il écoute, puis :

– Oui, elle est très jeune.

L'air atterré, il laisse échapper un rire nerveux.

– Maman, maman ! Calme-toi une seconde. J'ai quelque chose à te dire. En fait, tu ferais mieux de t'asseoir.

Je sais que je devrais quitter la pièce pour le laisser tranquille. Mais je n'arrive pas à bouger.

Il pose les coudes sur le comptoir.

– Maman, je ne sais pas comment t'annoncer ça, car les choses se sont passées très vite. Ça ne va pas être facile...

Il s'éclaircit la gorge.

– Rachel est ta petite-fille. Elle a presque dix-huit ans.

Il ferme les yeux.

– Oui. Tu as bien entendu.

Plus un bruit, jusqu'au moment où retentit une sorte d'explosion dans le téléphone. C'est bien ma grand-mère en train de crier.

Je me détourne pour mieux fuir la cuisine.

Du canapé, j'entends la moitié de leur conversation. Frederick ferme la porte de la cuisine, mais je capte encore des paroles telles que :

– Tu as parfaitement le droit de te mettre en colère.

Au bout de dix minutes, on frappe à la porte et Ernie passe une tête.

– Salut, Rachel ! Je peux entrer ?

– Bien sûr !

Je repose mes pieds au sol afin de lui laisser de la place pour s'asseoir sur le canapé. Il place le boîtier d'un instrument par terre puis pose le journal sur la table basse et vient s'asseoir près de moi. De la chambre voisine, on entend tous les deux Frederick :

– Je suis d'accord avec toi, c'est impardonnable. Je suis le dernier des crétins.

Ernie désigne la cuisine du menton :

– Freddy a des ennuis ?

– Il est au téléphone avec sa mère.

– Oh merde ! s'exclame-t-il en haussant les sourcils.

– Oui...

Le bassiste ferme les yeux, pousse un soupir et les rouvre, puis il récupère son journal, le déplie.

– Tu veux voir la rubrique musicale ?

– Vas-y.

Ernie me montre alors le troisième article surmonté d'une photo très retouchée des One Direction.

– S'il te plaît, dis-moi que ce n'est pas ton groupe préféré.

– Non...

Trop occupée à jouer les fans de mon père.

Derrière la porte, Frederick se met à crier.

– Non ! On en parle toi et moi maintenant. Non !

– Hé ! souffle Ernie en me touchant le coude. Tu as senti ce tremblement de terre, cette nuit ?

– Oui. Mon premier.

Vers huit heures, le canapé a commencé à trembler d'une manière inhabituelle. Le temps que je me rende compte de ce qui se passait, c'était fini.

– Ce n'était qu'un bébé tremblement de terre, reprend-il. On en a pas mal de plus forts.

Dans la cuisine, c'est un instant le silence. Mais Frederick ne sort pas. Mon cœur en profite pour essayer de sortir de ma gorge.

– Tu as déjà joué au rami ? demande Ernie.

Visiblement, il tâche de me distraire, mais je réponds :

– Oui.

Il sort un jeu d'un tiroir de la table basse, bat les cartes. Je me tourne vers lui sur le canapé tandis qu'il les distribue sur l'espace de cuir qui nous sépare.

La porte d'entrée sonne pour laisser entrer Henry.

– Salut les gars ! lance-t-il. Je vois que ça travaille dur, aujourd'hui.

Et il se dirige vers la cuisine.

– Je serais toi, je n'entrerais pas, le prévient Ernie.

– Dans quelles fâcheuses aventures nous embarque encore Freddy, aujourd'hui ?

Un cri provient de la cuisine.

– C'est ça ! On va repasser toutes mes mauvaises actions.

Henry désigne la porte du pouce :

– Qui ?

– Sa mère, répond Ernie en écartant un roi de pique.

– J'ai peur que ça nous mette en retard, marmonne Henry en consultant son téléphone.

J'ai des cartes étonnantes – une longue suite de piques et trois valets. Puis je tire le valet de cœur. Lorsque j'écarte un roi, Ernie grimace.

– Hé, minute ! crie la voix de Frederick. Non ! Non, tu ne peux pas. Calme-toi d'abord. Je commence à en avoir marre.

J'entends le combiné atterrir brutalement sur le support, puis la porte de la cuisine s'ouvre et il apparaît sur le seuil, les yeux plissés, le visage rouge, le tee-shirt maculé de sueur.

– Félicitations, lâche Henry.

– Qu'est-ce qu'on devait faire aujourd'hui ? gronde Frederick. Dis-moi qu'on avait prévu un truc tranquille.

– Tu as un essayage de costumes.

– Rien à foutre !

Là-dessus, il écarte Henry pour prendre l'escalier.

– Désolée, Ernie, mais je frappe avec six.

J'étale mes cartes, croise les bras.

Durant un long moment, Ernie ne fait que me regarder.

– Quoi ? Tu as moins ?

Il étale les siennes sur le canapé.

– Pardon. Tu ressembles tellement à ta mère que ça me sidère.

– Attends... *Quoi ?* Tu connaissais ma mère ?

Il écarquille ses grands yeux.

– Tu ne savais pas ?

Incapable d'articuler un mot, je secoue la tête. Il déglutit et, un instant, je crois qu'il ne va plus rien dire, puis :

– On bossait dans le même restaurant. À Clairborne. Elle fréquentait l'école Préparatoire, moi j'étais à l'université.

Je sens mes cheveux se dresser dans ma nuque.

– Frederick travaillait là aussi ?

– Non, il ne l'a rencontrée que beaucoup plus tard. En fait, c'est moi qui les ai présentés, à une soirée.

Une soirée. Je suis le résultat d'une soirée.

On entend Frederick crier du premier étage :

– Bon, on sera en retard. Je m'en tape.

Une porte claque.

Répliques volcaniques.

– Je vais chercher un verre d'eau, reprend Ernie. Tu en veux ?

– Non merci.

Quand il entre dans la cuisine, mon regard se pose sur le téléphone d'Henry. L'écran est toujours allumé.

Je le prends, appuie sur le bouton menu, lance Instagram. Effectivement, Henry est connecté sous le nom de @FreddyRicks. Ça fait des années que je suivais ce compte, en croyant y voir le monde tel que mon père le voyait.

Pourtant, je n'ai jamais vu un réseau social ouvert sur le téléphone de Frederick. Je ne crois même pas qu'il en ait téléchargé un.

Sans trop savoir pourquoi, j'oriente le téléphone d'Henry vers le journal, cadre un plan, y ajoute une légende : *Je viens d'écouter un peu de ID à la maison et de lire des comptes-rendus sur leur concert. C'est génial. #fanboy*

Et je le poste.

Frederick passe la soirée en haut, dans la salle de musique, à jouer de la guitare électrique. Seul. On capte souvent des accords rageurs. Il n'est pas d'humeur à chercher l'insonorisation.

Pendant ce temps, je lis *Anna Karénine* sur le canapé, trop nerveuse pour vraiment me concentrer. D'après mes comptes, j'ai déjà coûté à Frederick un bon petit million et l'approbation de sa mère. Pas étonnant qu'il ne tienne pas à ma présence.

Encore pire – le message Instagram sur ID a rapporté quatre mille likes et cent commentaires enthousiastes avant d'être effacé. Pourtant, personne ne m'a accusée de quoi que ce soit, mais ce n'est qu'une question de temps.

On frappe à la porte d'entrée. Bizarre, les amis de Frederick se contentent en général de taper le code. J'ouvre pour me retrouver face à une femme d'un certain âge. Derrière elle, un taxi redémarre.

– Rachel, murmure-t-elle avec un large sourire. Je suis Alice.

Ma grand-mère est plus jeune que je l'aurais cru, avec des cheveux châtain clair et de grands yeux noisette.

– Je peux entrer ?

Je recule, ouvre la porte. Alice traîne une valise à roulettes derrière elle et je l'aide à lui faire passer le seuil.

– Merci, ma chérie, dit-elle en refermant la porte. Désolée de te surprendre ainsi. Je viens de profiter d'un vol assez long pour me faire à l'idée de te voir.

– Il sait que vous êtes là ?

Elle fait non de la tête. Je lui désigne l'étage :

– Voulez-vous...

– Rien ne t'y oblige.

– D'accord.

Elle examine le salon de Frederick.

– Il vit encore comme un étudiant, observe-t-elle.

À sa façon de tirer sa valise vers la cuisine, on voit qu'elle est déjà venue ici.

– Viens avec moi, tu veux ?

J'entre et la regarde ouvrir son sac, en sortir de la farine, une motte de beurre, des pépites de chocolat et d'autres ingrédients que j'ai du mal à reconnaître.

– Rachel, nous allons préparer des cookies. C'est normal, pour une grand-mère. Et puis ça m'empêchera de simplement te regarder en pleurant.

– D'accord.

J'en suis revenue à mes réponses en un mot.

Elle verse la farine dans le bol. J'ouvre un sac qui contient à la fois du sucre brun et du sucre blanc, le répands dessus.

– Voilà, dit ma grand-mère.

En levant les yeux, je m'aperçois qu'elle me regarde.

– Frederick est mon fils unique, lâche-t-elle alors. Je n'aurais jamais imaginé avoir une petite-fille.

Ses yeux rougissent et elle renifle. Puis elle ajoute une autre poudre blanche. Sans doute de la levure et du sel.

Je sors une fourchette du tiroir et commence à mélanger.

– J'en veux énormément à ton père. Je n'arrive même pas à prononcer les mots « ton père » sans sentir ma tension augmenter. Quand je pense que j'avais une petite-fille dans ce monde... Pardon, Rachel. Ça n'aurait pas dû se passer comme ça.

Il semblerait que si. Je garde cette pensée pour moi.

– Je mets le four à préchauffer ?

– Excellente idée. Il faudrait juste mettre la grille...

Elle l'ouvre et pousse un cri avant d'en sortir un carton intitulé : *Accessoires.* Heureusement qu'elle l'a vu.

– Oh ! dis-je. J'aurais pu mettre le feu à la maison.

Alice dépose la boîte sur le comptoir avant de se prendre la tête dans les mains pour mieux éclater de rire.

– Il ne s'est jamais servi de ce four ! Quel gamin tu fais, Frederick !

Elle rit encore, jusqu'aux larmes.

Bien entendu, il n'y a aucun batteur électrique.

– On va devoir mélanger à la fourchette, reprend Alice. Il va falloir y mettre du muscle.

– J'ai une idée !

Elle attend la suite, les yeux noyés.

– Si vous faites d'abord fondre le beurre, ce sera plus facile.

– À toi de jouer, dit-elle en me tendant la motte.

Les cookies cuits au bord du moule sont croquants, tandis que ceux du centre restent tendres.

– On a le choix entre saignant, à point et bien cuit, dis-je en choisissant un gâteau au milieu pour y goûter. C'est bon.

– À la tienne ! sourit Alice, et elle tape le sien contre le mien. Tu es si maigre !

– Je n'ai pas grand appétit.

Je suis au régime j'ai-perdu-ma-mère depuis plus d'un mois maintenant, et ça doit bien se voir.

– Je crains que Frederick ne mange pas toujours bien.

– En fait, il se gave.

– Bon, on arrête de parler de lui, sinon je vais exploser.

Elle avale une autre bouchée, reprend son air navré.

– Je suis si triste pour ta mère, ma puce. C'est épouvantable.

On reste un petit moment sans rien dire.

– Rachel ?

C'est la voix de Frederick dans l'escalier. Je vois l'expression d'Alice se durcir.

– Ça sent bon, ajoute-t-il sur le seuil. Oh, maman...

Elle serre les lèvres, mais ses yeux s'emplissent à nouveau de larmes.

– Je suis furieuse contre toi, Frederick !

– Je sais, soupire-t-il, l'air abattu.

Pourtant, malgré son tee-shirt de travers, ses quelques cheveux blancs qui scintillent dans la lumière jaune de la cuisine, il me paraît magnifique. Ça me choque encore chaque fois qu'il entre dans une pièce.

– Frederick, reprend Alice en pleurs. Il ne s'agit pas que de ta vie ! Comment as-tu pu ?

Je retiens mon souffle, car elle vient de poser la question que je n'ai jamais su exprimer. Mais peu importe, puisqu'elle ne reçoit pas de réponse.

– Où est papa ? demande-t-il.

– Je l'ai laissé à Kansas City. En larmes devant le base-ball.

Grand-mère Alice dort dans la chambre de Frederick, l'obligeant à se contenter du canapé.

J'ai bien proposé de descendre, mais il n'a rien voulu savoir. En me levant le lendemain matin, je m'aperçois qu'il a quitté la maison. Avec Alice, on va prendre notre petit déjeuner à Manhattan Beach. Puis on fait les magasins.

– Oh ! s'exclame-t-elle devant un salon de manucure. Voilà exactement ce qu'il nous faut !

Et on se retrouve assises l'une à côté de l'autre, les pieds plongés dans un bassin d'eau tiède et moussante. Jusque-là, j'avais toujours estimé que je jetterais mon argent par les fenêtres si je payais quelqu'un d'autre pour me faire les ongles des pieds. Mais, alors qu'une employée me masse de ses doigts experts, je comprends que les gens puissent payer pour ça.

– J'ai toujours trouvé plus facile de réfléchir les pieds dans l'eau, soupire Alice.

– C'est agréable.

La pédicure me sort un pied de la bassine, l'essuie et commence à me polir les ongles.

– Rachel, peux-tu me parler de ta mère ? Enfin, si tu t'en sens capable.

Je pousse un profond soupir.

– Elle venait de Clairborne. Mais on s'est installés à Orlando quand j'avais deux ans. Elle était infirmière à l'hôpital. Au service de pédiatrie.

– Une puéricultrice ? Voilà un métier difficile. Ce devait être une personne extraordinaire.

Ça me plaît d'entendre Alice dire du bien de maman.

– Elle était passionnée par son métier. Elle disait qu'au moins elle n'avait jamais à se demander si elle servait à quelque chose ou non.

Grand-mère Alice pose une main sur la mienne.

– C'est merveilleux, Rachel. Il n'y a pas beaucoup de gens qui peuvent dire ça. En même temps, elle a dû voir des choses terribles.

– Oh oui ! Un jour, la baby-sitter m'a déposée à l'hôpital car on devait partir quelque part avec maman. Pendant que je l'attendais, je l'ai vue remettre une plaque blanche à une femme en pleurs. Quand un enfant mourait, c'était à elle de faire un moulage en plâtre de...

J'agite les mains, doigts tendus. Alice se tapote les yeux.

– Ça n'a pas dû être facile pour elle, commente Alice. D'être une mère célibataire.

– Si elle n'était pas tombée malade...

Comme je n'en peux plus de parler de maman, je passe carrément à autre chose :

– J'ai obtenu une bourse pour l'école Préparatoire de Clairborne.

– Les gènes de ta mère... répond en hâte Alice. Elle ne s'est jamais mariée ?

– Non.

Apparemment, aucun de mes parents.

– J'aurais aimé la rencontrer. Faire un peu plus attention... Mais je n'ai pour ainsi dire rencontré aucun des camarades d'université de Frederick. Et je croyais que sa musique ne serait qu'une étape.

Elle part d'un rire amer avant d'ajouter :

– Tout ce que je me rappelle, c'est qu'il sortait avec la percussionniste de son groupe.

– Forcément quelqu'un d'autre.

Remarque qui lui arrache un sourire.

Cependant, je me demande : si Frederick avait une petite amie, ma mère était-elle l'autre femme ? Je ne crois pas qu'elle en aurait été capable. En même temps, ça expliquerait son amertume. Peut-être espérait-elle qu'il quitte sa percussionniste pour elle ?

Et si elle était l'autre femme, elle ne tenait sans doute pas à me l'avouer.

À mes pieds, l'employée commence à appliquer le vernis rose avec un tel doigté qu'elle peint chaque ongle en trois simples gestes.

Entre Frederick et Alice, l'ambiance est trop tendue pour que j'apprécie le restaurant italien où nous dînons.

C'est à peine s'il touche à sa nourriture, préférant siroter son vin rouge. Par la suite, lorsque je me glisse dans mon lit, je capte les accords de sa guitare acoustique.

Au bout d'un certain temps, j'entends Alice émerger de la chambre de Frederick et descendre l'escalier. Les voix commencent plutôt bas, puis se mettent à enfler.

– Mais pourquoi pas ? crie Alice. Elle devrait venir tout de suite et terminer son été dans une maison occupée par deux adultes. Deux personnes qui ne l'ont pas négligée pendant dix-huit ans !

Le cœur serré, je m'assieds sur le lit.

– Parce que j'en ai la garde ! crie-t-il. Insulte-moi si tu veux, ça n'y changera rien.

Je ne perçois pas la réponse d'Alice.

– Vas-y ! reprend-il, pique ta colère. Elle reste là.

Puis :

– Non ! J'ai déjà dit non !

Mon cœur bat la chamade. Je ne me rallonge que lorsque j'entends Alice remonter l'escalier et refermer sa porte.

Quand Carlos vient chercher grand-mère Alice, elle me serre dans ses bras :

– Il faut que je reprenne l'avion, car mon métier de bibliothécaire m'attend, ainsi que mon mari, à peu près aussi crétin que Frederick. Mais je voudrais que tu viennes à Kansas City pour les vacances. Je le dirai à Frederick.

– Très bien...

Les vacances... J'ai l'impression que ce sera dans cent ans.

– Tu peux venir quand tu voudras, Rachel.

– Merci.

Je sens mes yeux s'assombrir.

– Oh, ma chérie ! souffle-t-elle en me serrant dans ses bras. Tu n'es pas seule. Je suis venue ici pour te dire ça.

Carlos m'adresse un signe avant de démarrer. Quant à Frederick, il ne se manifeste pas.

Le soir, il s'installe sur le canapé avec sa guitare mais sans en jouer, préférant siroter un verre de scotch. J'essaie de me poser au bout, mon livre ouvert sur les genoux.

– Désolé, murmure-t-il. Tu ne dois pas beaucoup t'amuser, ce soir.

– Pas grave.

C'est la vérité. Car il aurait pu m'envoyer chez Alice. Il aurait pu décider qu'il en avait assez de moi. Mais non.

Il est juste têtu, murmure ma mère à mon oreille.

Je repousse cette idée.

Chapitre 11

La semaine qui précède mon anniversaire, à mon retour de la plage, je tombe sur une véritable assemblée. Outre Ernie et Henry, le jeune claviériste et le percussionniste sont là. Mais personne ne joue. En fait, Henry va et vient à travers la pièce, tandis que Frederick boit une bière, la guitare toujours sur ses genoux.

– Henry, je sais qu'ils attendent l'album pour hier, gronde-t-il. Mais je ne suis pas encore prêt. Si je leur donne de la merde et que ça ne se vend pas, ça n'aidera personne.

Je grimpe à l'étage, puis j'écoute depuis le palier.

– C'est ton dernier album pour ce contrat. Si tu joues les gamins à problèmes, ils t'offriront des conditions merdiques pour le prochain.

– Tu pourrais toujours devenir indépendant, suggère Ernie. C'est ce que tu devrais faire, de toute façon.

– L'option la plus simple serait un enregistrement pour Noël, reprend Henry. Et Ralph sera content.

– Génial, marmonne Frederick. Comme ça, on va pouvoir passer le reste de l'été à préparer des cantiques.

Et de se mettre à chantonner :

– Petit Freddy Noël, quand tu tomberas du palmarès...

Ça fait ricaner Ernie, mais Henry soupire :

– C'est bon, ce n'est peut-être pas ton idée préférée.

Ce soir-là, depuis mon repaire, au premier, j'entends la porte d'entrée s'ouvrir et se refermer à plusieurs reprises. Les voix s'amoncellent, féminines et masculines. La conversation se mêle de rires et quelqu'un se met à passer des vinyles de la collection que Frederick garde dans une caisse près du piano.

Le DJ autoproclamé, dont j'ignore l'identité, a en tout cas un goût éclectique. Ça va de Coltrane aux Beatles en passant par David Bowie.

Assise sur mon lit, je me sens un peu oubliée, jusqu'au moment où mon téléphone m'annonce un texto.

Pas de pirates ici ce soir. Toujours rien de ton côté?

J'ai abandonné mon poste pour me cacher dans ma chambre.

Tu te caches de qui?

Mon père donne une fête en bas.

Et tu n'aimes pas ses amis?

Je n'en connais à peu près aucun.

Sauf Ernie, à qui je pourrais peut-être proposer un autre rami.

Il y a un buffet? Je suis prêt à tout pour me gaver un peu.

Ça me fait éclater de rire. Je renifle l'atmosphère.

De la cuisine chinoise, j'ai l'impression.

En tout cas, quelque chose qui sent bien bon. À l'idée qu'ils sont en train de manger sans moi, je me sens d'encore plus mauvaise humeur.

Tu devrais aller voir.

Oui. Sauf que je n'ai pas envie de le planter là. Ça me fait un bien fou de parler avec lui.

Et toi qu'est-ce que tu fabriques?

C'est bientôt l'heure d'aller au boulot. Pour une fois, je suis content de savoir que je vais sentir la moule frite car ma mère me harcèle : elle veut absolument me faire essayer un pantalon kaki pour la rentrée.

Je m'inquiétais également de ce que j'allais pouvoir porter à l'école. Je n'ai rien compris au manuel de l'étudiant de Clairborne.

Je peux te poser une question sur le code vestimentaire ? Je ne suis pas sûre de bien comprendre.

Vas-y !

Voilà...

Je tape sur son avatar. Il répond aussitôt.

– Salut ! dis-je, un rien gênée.

– Salut. Alors il te gêne, ce code vestimentaire ? Je vais te dire pourquoi. Il a été conçu pour éliminer toute référence au genre. Il y a deux ans, les filles faisaient des histoires car elles devaient porter des jupes et les garçons ont répliqué en disant que les cravates étaient sexistes. Excellent réflexe à mon avis. Alors, l'école a repris le code dans ces termes vagues afin de ne montrer aucune discrimination sexuelle.

– Et qu'est-ce qu'une fille doit porter ?

– Du moment que tu évites les jeans et tout ce qui peut paraître vaguement débraillé. Pour moi, si ta tenue dit « Va te faire foutre », ça te met hors jeu. Mais si elle dit « Je fais de mon mieux », ça roule pour toi.

Ça ne me dit pas vraiment ce que je voudrais savoir.

– D'accord, mais finalement, comment s'habillent les filles ?

Il ne répond pas tout de suite.

– Tu veux savoir où elles achètent leurs vêtements ?

– Je n'ai que des shorts et des tee-shirts, Jake. Aide-moi un peu.

– Quoi ? s'esclaffe-t-il. Pour ma décharge, je n'ai pas de sœur et je ne fais pas trop attention aux habits.

– Compris.

– Après, ça dépend de chacun. Il y a des artistes qui ne portent que du noir. Je ne sais pas où elles font leurs achats.

– Bon, je me débrouillerai. Je n'ai aucun vêtement chaud.

– Sur Main Street, tu trouveras des manteaux. Clairborne se trouve du côté des Appalaches. Tu y trouveras toujours des fringues d'hiver.

– Merci pour le conseil, Jake, parce que je ne sais pas si j'en trouverai à Manhattan Beach.

– Je ne suis jamais allé en Californie. Tu vois des stars de cinéma partout ?

– Euh, non...

Encore qu'il y ait peut-être une star du rock au rez-de-chaussée. Je crois bon de préciser :

– Ça ne fait pas longtemps que je suis là. Pour ce que j'en ai vu, c'est comme la Floride, en plus cher.

– Ah bon ? Il faut que je te laisse, là. Les moules et la bière m'attendent.

– Bonne chance.

– Merci ! On se rappelle ?

J'accepte et on raccroche. Au moins, Jake m'a donné des idées pour ce que je vais devoir porter à l'école. Justement, j'ai vu un catalogue d'hiver J. Crew parmi les magazines à recycler.

Ce qui m'incite enfin à descendre.

L'animation est à son comble dans le salon, avec une bonne dizaine de personnes en train de bavarder dans un éclairage plutôt réduit. Elles ont toutes un verre à la main, y compris des femmes que je ne reconnais pas. Malgré tous ces invités, Frederick reste à côté du piano à bavarder avec son batteur.

– Hé, gamine ! lance Ernie en tirant sur ma queue-de-cheval. Tu trouveras plein de nourriture thaïe à la cuisine.

– Merci, je vais voir.

– Ernie, chéri, viens ici ! lui lance une femme depuis le canapé.

Apparemment, il a d'autres jeux en tête que le rami, ce soir, car il se précipite vers elle.

Quant à moi, je me penche sur la pile de vieux magazines, jusqu'à ce que je trouve le catalogue que je cherchais. Je le glisse sous mon bras et me dirige vers la cuisine.

Personne ne me regarde, au contraire de mon premier jour en Californie. Je me sens invisible.

Le comptoir est couvert de plats à emporter. Deux jeunes femmes en minuscules shorts se tiennent devant le micro-ondes, leurs jambes de girafes accentuées par d'improbables chaussures à plates-formes.

Sans les regarder, j'attrape une assiette en carton et me mets à inspecter les diverses cannettes de soda avant d'attraper un Pepsi Max ; c'est là que le rire des filles attire mon attention. Alors que l'une d'elles se redresse, j'aperçois une ligne blanche sur la surface du comptoir.

Fascinée, je regarde la deuxième se pencher, inhaler la poudre à l'aide d'un fin tube de papier.

– On peut partager, me propose la première. Tu es venue avec qui ?

Je continue de la dévisager, aussi choquée par son activité que par sa question. Saisissant un carton rempli de raviolis fumants, je m'éclipse.

De retour dans ma chambre, je feuillette le catalogue en mangeant. Dommage que j'aie été trop sidérée par la cocaïne pour songer à prendre de la sauce avec mon plat.

Les heures s'écoulent et la porte d'entrée se rouvre puis se referme, cette fois avec le départ des invités. Le volume des voix dans le salon se réduit vite et quelqu'un remet Elvis Costello en sourdine.

Assise en travers de mon lit, je continue d'examiner le catalogue lorsque la porte d'entrée se rouvre, cette fois plus brutalement. D'un seul coup, les conversations s'arrêtent.

– Putain de merde ! braille un timbre féminin. Je reçois un texto disant que la fête a lieu chez Freddy ce soir. Et je me suis dit que c'était impossible ! Parce que si Freddy était revenu, il m'aurait appelée.

La voix tranquille de mon père lance une réponse inaudible.

– Ah bon ? couine la femme. Parce que tu n'as pas l'air d'un mec prêt à décrocher le téléphone pour m'appeler.

Je n'entends pas la réponse de Frederick, mais elle rend la femme encore plus furieuse.

– Tu ne m'avais jamais dit de la boucler jusque-là, même pas quand je criais ton nom au lit. Qui va m'entendre, Freddy ? J'ai vraiment hâte de le savoir !

Et là, un pas résonne dans l'escalier.

Quelques secondes plus tard, une femme passe devant ma porte, comme si elle se dirigeait droit vers la chambre de Frederick. Étant donné qu'il fait noir partout à l'étage, sauf dans ma chambre, elle fait demi-tour et j'aperçois son visage stupéfait dans l'entrebâillement.

– C'est quoi, ça ? glapit-elle.

Elle a de beaux cheveux châtains et de grands yeux de biche. Pour la seconde fois ce soir, je reste sans voix.

– Liz ! aboie mon père derrière elle. Ça suffit comme ça. Laisse Rachel tranquille.

Elle recule. Je ne capte plus ce qu'ils disent mais, quelques minutes plus tard, la porte d'entrée s'ouvre avant de claquer bruyamment. Après quoi, les pas de Frederick résonnent lourdement dans l'escalier.

– Je peux entrer ?

– Bien sûr.

C'est ta maison.

Il s'assied au pied du lit, puis s'allonge, les bras sous la tête.

– Désolé, c'était...

– La classe !

– Comme tu dis, s'esclaffe-t-il.

– Mais pas autant que les deux filles qui soufflaient de la coke dans ta cuisine.

Là, je me demande si on dit bien *souffler de la coke.*

– Tu rigoles ? s'exclame-t-il.

– Elles m'en ont proposé. Je crois que si l'assistante sociale veut vérifier où j'en suis, il ne faudra pas que je lui en parle.

Il se redresse d'un bond.

– Rachel, tu sais que la drogue c'est pour les cons, non ?

J'essaie de ne pas pouffer de rire. Les tracts antidrogue qu'on distribue au lycée seraient plus distrayants si on les intitulait : *La drogue, c'est pour les cons.* Et son expression est impayable. Je m'éclaircis la gorge :

– Bon, je ne plane que deux fois par jour. Ça m'aide à chasser mes idées noires.

– Quoi ? s'écrie-t-il en m'attrapant par le bras.

– C'est une chanson, Frederick. Je suppose que tu n'écoutes pas Bran Van 3000 ?

Il retombe sur le dos.

– Bon sang, Rachel ! Ce n'est pas drôle.

– Je n'avais jamais vu de cocaïne jusque-là, sauf à la télé.

– Bienvenue à Los Angeles. Alors, qui étaient ces filles ?

– Euh… tu ne vois pas ? Shorts ultracourts et semelles compensées.

– Ça fait la moitié de la Californie. Je vais sans doute quitter Los Angeles un moment. Je voulais d'ailleurs t'en parler.

– Pourquoi ? Pour aller où ?

– J'irais bien m'installer à Clairborne pour l'hiver. Si je peux t'offrir un café tous les quinze jours, ce serait un bon moyen de m'assurer que tout va bien pour toi.

Rien de tout ce qu'il m'a dit jusqu'ici ne m'a autant frappée. Je ne sais par où commencer.

– Tu pourrais faire ça ? Et le travail ?

– Je n'y passerais que la moitié de mon temps, entre deux voyages. Mais ça m'irait bien de m'éloigner un certain temps d'ici. Il y a trop de gens qui me tapent sur le système.

– Mais... d'après Henry, tu as plein de choses à faire ici.

Il secoue la tête.

– D'abord, ne t'inquiète pas pour ça, d'accord ? C'est mon problème.

Ouille ! Pour quelqu'un qui n'a pas l'habitude de jouer les parents, il a vite trouvé comment me dire de ne pas me mêler des affaires d'adultes.

– De toute façon, ajoute-t-il, Henry dit ça parce qu'il est harcelé par la maison de disques. Mais je ne suis pas prêt à enregistrer. J'ai la tête ailleurs.

– Ils vont être furieux, non ?

Il étend les bras au-dessus de sa tête.

– On s'en fiche. Les artistes font toujours ça. Tu ne croirais pas les excuses qu'ils trouvent. « Je ne peux pas chanter aujourd'hui car Mercure est rétrograde » ou « J'ai une écharde dans la fesse gauche. »

Je ris, face au plafond en pente.

– Et cette maison ?

– Je vais sans doute la garder.

Il se hisse sur un coude :

– Dis-moi ce que tu en penses.

– Je trouve que ça fait beaucoup de dépenses et de complications.

– Si je reste en Californie, je risque de ne pas te voir pendant des mois. Ça ne me va pas.

Ah bon ? La dernière fois, ça a duré dix-sept ans. Mon cœur bat plus fort et je lui pose une des questions qui me hantent :

– Au fait, pourquoi tu m'as amenée ici ?

Il écarquille légèrement les yeux.

– Parce que tu me l'as demandé. Enfin... Hannah m'a appelé et elle ne l'aurait pas fait si tu avais eu quelque part où aller.

Cette explication me frappe comme une balle au cœur. « Parce que tu me l'as demandé. » Rachel en Colère n'est pas satisfaite de cette explication. Que se serait-il passé si je le lui avais demandé il y a un an ? Ou dix ? Serait-il arrivé en courant ?

Dans le silence qui suit, j'entends maman me murmurer une question à l'oreille : *Pourquoi lui demander ça ?*

– Tu fais du shopping ? s'enquiert soudain Frederick.

Je jette un regard vers le catalogue ouvert sur mes genoux. Je l'avais complètement oublié.

– Je n'ai que des vêtements d'été. Et Clairborne a un code vestimentaire strict.

– Ah bon ! grimace-t-il. Jupe plissée, cravate ?

– Quand même pas. On ne peut pas mettre de jean et ils veulent des chemisiers à col.

– Carlos pourrait t'emmener au centre commercial.

– Lequel ?

Frederick porte une main à sa bouche et crie :

– Henry ! On a besoin d'un conseil.

Peu après, le gestionnaire apparaît sur le palier, une bouteille de bière à la main.

– Quoi de neuf ?

– Le meilleur endroit pour les courses ?

– Quelles courses ?

– Des vêtements pour l'école, dis-je lentement.

Apparemment, Frederick ne fait jamais rien sans consulter Henry. À présent, il organise une réunion mode pour étudiants dans ma chambre ? Incroyable.

– La Galleria, à Redondo, répond aussitôt Henry. Macy's, Abercrombie. The Gap.

Il jette un coup d'œil sur mon catalogue.

– Il y a aussi J. Crew à Sepulveda.

– Ou, reprend Frederick, si tu détestes les galeries commerciales, tu peux mettre ce catalogue dans ta valise et commander tout ce que tu voudras une fois dans le New Hampshire.

– La technique des asociaux, observe Henry avec un sourire moqueur.

– Non, rétorque Frederick en lui balançant un coup de pied amusé. C'est plus pratique.

Henry sort son téléphone.

– Je te réserve un après-midi de courses avec Carlos, d'accord, Rachel ? Tiens, et je vois que ton anniversaire ne va pas tarder. Que faut-il que j'organise pour ça ?

– Bien vu ! observe Frederick en se tournant vers moi. Un bon restaurant ?

Ça me fait drôle :

– Si on allait quelque part où tu vas souvent ?

– Tous les dimanches, il y a un groupe cubain qui joue dans un établissement d'Hermosa Beach.

– Excellente cuisine ! commente Henry. Mais Ernie et les mecs pourraient bien y être.

Musique live au milieu d'une foule ; ça me dit davantage que de me retrouver seule à table avec Frederick.

– Alors, on y va tous ensemble.

Chapitre 12

Le jour de mon anniversaire, je me réveille à l'annonce d'un mail de Haze, ce qui me donne instantanément des remords. J'ai laissé trop longtemps les choses se gâter entre nous. Son message ne contient aucun texte, juste une photo de lui, bras dessus, bras dessous avec Mickey Mouse brandissant une pancarte où il a écrit au marqueur noir : *Bon anniversaire, Rachel !*

Ça me fait rire.

– Qu'est-ce qu'il y a de si drôle ? demande mon père.

Il est allé chercher des pains au lait et du cappuccino – sa version du petit déjeuner d'anniversaire idéal. Je tourne mon ordinateur pour lui montrer la photo.

– Sympa ! Donc, vous êtes toujours amis.

– On dirait.

Là-dessus, je commence à rédiger ma réponse.

Haze,

J'adore ! C'est quoi, l'uniforme que tu portes ? Space Mountain ? Ou l'Orbitron ? J'espère que tu installes les vieilles dames dans les navettes parce qu'au moins, là, tu es à l'ombre. Je vais passer la journée à essayer de ne pas penser à mon anniversaire de l'année dernière, quand maman nous a emmenés manger un steak et, ensuite, on s'est trompés de cinéma et on a raté les dix

premières minutes de notre film. Bon, ce message devient un peu lourd. Alors, j'arrête et je te dis « à toutoute ! »
Amour éternel, Rachel

En guise de réponse, il m'envoie une photo de toutous accompagnée de ces mots : « J'aimerais être avec toi. »

Ce soir-là, Ernie se gare devant la maison dans une décapotable rouge cerise. Au moment où j'ouvre la portière arrière, il secoue la tête :

– Non, la place de la reine de la soirée est devant.

– Pfff ! gémit Frederick.

Mais il se glisse au fond sans se faire prier.

Je me rends donc au restaurant dans ce bel équipage, les cheveux gonflés par la brise marine. Un portier nous accueille à notre arrivée, et je m'en veux de porter une tenue aussi ordinaire. Heureusement, à l'intérieur, l'ambiance est plutôt décontractée.

On nous conduit vers une table entourée de cinq chaises. Je commence à connaître les amis de mon père. D'abord Ernie, bien sûr, le plus émotif, qui réfléchit toujours avant d'ouvrir la bouche. Les autres musiciens – comme Art, le batteur, assis en face de moi – ne sont pas aussi proches de Frederick. Ils font plutôt office de satellites.

Henry est un être plus complexe. C'est un bagarreur, toujours en alerte, bouillonnant d'idées. Mais je n'arrive pas bien à cerner leur relation. Henry exerce une pression sur Frederick, le poussant à voir des gens. Il semble également remplir pas mal de tâches subalternes : commander les repas, répondre au téléphone pour lui. Même là, c'est lui qui fait signe à la serveuse.

– Hé, Marie ! On peut avoir un pichet de sangria ?

– Et un Coca light, dis-je avant qu'elle ne s'éloigne.

– Bravo Henry, le charrie Ernie.

Celui-ci rougit.

– J'avais oublié qu'elle ne buvait pas.

La serveuse apporte tout de même cinq verres, si bien que mon père me verse quelques gouttes du vin aux fruits.

– À tes dix-huit ans ! dit-il en levant le sien.

Ils me portent tous un toast et je me sens terriblement intimidée.

Frederick commande une douzaine de plats ; je les goûte tous, du ceviche au homard farci. Quand on a terminé, mon père sort deux petites boîtes de sa poche.

– Celle-ci d'abord, dit-il en tapotant la plus grande.

Sous quatre paires d'yeux, je défais le ruban et l'ouvre, pour découvrir une nouvelle paire de lunettes noires dans un étui de cuir. Il a dû remarquer que les miennes étaient dans un état lamentable.

– Oh, merci ! dis-je.

– Voyons ça, suggère Ernie.

Alors que je les essaie, Henry prend un petit air extasié.

– Très Los Angeles. Bien joué, Freddy.

L'autre boîte est encore plus petite et, une fois que j'ai ôté le ruban, j'aperçois le nom de Cartier en rouge. J'ouvre et découvre à l'intérieur une montre, toute simple, à première vue, mais superbe. Elle pèse d'ailleurs un certain poids quand je la soulève.

Jamais je n'ai possédé quelque chose d'aussi précieux.

– C'est magnifique, dis-je.

Et c'est vrai, sauf que maintenant il va falloir que je l'enfile, comme les lunettes tout à l'heure. Autrement dit, ôter la Timex de ma mère pour la remplacer par un cadeau de mon père.

Cette idée me noue la gorge.

Tous les yeux sont sur moi. Alors, je soulève mon sac sur mes genoux, enlève délicatement la montre de ma mère et la range dans une poche. Puis je passe le bracelet de métal autour de mon poignet, actionne la fermeture.

– Merci, dis-je dans un murmure.

Frederick m'adresse un clin d'œil.

La boule au ventre avec cette impression de trahison, je pose le poignet sur mes genoux. Si seulement je pouvais revenir en arrière, à une époque où, avec maman et Haze, on mangeait du gâteau à la cuisine avant d'aller se faire une toile. Le restaurant me semble soudain trop bondé et mes yeux me piquent.

C'est la musique qui me sauve. Le groupe cubain commence avec deux guitares, des bongos, une basse à cordes et une vieille trompette déglinguée. Leurs accords étincelants remplissent la salle et je commence à me laisser aller. Les lumières diminuent, les verres sont remplis, et deux femmes apparaissent – l'une du côté d'Ernie, l'autre sur les genoux d'Henry.

J'observe les expressions de mon père et de ses amis. J'envie la façon dont ils peuvent se laisser aller, comme si le reste du monde avait disparu. Je me demande si je parviendrai un jour à ressentir ça ou si je serai à jamais habitée par le chagrin.

La semaine suivante, le soleil de Los Angeles me fait oublier qu'on arrive à la fin de l'été. C'est cette grosse enveloppe de l'Académie préparatoire de Clairborne qui me ramène à la réalité.

Je passe des heures penchée sur toutes ces informations, apprends comment me connecter au réseau informatique de l'école. J'étudie les cartes du campus comme si je devais les apprendre par cœur pour un examen.

– Encore un courrier de Clairborne, m'annonce Frederick un matin.

À l'intérieur, je ne trouve qu'une feuille de papier intitulée NUMÉRO DE CHAMBRE. Ma nouvelle résidence s'appelle Habernacker.

– Joli nom ! observe Frederick.

– Et regarde : ma coloc s'appelle Aurora Florinda de Garza Garcia et elle habite Madrid.

Là-dessus, il sort en sifflotant pour aller se faire couper les cheveux.

Une fois la porte refermée sur lui, j'envoie un texto à Jake :

Je suis dans une résidence du nom d'Habernacker. Ma coloc vient de Madrid.

Je tape son nom.

Sérieux ? Moi aussi, je suis à Habernacker. Le nom de ta coloc ne me dit rien. Sans doute une nouvelle ? Moi, je suis avec deux étudiants étrangers.

Ça s'annonce plutôt bien, non ?

Tout à fait. Sinon, je connais bien la ville. On pourra facilement cacher leurs cadavres.

Trop glauque, Jake.

C'était plus drôle dans ma tête.

À la cuisine, je me prépare un sandwich au fromage grillé tout en fredonnant l'une des chansons de mon père. « Stop Motion » me trotte dans la tête depuis que j'ai entendu Frederick et Ernie la jouer hier. J'ai passé l'été à m'interdire de chanter, mais en l'absence de témoins je me laisse aller.

C'est là que mon cœur me lâche à la vue d'une silhouette sur le seuil.

– Ouf, Ernie ! Je ne t'ai pas entendu entrer.

Il me dévisage attentivement.

– Je ne savais pas que tu chantais si bien.

– Euh...

Merde.

– Je ne chante que sous la douche.

– N'importe quoi ! gronde-t-il en croisant les bras. Freddy est au courant ?

J'ouvre brutalement le réfrigérateur, à la recherche d'une cannette de Pepsi.

Je lui jette un regard de travers.

– Ou pas.

– Je ne te comprends pas. Avec de tels gènes, tu dois avoir la musique dans le sang. Mais bon. Je n'ai rien dit.

– Merci.

Il m'interroge du regard comme s'il cherchait à comprendre autre chose. Énervée, je passe devant lui avec mon sandwich pour gagner ma chambre.

Plus tard dans la semaine, Henry reste dîner avec nous – falafels commandés chez un traiteur. Dans toutes les boutiques de Manhattan Beach, on peut se faire livrer. Pas étonnant que mon père n'allume jamais son four.

Depuis que j'ai hacké son compte Instagram, je m'attends à ce qu'Henry me passe un savon. Sauf qu'il n'en parle jamais. Il semble avoir autre chose en tête :

– J'ai reçu un appel de Becky, l'attachée de presse.

– Qui est-ce ?

– Quand l'attachée de presse t'appelle, explique Frederick, il y a peu de chances pour que ce soit dans le but d'annoncer une bonne nouvelle. Qu'est-ce qu'elle raconte, Henry ?

– On a publié une photo de Rachel et toi. Un blog a appelé pour nous demander un nom.

– Pas possible ! s'esclaffe Frederick. Ils ne sont pas doués à Los Angeles !

– Pas vraiment.

– Qui était-ce ?

– Personne d'important.

Là, j'interviens :

– De quoi parlez-vous ? Quelle photo ?

– C'est une blogueuse qui nous a pris tous les deux, sans doute le jour de ton anniversaire. La presse veut la divulguer, sauf qu'ils ne savent pas qui tu es. Alors ils ont appelé mon attachée de presse pour lui poser la question. Henry, remercie Becky mais précise que Freddy refuse de donner l'identité de la jeune femme sur la photo.

– Compris. Seulement, ensuite, tu ne viendras pas te plaindre s'ils inventent quelque chose. C'est pour ça que Becky a appelé. Tu sais ce qu'ils vont dire : « Freddy Ricks fait la fête avec un jeune mannequin de la moitié de son âge... »

– Ce sera faux. Elle a moins de la moitié de mon âge. Dis à Becky que je ne vais pas flipper et n'hésite pas à photoshopper mes cheveux gris.

Une fois Henry sorti, je me repasse mentalement toute la conversation.

– Pourquoi tu ne donnes pas juste mon nom à la blogueuse ?

Mon père relève la tête du journal qu'il est en train de lire.

– On pourrait faire ça. Mais alors, un autre blogueur ira inventer toute une histoire, genre « La fille secrète de Freddy Ricks ». Pourquoi faudrait-il que ta vie leur donne du grain à moudre ? Ils ne se gêneront pas, tu sais.

– Pourquoi ? Ça te gênerait, toi ?

– Ce n'est pas la question ! lance-t-il. Tiens, voici ma tablette. Ajoute ton nom à mon article sur Wikipédia, si tu veux. Mais ne laisse aucun connard profiter de notre tragédie.

Je recule.

– C'est bon, j'ai compris.

Je me dirige vers l'escalier quand il m'interpelle :

– Rachel ?

– Oui ?

– Pas mal, ton truc sur Instagram. Henry flippait à mort en essayant de comprendre qui avait fait ça.

La main sur la rampe, je m'immobilise.

– Henry ne comprend pas dans quel but Ernie a porté le chapeau pour toi.

– Ah bon ? Pourquoi il a fait ça ?

Frederick hausse les épaules en souriant.

– Il en avait sans doute marre de l'entendre râler. Alors qu'on trouvait tous ça hilarant.

Tandis qu'il se replonge dans son article, je grimpe l'escalier, le cœur serré.

Je me laisse tomber sur mon lit en me demandant à quoi ressemble la photo de nous prise par la blogueuse. Je n'en ai aucune de lui et moi. Pas une seule.

OPÉRA

OPÉRA : *Ouvrage dramatique dans lequel les paroles sont chantées au lieu d'être parlées. Les thèmes peuvent en être aussi bien tragiques que comiques.*

Chapitre 13

Le grand jour, Carlos nous emmène à l'aéroport, Frederick et moi. Une fois qu'on est garés devant le hall des départs, il quitte le volant pour venir ouvrir ma portière. Je sors et il penche la tête en souriant :

– *Adios, señorita.*

Je me permets de l'embrasser rapidement sur la joue.

– *Adios, Carlos.*

Frederick lui envoie une tape dans le dos.

– À dans quinze jours.

Durant le vol pour Boston, il s'assoupit à côté de moi, dans son fauteuil première classe, mais moi, je ne parviens pas à me détendre. Même le film ne me détourne pas de mes pensées. Je joue un peu sur la tablette de Frederick, puis la range dans la pochette du siège devant lui. Il dort la bouche ouverte. J'étudie ses traits, ses longues mains sur la couverture.

– Je commence à m'habituer à toi, dis-je dans un murmure.

Il ne répond pas.

À Boston, un autre chauffeur vient nous chercher pour un trajet de trente-neuf minutes vers Clairborne. Mes nerfs se tendent encore. Alors que je change de position pour la dixième fois sur mon siège, mon père finit par observer, la tête dans son journal :

– Tiens-toi tranquille. Tu vas bien trouver quelques amis sympas. Combien êtes-vous dans cette école ?

– Trois cents.

– Alors, tout va bien. Il y en aura forcément d'intéressants, non ?

Je n'en suis pas si sûre.

La voiture se gare devant le Clairborne Inn, où papa s'est réservé une chambre. Je l'attends sur le trottoir, à contempler cette ancienne bâtisse typique de la Nouvelle-Angleterre avec sa véranda et ses chaises longues.

Voici donc Clairborne, ces familles qui se baladent ou qui accompagnent leurs étudiants. Lorsque je rêvais de venir ici, c'était pour voir l'endroit où je suis née.

Là, je ne me sens pas du tout à ma place. On dirait une gentille petite ville, remplie d'étrangers. Je voudrais juste remonter d'une année en arrière et rentrer chez moi.

– C'est fait ! lance Frederick en sortant de l'auberge. Tu as encore deux heures avant de pouvoir récupérer ta clé, je crois ? Si on allait se promener et grignoter quelque chose ?

– D'accord.

Bien qu'il me semble impossible d'avaler quoi que ce soit.

Il me montre le parc municipal et ses belles pelouses vertes.

– L'école se trouve de ce côté du gazon, alors que l'université est située sur la colline.

Carrément à l'opposé. Comme j'ai étudié la carte, je le sais déjà.

– Tu trouves que ça a beaucoup changé depuis que tu y étais ?

– Oui et non. Tout le monde me paraît si jeune... Enfin, je ne fréquentais pas trop la ville, je préférais les bars et les petits clubs entre ici et Boston.

– Tu es déjà allé aux réunions d'anciens élèves ?

– Non. Jamais eu le temps.

J'examine les magasins sur Main Street, avec leurs pots de fleurs remplis de pétunias. Il y a aussi des restaurants et des boutiques qui vendent des fringues autant pour l'école que pour l'université. On y trouve des pulls, des chapeaux, des shorts ou des tongs, tous à l'effigie de l'école. Je repère également deux boulangeries et une brûlerie.

Peu à peu, la ville rétrécit, avec des maisons pour remplacer les commerces.

– La balade est agréable, dis-je.

– Par ici, oui, mais pas partout. Tiens, arrête-toi là, un peu.

On se retrouve devant une agence immobilière où s'alignent des dizaines d'adresses.

– Je vais revenir ici demain, annonce-t-il.

– Je croyais que tu laisserais Henry s'en charger.

Il me jette un regard amusé.

– S'il était là, oui. Mais c'est aussi pour m'éloigner un peu de lui que je fais ça, il va donc falloir que je me débrouille seul.

On finit par entrer dans un pub du nom de *Wheelock's*.

– Au moins cet endroit existe toujours ! observe-t-il. Je crois y avoir dépensé tout mon argent à vingt et un ans.

À l'intérieur, il fait noir comme dans un four, mais je finis par distinguer des photos encadrées aux murs, de diverses équipes de sports.

Notre serveuse reste un instant bouche bée en reconnaissant son célèbre client.

– Oh, mon Dieu ! souffle-t-elle. Je suis complètement fan ! Vous pourrez signer mon carnet de commandes ?

– Bien sûr, Darcy ! dit-il en lisant le nom sur son badge.

Quand elle s'éloigne, il se tourne vers moi, l'air amusé :

– Ils m'adorent, dans cette ville.

Génial ! Et moi aussi, on va m'aimer ? On finit par commander à peu près le même repas que la première fois qu'on a déjeuné ensemble. Je touille ma salade Cobb, comme à Orlando. Tandis que Frederick dévore son burger et déguste sa bière.

– Ils font d'excellentes frites ici. Goûtes-en une.

Je fais non de la tête.

La serveuse revient pour la quatrième fois en une demi-heure.

– Avez-vous besoin de quelque chose ?

– Ça va, dis-je, agacée.

Tout ce que je veux, c'est retourner dans mon bon vieux lycée en Floride.

Pourquoi ai-je cru malin de venir ici ?

Une heure plus tard, une conseillère d'orientation tout sourires me tend une carte magnétique que j'accepte d'une main tremblante.

– Bienvenue, Rachel ! lance-t-elle.

Après quoi, elle m'entraîne au-delà d'une vieille barrière métallique vers un joli campus.

Habernacker est un énorme bâtiment en U à la façade ornée de dizaines de volets verts.

– Sympa ! observe Frederick.

On m'a dit de prendre directement l'entrée numéro deux et, maintenant, je comprends pourquoi. Les couloirs sont verticaux. En grimpant l'escalier de pierre, on ne trouve que deux logements par étage, séparés par une salle de bains.

Arrivés devant la chambre trente et un, on tombe sur une porte grande ouverte. Une jolie fille aux cheveux noirs bouclés se redresse de la malle dans laquelle elle fouillait.

– Oh ! s'écrie-t-elle en joignant les mains. Tu es Rachel ?

Elle roule les « r » avec un accent adorable.

– Je suis Aurora ! J'avais hâte de te rencontrer !

Elle me prend dans ses bras, puis se tourne vers mon père :

– Et vous êtes le papa de Rachel ?

Et elle l'étreint lui aussi. Il tombe instantanément sous le charme, se lance dans les questions que j'hésitais à poser :

– Vous êtes en terminale, vous aussi ?

– *¡Si!*

Puis elle pouffe de rire :

– Il va me falloir plusieurs jours pour me remettre à votre langue ! Mon père veut que j'aille à Harvard.

– Ah ! dit Frederick. Comme moi.

– C'est vrai ? s'exclame-t-elle.

– Non, je plaisante. Je suis allé à l'université de Clairborne, en haut de cette rue, et j'y ai passé un diplôme de musique, au grand désespoir de mes parents. Mais je pense que Rachel et vous allez suivre une autre direction.

J'examine la chambre, avec son parquet et ses fenêtres à l'ancienne.

– Regarde ! s'écrie Aurora en me saisissant le poignet. C'est joli, non ? Ils ont mis les bureaux là, dans la salle de séjour.

Elle franchit une porte :

– Et les lits ici !

Je la suis dans une autre chambre, plus petite, avec deux lits étroits de métal positionnés en L.

– Je n'ai pas encore choisi le mien, ajoute-t-elle. Prends celui que tu veux.

Je parviens juste à bégayer :

– C'est sympa...

Derrière elle, je vois la tête de mon père qui sourit, l'air de dire : *Tu vois ? Ça va bien se passer.*

– Lequel tu choisis ?

– N'importe.

Après avoir vérifié que tous mes bagages sont bien arrivés de Californie, Frederick s'en va.

– Accompagne-moi à la porte, lance-t-il depuis le palier.

Je le suis dans l'escalier, et on redescend dans la cour, sous un ciel grisâtre.

– Ça te va si je cherche une maison ? me demande-t-il.

– Oui.

Il a bien choisi son moment pour me poser cette question, car à cet instant, je m'efforce surtout de ne pas m'accrocher à lui comme à une bouée de sauvetage.

– Je voudrais quitter Los Angeles et, ici, on sera vraiment tranquilles. Je ne sais pas si je vais trouver un truc correct, mais je vais voir.

– D'accord.

– Ok, je regarde ça. Amusez-vous bien avec ta coloc, avant le début des cours.

– Oui.

– Envoie-moi un texto demain pour me dire que tu es toujours vivante.

Et il s'éloigne dans un sourire.

– Attends !

Pas prête à le laisser partir. Je me surprends moi-même.

Il se retourne.

– Qu'est-ce que tu vas faire cette semaine ?

– Examiner des annonces immobilières, regarder le premier match de football de la saison. YouTube. De la bière et des chips. Ça te va ?

– Oui, dis-je en déglutissant. Bonsoir.

Ça le fait rire, mais je ne sais pas pourquoi. Puis il s'avance de trois pas, pose les mains sur mes bras et m'effleure le front d'un baiser.

– Profite bien, lâche-t-il doucement. On se revoit avant mon départ.

Il me serre les épaules, s'éloigne, l'air paisible.

Quant à moi, je regagne l'escalier.

Avec Aurora, on passe les deux heures suivantes à ranger nos affaires, on place nos bureaux l'un à côté de l'autre, libérant ainsi l'un des murs de la chambre.

On dispose également d'une large place côté fenêtre, au-dessus d'un vieux radiateur.

– Ce serait sympa de trouver un coussin à poser ici, dis-je en passant la main sur le banc de bois.

– *¡Si!* Et il nous faudrait également un tapis. Et des fauteuils poires.

– On pourra en acheter.

– Super ! Et maintenant, on va faire connaissance avec les autres. Il y a plein d'activités à découvrir...

Elle saisit une feuille de papier sur son bureau, l'examine. Quant à moi, je préfère rester en sécurité ici. Pour ce premier jour, je me contente de faire la connaissance d'une personne. Ce n'est déjà pas mal.

– Rencontre autour d'un verre à vingt et une heures, énonce-t-elle. Parfait. Qu'est-ce qu'on fait en attendant ?

Elle me tend la liste et je marmonne en citant la première ligne :

– Pour le football, on oublie.

Il y a également une visite des installations artistiques de l'école qui commence dans dix minutes.

C'est là que je repère quelque chose de plus prometteur :

– Tiens, j'irais bien là, dis-je en désignant l'une des dernières rubriques. Ça commence maintenant.

Elle regarde par-dessus mon épaule :

– Conférence astronomique ? Sérieux ?

– Ça ne te tente pas ?

La description indique : *Observations publiques au télescope de Clairborne. Les étudiants en astronomie vous montreront les étoiles.*

– Tu aimes les sciences ? demande-t-elle en grimaçant. Il va me falloir plusieurs jours pour apprendre tous ces mots.

– Tu te débrouilles très bien. Je ne suis pas trop fan de sciences, mais mon correspondant adore.

Elle me dévisage d'un air amusé. Je crois bon d'ajouter :

– Mais ce n'est pas ce que tu crois.

– Ah ! Bon, alors on part à sa rencontre ? Il est sexy ?

– Aucune idée. En tout cas, il est sympa.

Le télescope de l'école est situé au sommet d'un monument de briques en forme de château, sur une colline derrière la résidence. On parcourt les cent derniers mètres dans une obscurité presque totale.

– Tu es sûre que c'est le bon endroit ? demande Aurora, essoufflée, sur les marches de pierre.

– Je crois.

Bien que je commence à sérieusement en douter. Si je voulais tourner un film d'horreur, l'endroit ferait parfaitement l'affaire.

Arrivées au sommet, on entend la voix d'un garçon :

– Qui a vu le film *Seul sur Mars* ?

Après un dernier virage, on aperçoit un télescope noir qui brille dans la faible lumière, et un garçon blond au crâne presque rasé en train de parler avec de grands gestes à une petite assemblée d'élèves et de parents.

– Wouah ! souffle Aurora. C'est ton copain ? Trop mignon.

Effectivement.

Encore que je ne sois pas sûre qu'il s'agisse de Jake. Celui-ci semble plutôt sportif, loin du super-intello qu'il laissait entendre. Malgré l'obscurité, je devine les muscles de ses bras.

Il porte des lunettes. Et mon regard s'arrête sur un détail. Son tee-shirt marqué : *Parle-moi Geek.*

– Si vous venez juste de nous rejoindre, poursuit-il en tournant les yeux vers Aurora et moi, nous allons observer Mars, ce point rose juste à l'horizon. On peut l'apercevoir en début de soirée...

Il poursuit sa présentation tout en sortant son téléphone qu'il tapote sans même le regarder.

– À soixante-seize millions de kilomètres...

Mon appareil vibre.

Le cœur battant, je le sors, regarde l'écran. Un texto d'un seul mot, signé Jake :

Salut.

– Bon ! continue-t-il à l'adresse de la foule. Vérifions la mise au point... Voilà, maintenant vous pouvez venir jeter un coup d'œil, en faisant bien attention à ne pas toucher l'appareil. Si vous n'apercevez pas Mars, dites-le et je le réglerai moi-même.

L'un après l'autre, les spectateurs viennent coller l'œil dans le viseur.

– Allez, dit Aurora en me secouant le bras. Tu veux lui dire bonsoir ?

Le cœur battant à tout rompre, j'arrive devant lui.

– Alors, comme ça, tu es Jake ?

S'il te plaît !

Un sourire étire ses lèvres.

– Ah, Rachel !

À ma grande surprise, il me serre dans ses bras. Le temps d'une seconde, je me retrouve collée contre son torse solide. Il sent le propre et l'été. Pas les moules frites.

L'étreinte cesse presque aussitôt.

– Je parie que tu n'as pas pensé à me chercher sur Instagram. Eh bien moi si ! Bienvenue à Clairborne, Rachel Kress. Et tu dois être Aurora ?

Il l'enlace elle aussi, puis tous deux se mettent à bavarder. Cependant, je perds une ou deux minutes de leur conversation, trop désarçonnée par la différence entre le Jake de mon imagination et le vrai.

Dire qu'il m'avait cherchée sur Instagram. J'écarte cette idée. J'y réfléchirai plus tard.

– Bien, reprend-il à l'adresse de la foule. Maintenant, nous allons regarder la lune. La plupart du temps, elle me dérange mais, ce soir, je vais lui pardonner...

Un quart d'heure plus tard, après avoir appris ce qu'était une nébuleuse et aperçu des cratères lunaires dans le télescope, j'assiste à la fin de la conférence. Cependant, Jake est aussitôt assailli de questions.

– On peut l'attendre, suggère Aurora. Il voudra peut-être nous accompagner au verre de bienvenue.

– D'accord, dis-je, un peu déroutée.

Je ne m'attendais pas à ce qu'il soit aussi... attirant, et donc, intimidant.

Lorsqu'enfin il parvient à se libérer, il se tourne vers nous en souriant :

– Un verre ?

– Bien sûr ! répond aussitôt Aurora.

C'est le cœur battant et les mains moites que je suis mes deux nouveaux amis sur le chemin du retour vers le campus.

Tout est tellement joli, par ici. Et je ne parle pas du garçon qui marche à côté de moi. En trois dimensions, Clairborne est encore plus charmante que sur la carte, toute de briques et de bois, avec ses maisons aux persiennes vertes, ses allées pavées illuminées par des réverbères à l'ancienne ; j'ai l'impression d'être projetée cent ans en arrière.

Jusqu'à ce qu'on retrouve la foule sur la pelouse.

Une file impressionnante s'étire devant le bar, et on prend notre place sans cesser de bavarder.

– Ainsi, tu viens d'Espagne ? demande Jake à Aurora.

– De Madrid. Mon père m'a prévenue qu'ici les hivers étaient froids, mais j'aime le ski.

– Ton père a fréquenté l'école de Clairborne ?

– Oh oui ! C'est un fan. Il en parle tout le temps.

– Et moi, mon frère est le quarterback de l'équipe de foot. Il n'a pas pu entrer à l'université qu'il visait, alors il redouble et je me retrouve coincé avec lui une année de plus.

– Ton frère n'est pas sympa ? demande Aurora en prenant son coca. *Gracias.*

– Attends, répond-il, beaucoup de gens adorent mon frère. Il joue au hockey. Et il fait partie d'un groupe de chant a cappella. En fait, il possède plein de qualités, sauf une.

– Laquelle ? dis-je.

– C'est un vrai trouduc.

– C'est quoi, un trouduc ? rigole Aurora.

– Tu comprendras quand tu le verras.

On se cherche des places, mais toutes les tables de la tente sont occupées. Alors, il nous conduit vers un muret de pierre où on peut s'asseoir l'un à côté de l'autre. Je me retrouve au milieu, à siroter mon verre tout en admirant en douce la courbe musclée du genou de Jake.

Fallait-il qu'il soit si mignon ? Ça me fait perdre ce qui me restait d'assurance. Je l'avais pris pour un pur intello, visiblement je me trompais.

– Cette année, c'est dur pour moi, poursuit-il. La plupart de mes amis ont obtenu leur diplôme l'année dernière, c'était déjà nul, mais je croyais au moins être débarrassé de mon frère...

– Le trouduc, dis-je.

– Oui. Sauf qu'il est encore là. En plus, mes parents prennent une année sabbatique à l'autre bout du monde. On va louer un chalet pour faire du ski à Noël dans le Vermont, car notre maison est louée jusqu'en juin.

– Ton père est prof d'université ? s'enquiert Aurora.

– Oui, de physique. Et ma mère aussi. De sociologie.

– Ah ! Mon père est banquier. Et celui de Rachel est un chanteur célèbre. Freddy Ricks.

Stupéfaite, j'en repose ma cuillère.

– Je l'ai tout de suite reconnu, lâche Aurora. J'ai assisté à son concert à Barcelone il y a deux ans.

– Sérieux... s'extasie Jake en me regardant.

Je n'aurais pas cru que ça se produirait aussi vite...

– Pardon, souffle-t-elle. J'aurais dû te laisser l'annoncer. D'ailleurs, tu étais à Barcelone il y a deux ans ? Peut-être qu'on s'est déjà trouvées dans la même salle. Ce serait trop génial ?

– Euh...

J'avale une gorgée. Je redoute plus que tout de devoir raconter mon histoire... Si seulement mon père avait pu m'emmener à Barcelone...

– Quoi ? lance Jake. Ton père est un trouduc ?

Tout dépend à qui tu poses cette question.

Je préfère les prévenir :

– Mon histoire pourrait vous laisser sans voix. Je me demandais ce que j'allais vous raconter.

Ils me sourient tous les deux et je n'ai plus qu'à décider en hâte ce que je suis prête à confier.

– Ma mère est morte il y a deux mois.

– Oh, ma chérie ! souffle Aurora en posant une main sur mon bras.

Super. Maintenant je vais déprimer tout le monde.

– Vous voyez ? J'aurais dû m'en tenir à : « Je suis d'Orlando. »

Derrière ses grosses lunettes, les yeux bleus de Jake se plissent avec gravité.

– Tu n'en avais pas... parlé, jusque-là.

S'ensuit un silence. Puis Aurora sursaute :

– Mon téléphone !

Elle s'éloigne, nous laissant seuls tous les deux.

Jake se passe une main sur le front.

– Moi qui me plaignais à propos de mon dossier pour la fac. Je ne vais pas avoir l'air bête, maintenant.

– Non... Je t'assure, tu étais gentil, et je ne savais pas comment te l'annoncer.

– Tu as bien dit que tu passais un sale été. Seulement je ne croyais pas...

– Je sais. Écoute... ça me faisait du bien de lire des messages qui ne parlaient pas de mort. J'en avais besoin.

Haussant le menton, il m'observe silencieusement, alors j'ajoute :

– Et... pour ton info, j'ai vraiment peur de vomir durant mon audition. C'était la pure vérité.

– Ça ne t'arrivera pas. L'univers te doit bien ça.

– Sais pas si ça marche comme ça.

– Ça devrait, en tout cas.

Il me décoche un tel sourire que je voudrais que tout s'arrête là.

Ce même soir, avec Aurora, allongées dans nos lits extra-longs, on bavarde dans l'obscurité ; elle m'apprend qu'elle aussi est fille unique et que ses parents ont divorcé quand elle avait six ans.

– Comment est morte ta mère ? me demande-t-elle.

– Cancer du sein. Elle en avait déjà vaincu un quand j'avais dix ans, mais cette fois, ça n'a pas marché.

– Quelle horreur !

On a moins de mal à s'exprimer dans la nuit.

– La fin est arrivée sans prévenir. Les gens me disent que ça aurait pu être pire. Elle n'a pas trop souffert.

– Ton papa a l'air adorable.

Est-ce qu'elle changerait d'avis si je lui disais qu'on ne se connaît que depuis quelques semaines ? Je préfère me taire, j'ai trop honte, et pas seulement pour Frederick. Quand on n'a pas vu son père pendant dix-sept ans, quelque part, on se demande si on n'en est pas la cause. J'ignorais ce qui n'allait pas chez moi au point qu'il refuse de me rencontrer.

Et je ne sais toujours rien.

– Comment est-il dans l'intimité ? demande Aurora. Comment est-ce qu'il s'amuse ?

Excellente question. Je me creuse la cervelle à la recherche de détails que j'aurais pu lire ici ou là sur sa vie.

– Il aime la plage.

J'ai vu des photos de lui en train de surfer en Australie. Ou se balader au bord de la Méditerranée dans le midi de la France.

– Je n'avais jamais vécu avec lui avant cet été. Mes parents habitaient à trois mille kilomètres l'un de l'autre.

Dire que tout ceci n'est plus que du passé...

– Mais il assure avec toi depuis la disparition de ta mère ?

– Oui.

Pas besoin de lui raconter toute l'histoire. Les gens donneront toujours à Frederick le bénéfice du doute. Ses pages Facebook comptent un million de likes.

– Je crois... commence Aurora. Tu sais, en Espagne, on dit : « *No hay mal que por bien no venga.* » À toute chose malheur est bon.

– Joli proverbe !

– Ta vie actuelle est un conte. Ta mère meurt et on t'envoie auprès de ton père, roi d'une contrée lointaine.

– C'est là qu'apparaissent les trolls et les dragons.

– Peut-être, acquiesce-t-elle en se retournant dans son lit. Et les méchantes belles-mères. J'en ai une.

Après un court silence, elle reprend :

– Mais les contes se terminent toujours bien, Rachel. Promis.

Je ris dans l'obscurité, en souhaitant qu'elle ait raison.

Chapitre 14

Le lendemain matin, je rencontre le Dr Charles, un conseiller d'orientation qui me donne mon emploi du temps.

– Nous restons en contact, Mademoiselle. Nous allons discuter davantage dès le mois prochain, lorsque vous désirerez vous inscrire pour l'université.

Chose à laquelle je ne suis pas prête pour le moment.

Cependant, mes cours s'annoncent bien. J'envoie un texto à Jake pour lui annoncer que j'ai décroché une place en littérature russe.

Ça valait la peine de passer toutes ces heures avec Anna Karénine.

À quoi il répond:

Geeks du monde, unissez-vous.

Avec Aurora, on partage trois cours: administratif, physique et maths. C'est sympa de croiser une autre nouvelle quand on s'égare dans les couloirs à la recherche de sa classe.

Me voilà bel est bien entrée dans la cour des grands. Les profs parlent vite, sans jamais se répéter, et ça glande nettement moins parmi les élèves. Le pire que j'aie pu voir durant cette première semaine, c'étaient les gens qui vérifiaient leur téléphone en plein cours.

Je ne parle même pas des devoirs... Gigantesques.

Aux repas, avec Aurora, on se rend toujours au réfectoire d'Habernacker. J'aime bien son ambiance désuète, avec ses fauteuils gigantesques, comme des trônes, et ces banquettes de cuir rouge collées aux murs.

Comme les tables de bois sont incroyablement longues, si on veut trouver un espace libre au milieu, il faut soit passer dessous, soit la longer en faisant attention à ne pas déranger les voisins.

Le troisième jour, Jake dépose son plateau en face d'Aurora et moi, et mon cœur tressaille. Comme chaque fois que j'aperçois ce garçon.

Depuis qu'il occupe le même bâtiment que moi – deux étages au-dessus –, mon pauvre petit cœur n'en peut plus. En plus, dès que j'ouvre la porte de notre chambre, je le croise dans l'escalier.

– Jake, lance Aurora sans lui laisser le temps de s'asseoir, on va au concert après le dîner. Tu te joins à nous ?

À la façon dont elle dit ça, on sent davantage l'évidence que la proposition. Elle n'est pas aussi perturbée que moi à son sujet.

– Pourquoi pas ? répond-il.

Aujourd'hui, il porte un tee-shirt orné de deux triangles dont l'un dit à l'autre : « Tu es trop obtus. »

– Rachel voudrait rejoindre un groupe de chant, ajoute-t-elle.

– Les auditions commencent ce week-end, dis-je, la boule au ventre. Mais je ne suis pas prête.

– Bien sûr que si ! assure-t-il en piquant sa fourchette dans ses raviolis. Et tu ne vas pas vomir.

Mon téléphone vibre dans ma poche. Mon père :

Tenu bon ces trois premiers jours ?

Défait bagages. Trouvé mes classes. Aurora = bonne personne. Toi ?

Restaurants. Balades. Burritos = bof ! Agent immobilier = bonne personne.

Cool. Repas avec les amis. J'y vais.

Repas avec amis. Trop nonchalant. En opposition à « chalant » qui n'existe pas.

Ça me fait rire.

Tu la préparais depuis quand, celle-là ?

:D

– Qu'est-ce qu'il y a de si drôle ? demande Jake.

– Mon père qui dit une bêtise, dis-je en rangeant mon téléphone.

– Tu sais, intervient Aurora, il cherche un endroit pour s'installer à Clairborne, pas trop loin de Rachel.

Je vide mon Coca light.

– Père de l'année, dix-huit ans d'affilée.

S'ils savaient...

– Quelle foule ! dis-je en voyant l'auditorium se remplir pour le concert.

Il y a pas moins de huit groupes de musique à Clairborne. Et on dirait que tout le campus est venu les voir.

– C'est hyperimportant la musique ici, explique-t-il. Et les groupes a cappella sont ce qu'il y a de mieux. Avant j'aimais bien, mais Trouduc m'a un peu gâché le plaisir.

Les lumières baissent quand l'orchestre de jazz entre en scène. Un professeur en veste de satin rouge et queue-de-cheval salue le public, puis se tourne vers son groupe, lève les mains et compte :

– Un, deux, et un, deux, trois, quatre...

Se lance alors un morceau de swing enlevé, complexe, du genre qu'aucun dans l'histoire de mon lycée d'Orlando n'aurait jamais pu exécuter. Je ne connais rien au jazz mais, à mon avis, ils sont dignes du Lincoln Center.

Si tous les groupes sont aussi bons, je suis fichue.

Au tour d'après, la chorale, quarante chanteurs. Ils commencent par l'hymne de l'école, en canon à quatre voix. Et cela se termine sur des applaudissements fournis.

– Wouah ! dis-je en frappant des mains.

Ce qui me vaut un sourire de Jake, comme si je venais de faire quelque chose d'adorable.

Puis c'est le tour du Chœur des Belles, et là, je me redresse sur mon siège. Elles sont une douzaine, se tenant par les mains en demi-cercle au milieu de la scène. Puis, une femme aux courts cheveux blonds attaque une note.

– On l'appelle l'entonneuse, me souffle Jake à l'oreille.

Elle lève les mains et une dizaine de filles se lancent ensemble dans la version la plus accomplie de « Fly Me to the Moon » que j'aie jamais entendue.

J'en ai la chair de poule.

– Joli, dit Aurora quand elles ont terminé.

Je qualifierais leur chant de tellement plus d'adjectifs que joli. Alors qu'elles quittent la scène, je meurs d'envie de les rejoindre.

Le concert s'achève sur les Chanteurs Seniors, le groupe masculin a cappella.

– Je vous donne dix secondes pour repérer Trouduc, murmure Jake. Une, deux, trois...

– Là ! s'écrie Aurora en désignant le cinquième garçon.

Et ça me semble évident tant il ressemble à Jake, en plus grand, plus anguleux, sans lunettes. Avec un port de tête royal.

– C'est lui, reconnaît Jake. Vous voilà prévenues.

Je m'inscris aux auditions du Chœur des Belles le lendemain, sans le dire à personne. Comme ça, si je suis éliminée au premier tour, ce sera moins gênant. Il me suffit de déposer mon nom pour un essai d'un quart d'heure et de mettre une croix devant « alto ».

Lorsque je me présente le lendemain après-midi, je trouve toutes les filles qui chantaient la veille en demi-cercle.

– Bienvenue, Rachel ! lance l'entonneuse blonde. Je m'appelle Jessica. Nous allons commencer par des arpèges pour t'échauffer. Ensuite... tu connais « Scarborough Fair » ?

– Oui, la mélodie.

Pourvu qu'elles ne me demandent pas de déchiffrer une partition. Ce serait terrifiant, encore que je devrais pouvoir y arriver.

– Dans notre arrangement, on compte une ligne mélodique pour alto. C'est pour ça qu'on l'utilise dans les auditions.

– D'accord.

– Nous allons la chanter deux fois. La première, ne cherche pas à te fondre dans le chœur, on veut entendre ta voix. Tu pourras le faire la deuxième fois.

– Compris.

Mes épaules se détendent dès les premières notes et je chante « Scarborough Fair » sans mal.

– On se reverra, me dit l'entonneuse à la fin.

Pourvu que ce soit vrai.

Elles ne me rappellent pas le lendemain ni le jour suivant.

Frederick repart pour Los Angeles et je passe un temps fou sur mes devoirs. Comme on bavarde trop quand je suis dans la chambre avec Aurora, je m'installe souvent dans la gigantesque bibliothèque.

Comme tout à Clairborne, c'est un endroit magnifique, avec son plafond voûté et ses murs lambrissés. Le soir, la salle de lecture est éclairée par de vieux lustres. Mais je préfère travailler entre les rangées de livres, nettement moins glamour avec leurs quatre étages de rayonnages et quelques bureaux épars.

Assise parmi mes livres, j'écoute le silence. C'est dans ces moments-là que je sens la présence de ma mère. Je sais qu'elle n'a jamais vécu dans une résidence. C'était une « citadine », comme elle me l'a dit une fois. Mais que je marche sur les pavés anciens, que j'ouvre mes cahiers dans la bibliothèque, je la sens toujours près de moi.

À croire qu'elle s'est assise à chacune de ces tables quand elle avait mon âge.

Désormais, je n'ai pas trop de mal à évoquer son souvenir, tandis qu'à Orlando, j'essayais de la chasser de mon esprit de peur d'en sortir brisée. Ici, elle me manque sans que j'en sois trop déchirée. Elle avait décidé de me faire retourner à Clairborne. Normalement, j'aurais dû me sentir brisée, seule dans ce petit monde de briques et de vitraux.

Accomplis ton devoir, Rachel, me murmure-t-elle lorsque je m'égare trop dans mes rêves.

Quinze jours après mon audition pour le Chœur des Belles, je finis par recevoir leur réponse par mail. Du coup, je file vers Habernacker pour y retrouver Jake. Dans l'escalier, je m'arrête, le temps de respirer un peu, avant de frapper à sa porte.

Personne.

Déçue, je redescends et là, je le retrouve dans ma propre salle de séjour, en train de réviser avec Aurora.

– Jake, aide-moi, dis-je en me laissant tomber sur l'épais tapis qu'elle a acheté pour nous.

– Il ne demande que ça ! lance-t-elle depuis la banquette de la fenêtre.

Jake s'empourpre.

– Tu as besoin des conseils d'un génie ?

Son tee-shirt représente un *Ninja des maths* en train de lutter contre le symbole Pi.

– Il faut que je me calme. Je suis invitée à dîner au réfectoire.

– Par le Chœur des Belles ?

– Oui.

– Bravo ! Et tu nous parles encore, maintenant que tu es engagée ?

– Dis-moi juste ce que ça implique.

– Bon. C'est un simple dîner. Sauf que trois ou quatre chanteuses seront à table avec toi pour vérifier si tu vaux la peine qu'elles passent le reste de l'année avec toi. C'est juste pour voir comment tu te comportes en société.

Mon cœur me lâche.

– Ouille ! Je croyais que ça concernait la musique...

– Tu te trompais.

– Ton audition a dû bien se passer, souligne Aurora.

– J'ai l'impression.

N'empêche que je préfère chanter plutôt que discuter.

Le lendemain soir, je résous quelques problèmes de maths devant la fenêtre, mais Aurora a faim.

– Je voudrais juste terminer ce chapitre, lui dis-je. Ensuite, on ira dîner.

Elle tape du pied sur le parquet de chêne.

– Allez ! Les devoirs t'attendront bien. Ce n'est pas ce soir, ton dîner ?

– Non. Demain.

– Alors, qu'est-ce qu'on attend ?

Comme je n'ai pas envie de me battre, je ferme mon livre.

– Bon, on y va.

Tandis qu'on descend vers le hall d'entrée, j'entends mon téléphone m'annoncer un texto de Frederick. Il est revenu et je lui ai attribué une sonnerie spéciale. Chaque fois que je l'entends, je vérifie aussitôt. J'ai trop hâte de lire son message m'annonçant : « J'ai trouvé une maison. »

Sinon, il va retourner à Los Angeles pour de bon, cette fois. J'essaie de me faire à cette idée. Pourtant, cet après-midi, il m'a juste envoyé un mot :

Inepte.

Il m'a fallu un certain temps pour comprendre qu'il avait trouvé un nouveau mot à ajouter à notre étrange collection de négatifs sans positifs.

Pour ne pas être en reste, j'ai passé une partie de mon temps en cours de littérature russe à chercher une réplique. J'ai fini par trouver *Interdit.* Et si le nouveau texto dans ma poche est un autre mot de Frederick, je suis dans les starting-blocks.

Au pied de l'escalier, j'ouvre la porte et manque heurter mon père face à moi.

– Tu as fait vite, dit-il.

– Quoi ?

– Je viens de t'envoyer un texto pour te demander si tu étais libre pour le dîner. Demain, je dois retourner à Los Angeles. Henry pète les plombs.

– Oh !

Il n'a donc pas encore trouvé de maison. Il jette l'éponge sur Clairborne ?

Je ne pose pas la question, car Aurora est juste à côté de moi.

Il s'éclaircit la gorge :

– Alors, vous en dites quoi, les filles ? Sushi ? Burgers ? En tout cas, on oublie les burritos.

– Ils sont donc si mauvais ? s'amuse Aurora.

– C'est pire que ce que vous pouvez imaginer. Et puis, je vais manger mexicain tous les jours pendant trois semaines. Je rapporterai peut-être des burritos dans ma valise quand je reviendrai.

Je me repasse ces paroles dans la tête avant de suivre Frederick et Aurora vers Main Street.

On se retrouve chez *Wheelock's*, où Darcy, l'exubérante serveuse, surgit aussitôt.

– Vous revoilà ! couine-t-elle. Donnez-moi deux minutes et je vous installe à votre table préférée.

– Ta table préférée ? dis-je alors.

Pour toute réponse, il se tourne vers elle :

– Ça ira.

– Je suppose que vous prendrez votre bière habituelle. Ou vous préférez changer, pour une fois ?

– Non, si vous en avez encore...

– Et vous, jeunes filles, que puis-je vous apporter ?

– Un Cocal light, s'il vous plaît.

– Moi aussi, dit Aurora.

Puis elle se retourne vers Frederick tandis que Darcy s'éloigne, pour lui demander ce qu'il va faire à Los Angeles.

– J'ai des réunions. Je dois aussi passer au studio d'enregistrement. Et faire le tour des restaurants mexicains.

– Qu'allez-vous faire au studio d'enregistrement ? Attendez... vous devez toujours vous refaire opérer de la main ?

Il secoue son poignet gauche.

– Tout va bien, maintenant.

– Tant mieux.

Une fois nos déjeuners servis, elle lui pose encore cinquante questions sur ce qu'il compte enregistrer et je note mentalement chacune de ses réponses.

Pour me donner un air décontracté, je lui vole une frite avant de demander :

– Alors, toujours pas de maison ?

– C'est frustrant, répond-il. Il n'y en a pas beaucoup sur le marché. Mais l'agent gère tout en mon absence. Le marché est un peu calme ; ça va bien finir par se débloquer.

– Et un appartement ? demande Aurora.

– Je fais trop de bruit quand je répète.

Darcy reparaît.

– Tout va bien ? Puis-je vous apporter autre chose ? Encore une bière ?

Au passage, elle lui passe brièvement la main dans le cou.

– Merci, ça ira.

– Ouf ! C'était gênant, dis-je quand elle s'éloigne.

Il hausse les épaules.

– Je viens souvent ici.

– Elle est pas mal, observe Aurora. C'est juste qu'elle est pas super-discrète.

À son tour, elle lui chipe une frite avant d'ajouter :

– Comme Rachel avec notre voisin.

– Arrête, Aurora ! C'est n'importe quoi.

– Tu crois que je n'ai pas compris pourquoi tu traînais ce soir parce qu'il vient plus tard à la cantine le mardi et le jeudi ?

Mince.

– Je devais lui demander de l'aide pour mon devoir de maths.

Aurora et Frederick éclatent de rire.

– Subtil ! observe-t-il.

Darcy se rapproche pour la dix-millième fois.

– L'addition, s'il vous plaît, dis-je alors avec un peu plus d'ardeur que nécessaire.

– Tout de suite, ma chérie, susurre-t-elle en me tapotant le bras.

Ce soir, c'est mon dîner avec le Chœur et je sais que ça va mal se passer dès l'instant où Jessica commence :

– Alors, parle-nous de toi.

Trois visages m'observent. Outre l'entonneuse, visiblement la responsable, sa voisine s'appelle également Jessica ; quant à la troisième, Daria, c'est elle qui semble la plus décontractée.

– Eh bien, je viens d'Orlando.

Ce sera ma phrase de présentation à l'avenir.

– J'ai fréquenté un lycée gigantesque avec une importante chorale, ce qui m'a offert beaucoup d'opportunités.

Elles hochent la tête poliment.

– Ils organisaient beaucoup de concours de chant.

Je me sens plus tendue que jamais ; je ne suis qu'une geek qui passe son temps sur ses devoirs. Impossible de présenter ça comme un atout.

– Et qu'est-ce qui vous attire dans le Chœur des Belles ?

– J'ai adoré votre concert.

Bing. Encore une réponse nulle. Mais comment exprimer à quel point je voudrais me retrouver dans ce cercle de filles et sentir la chaleur d'autres voix vibrant autour de moi ? Je n'aime rien de plus au monde que chanter, il me faut ça dans la vie. Absolument. Voilà des mois que je n'ai plus lancé une note et je suis incapable d'expliquer pourquoi.

– Et vous auditionnez aussi pour la chorale ? s'enquiert Daria.

– Oh non, dis-je vivement.

À leurs expressions, je repère vite mon erreur tactique. J'étais trop présomptueuse en ne misant que sur le Chœur des Belles.

– Je préfère votre répertoire, dis-je alors en m'agitant.

– Si vous nous parliez de votre genre de musique préféré, suggère alors Jessica. Qu'écoutez-vous ?

Je me sens mieux lorsque je n'ai plus à parler de moi. Cependant, je n'écoute à peu près que des auteurs-compositeurs masculins de la génération de mon père. N'est-ce pas un peu bizarre ?

Réfléchis, Rachel !

– Pour les voix féminines, j'aime The Civil Wars. Et aussi Adele, qui a un joli timbre malgré des chansons parfois un peu trop pop à mon goût.

Comme elles hochent la tête, je poursuis :

– Je suis plutôt branchée auteurs-compositeurs. Ingrid Michaelson m'intéresse beaucoup. Et aussi Lourdes, car elle a commencé très jeune.

– Elle est cool, approuve Daria.

– Pour les groupes, je préfère des trucs plus anciens, comme les Indigo Girls – elles m'étonnent toujours autant. Et à propos de fusions de voix...

– Oui ? intervient Jessica.

Mon cerveau se bloque de nouveau. Mais c'est là qu'Aurora vient déposer une tasse de café sur la table et s'asseoir à côté de moi. Je n'ai jamais été aussi contente de la voir.

– Voici ma coloc, Aurora, dis-je en faisant les présentations. Et voici Jessica, et Jessica et Daria.

Aurora leur sourit. Je donnerais tout pour posséder un peu de son assurance.

– Elle m'a entraînée à votre concert, leur explique-t-elle. Avec Rachel, vous visez haut. Elle a la musique dans le sang.

Je lui décoche un regard d'avertissement, mais elle me répond d'un clin d'œil.

– Comment cela ? demande Jessica.

– Mon père est chanteur-compositeur, dis-je alors.

Je n'avais vraiment pas l'intention d'aller sur ce terrain.

– Et on le connaît ? insiste-t-elle.

– Sûrement... c'est Freddy Ricks.

Les deux Jessica poussent ensemble un petit cri, et j'en reste sidérée. Puis elles se mettent à rire.

– Je t'avais dit que c'était lui au Boat House, lance l'entonneuse en poussant l'épaule de l'autre Jessica.

– Tu me dois un smoothie.

Elles rient encore plus fort et Aurora me décoche un sourire complice.

– Wouah ! souffle Daria en se couvrant la bouche. Ton père est fabuleux !

L'ambiance se détend instantanément. Les deux Jessica se penchent vers la table.

– Tu dois rencontrer des gens super-intéressants, observe l'entonneuse.

– Tu peux entrer dans toutes les coulisses, ajoute Daria.

Un rien gênée, je hausse les épaules. Ce sujet de conversation n'est pas sans risques.

– Les membres de son groupe sont super. J'essaie de ne pas me comporter comme une fan, mais c'est difficile.

Ce qui n'est pas faux en soi.

– Il acceptera peut-être de nous composer une chanson, suggère Daria.

– Je ne lui ai pas encore raconté que je passais une audition, dis-je en hâte.

Inutile d'ajouter qu'il ne m'a jamais entendue chanter. Même pas sous la douche.

Jessica consulte sa montre.

– Il nous reste plusieurs personnes à rencontrer ce soir. As-tu des questions, Rachel ?

– Juste une. Combien de places avez-vous ? Pour savoir si je peux garder un peu d'espoir ou non.

– Oh, il y en a quatre ! répond Jessica. Dont deux pour des altos cette année.

– C'est bon pour toi, commente Aurora une fois qu'elles sont parties.

Du bout de ma fourchette, je touille ma salade.

– J'ai lâché le nom de Frederick. Je suis une profiteuse.

– Non, c'est moi, corrige Aurora en sirotant son café. Mais tu crois qu'il existe de meilleurs altos que toi ?

– Sûrement pas.

– Et tu crois que ça le gênerait ?

– Sans doute pas.

Mais moi, si. Et, quelque part dans l'atmosphère, maman pousse un soupir de désapprobation.

– Pourquoi tu l'appelles Frederick ? demande soudain Aurora.

Moi qui croyais en avoir fini avec cette interview !

– C'est son nom.

C'est également ainsi que ma mère l'appelait les rares fois où elle parlait de lui.

– Vous n'étiez pas très proches avant la mort de ta maman ?

– On peut dire ça.

Je remets mon assiette sur mon plateau.

– Bon, on y va ?

– D'accord.

Chapitre 15

Le Chœur des Belles ne me relance pas mais, apparemment, ce serait normal. Au lieu d'envoyer des mails, les formations musicales en compétition organisent ce qu'on appelle une Tap Night où elles parcourent le campus pour rendre visite aux gens qu'elles ont retenus.

Nul ne sait quand aura lieu la prochaine.

Cette perspective m'angoisse totalement. Alors, je me plonge dans mes devoirs sans plus chercher à me faire d'autres amis, car j'ai déjà trouvé les deux meilleurs.

Jake et Aurora sont toujours partants pour n'importe quel défi : mur d'escalade planté au beau milieu de la pelouse ? Ils sont les premiers à enfiler les harnais pour bondir vers le sommet, Jake sonnant la cloche avant qu'Aurora ne le rejoigne. Un narguilé dans l'entrée lorsque le responsable de la résidence s'absente pour le week-end ? Aurora et Jake ne se gênent pas.

Quant à moi, je m'esquive en marmonnant :

– Je sais, j'ai le complexe de la petite fille modèle.

Tout en rejetant de la fumée par le nez, Aurora secoue la tête :

– Ne t'excuse jamais pour ça. Ça te va bien.

J'espère que le Chœur des Belles est de cet avis.

Au lieu d'attendre dans ma chambre, en espérant qu'elles finissent par se manifester, je décide de continuer à travailler dans la bibliothèque. Un mec en tenue de foot ose occuper ma place fétiche dans la salle d'étude du troisième étage, alors je parcours les rangées de livres jusqu'à trouver un siège libre.

Au moment où je m'assieds, mon regard tombe sur un rayonnage présentant des titres auxquels je ne me serais pas attendue pour une bibliothèque : les annuaires de téléphone des usagers de Clairborne, New Hampshire, des années passées.

Je me relève aussitôt pour les examiner, sors l'exemplaire de 1995, ouvre la section « K » à la recherche de mon nom de famille.

Et voilà ce que je veux : Alana Kress, 154 Armory Street, dans la ville de Wilder. Alana était ma grand-mère, décédée quand j'avais trois ans et qu'avec maman on avait déjà déménagé vers la Floride.

Je note l'adresse, l'enregistre sur le GPS de mon téléphone. La maison se trouve à cinq kilomètres. Une heure à pied.

Lorsque Frederick rentre de Los Angeles, on se retrouve pour un café sur Main Street. Apparemment, la nouvelle de ses passages à Clairborne s'est répandue, car nous avons droit à des regards curieux qu'il sait très bien ignorer.

Peut-être qu'il n'y fait vraiment plus attention. Cette fois, c'est moi qui le presse de questions :

– Qu'est-ce que tu fais cette semaine ?

– Je cherche des maisons. J'évite les appels d'Henry.

– Comment ça se passe ?

– J'ai mis mon téléphone en mode *silencieux.*

– Non, je parlais de l'autre projet, dis-je en mélangeant mon café d'un air faussement indifférent.

– Cette ville est petite, il n'y a pas grand-chose de disponible. Mais l'agence dit qu'un truc finira bien par se libérer.

Je me demande comment ça se terminera si rien ne bouge.

– Quoi de neuf de ton côté ? me relance-t-il.

– Plein de devoirs.

Je ne lui ai toujours pas parlé de mon audition auprès du Chœur des Belles et, comme je reste sans nouvelle de leur part, j'ai l'impression qu'il n'en saura jamais rien.

Ce samedi soir, Aurora me propose d'aller voir un film d'horreur au Centre des étudiants.

– Si on regardait plutôt quelque chose ici ? suggère Jake, affalé dans le canapé mou qu'on s'est offert avec Aurora.

Quelque chose entre un futon et un pouf géant, devenu notre SFP, sofa en forme de poire, dans lequel on peut tenir tous les trois.

– Quoi ? dis-je en rigolant. Tu flippes ?

– Traite-moi de mauviette !

Son sourire accentue tellement sa fossette que j'ai une soudaine envie de la mesurer de l'index.

– Ou on pourrait jouer aux cartes, lance Aurora.

– D'accord, dit Jake. Je vais les chercher.

Je perds lamentablement, plusieurs fois d'affilée.

– Ouille ! Si on descendait grignoter un peu, maintenant ?

Sur le campus, il y a un bar à glaces ouvert jusqu'à vingt et une heures pendant le week-end.

– Nan, dit Jake. On reste ici.

Déposant les cartes par terre, il ramasse le journal des étudiants qu'on a laissé traîner sur notre fausse table basse.

Sans trop comprendre, je l'observe une seconde

– Si on oublie les glaces, je vais faire du thé, annonce Aurora en emportant sa bouilloire électrique dans la salle de bains afin de la remplir d'eau.

C'est là que Jake sort son téléphone pour vérifier l'heure. Puis il le range. Je lui demande :

– Qu'est-ce que tu attends ?

Haussant les épaules, il se replonge dans le journal.

Dehors, j'entends des voix, des pieds qui courent ; je m'approche de la fenêtre pour apercevoir un groupe de garçons en train de se précipiter dans le bâtiment trois.

Plusieurs fenêtres sont éclairées au-dessus de l'entrée et je vois bientôt le groupe jaillir dans une chambre du troisième étage. De retour avec sa bouilloire, Aurora s'approche de moi.

– Ouvre la fenêtre, dit-elle.

Ce que je fais et là, on discerne un chant lointain – l'hymne de l'école, en harmonie à quatre voix.

– Hé, dis-je à Jake, c'est la Tap Night des groupes de chant, non ?

Il relève la tête.

– Le secret le plus mal gardé du campus.

– Oh... dis-je en allant m'asseoir près de lui sur le SFP. Donc, je dois attendre, c'est ça ?

Un quart de seconde, il pose une main sur la mienne, la retire aussitôt.

– Merci de ne pas me l'avoir annoncé plus tôt, dis-je à voix basse. Ça m'aurait mise en miettes.

– Jake est très doué pour garder les secrets, lâche Aurora depuis sa chaise.

Les minutes s'écoulent. Aurora s'occupe en feuilletant un magazine, et moi en me rendant plus malade que jamais. Chaque minute qui s'écoule correspond à une minute durant laquelle le Chœur des Belles élit quelqu'un d'autre que moi.

Finalement, on entend de nouveau des pas dans la cour. On se regarde tous les trois, mais je ne me lève pas pour voir vers quel bâtiment ils se dirigent. Et c'est là que, par-dessus les battements de mon cœur, je distingue une galopade dans notre escalier.

Aurora se redresse d'un bond.

– Ils viennent pour toi !

Elle ouvre grand notre porte. Jessica entre la première, suivie de Daria, de l'autre Jessica et de neuf filles qui se mettent en demi-cercle devant moi et entonnent « Nos années de gloire » un chant traditionnel de Clairborne.

Je reste là, bouche bée, tandis que le son de douze voix emplit harmonieusement nos murs. Lorsqu'elles ont terminé, Jessica me fait signe de les rejoindre et me place un bras autour du cou.

– Rachel, voudrais-tu devenir membre du Chœur des Belles ?

– Oh que oui !

Des applaudissements montent du couloir et je me retourne pour apercevoir un petit groupe formé par nos voisins.

Les douze filles me serrent chacune à leur tour dans les bras. Puis elles sortent de la pièce pour aller visiter quelqu'un d'autre. Je ferme la porte et découvre alors mes amis un grand sourire aux lèvres. Aurora bat des mains :

– Tu ne veux pas appeler ton papa pour le prévenir ?

Sauf que je ne tiens pas trop à entendre son nom pour le moment. Car je ne saurai jamais si j'aurais obtenu la place sans être la fille de Freddy Ricks.

– Ça peut attendre.

Octobre arrive, et les arbres de la ville prennent d'éclatantes couleurs, les érables un rouge lumineux et les ormes un jaune qui leur donne l'air d'être éclairés de l'intérieur.

Le soleil commence à se coucher très tôt ; désormais, il fait nuit le soir, à la fin de chaque répétition de mon Chœur des Belles. Je rentre seule à Habernacker en fredonnant les dernières mélodies qu'on a chantées. On travaille sur un arrangement de Jessica d'« Imagine » de John Lennon. Elle en a fait un ensemble où chaque voix entre l'une après l'autre jusqu'à former un immense crescendo. À son paroxysme, cela me donne des frissons délicieux.

Jessica – l'entonneuse – dirige le chœur d'une main de fer. Durant les premières répétitions, elle me faisait un peu peur. C'est sans doute bête, mais je ne voudrais pas la décevoir.

Mais depuis qu'elle m'a attribué un couplet solo pour « Imagine, » j'ai commencé à me détendre. Je n'aime rien tant que les répétitions. Ma vie devient parfaite tous les soirs de la semaine entre dix-neuf et vingt heures.

Le samedi qui précède Halloween, avec Aurora, on écoute un enregistrement du Chœur des Belles en se faisant mutuellement les ongles des pieds sur le SFP. Et là, j'insiste :

– Si tu en as marre d'écouter ça, dis-le. J'essaie encore d'apprendre le répertoire. Mais... attends ! Arrête de bouger !

– Je ne peux pas m'en empêcher. Je suis très chatouilleuse.

On frappe à la porte.

– Entre, Jake ! crie Aurora.

– Comment tu savais que c'était moi ? demande-t-il en passant la tête.

– Vision rayons X, dis-je.

Qui d'autre aurait-ce pu être ? Il nous décoche un sourire diabolique.

– On dirait que j'arrive en plein moment sexy.

– Dans tes rêves ! s'esclaffe Aurora. Rachel, c'est joli ce que tu as fait.

– Oui, mais tu ne me facilites pas la tâche.

Je ferme le flacon de vernis et elle étale ses pieds sur la table basse.

– Assieds-toi, Jake.

Il vient se loger entre nous deux. Son tee-shirt proclame : *Mémoire insuffisante.*

– Vous savez ce que vous voulez faire ce soir ? demande-t-il. Vous avez rendez-vous, peut-être ?

– On voulait mater un film.

J'ai à peine le temps de terminer ma phrase que mon téléphone sonne. Je me lève pour aller répondre.

– N'abîme pas ton vernis ! me crie Aurora.

Je franchis les quatre pas suivants sur mes talons.

– Allô ?

– Rach, murmure une voix douce.

– Haze ?

– Je voulais juste t'entendre, soupire-t-il.

– Ça va ?

Mes amis me regardent depuis le sofa.

– Oui. Tu me manques beaucoup.

Oubliant mes ongles, je fonce vers ma chambre.

– À moi aussi, tu me manques, dis-je en fermant la porte.

– Menteuse, rit-il doucement. Tu es trop occupée.

– Je l'ai été. N'empêche que j'aurais dû t'appeler. Mais, quelque part, ça me fait du bien de ne pas trop penser à l'année dernière.

– Je te comprends. Moi aussi, j'aurais pu t'appeler.

Bien vu.

– Quoi de neuf, de ton côté ? Ça marche, le boulot ?

– J'en ai un, oui. Le pire du parc.

– Quoi ? Lequel ?

– Tu te rappelles les courses de voitures du Tomorrowland ? Je m'occupe de faire le plein. Le vrai cagnard, pas d'ombre nulle part. À la fin de la journée, je sens autant la sueur que le diesel.

– Oh, Haze, je suis désolée !

– Ça ne se passe pas si mal. C'est super-bien payé et, grâce à mon pass, je peux me balader partout dans le parc. Je suis allé des centaines de fois faire la Tour de la Terreur.

On frappe à ma porte.

– Une seconde, dis-je en allant ouvrir.

– On voudrait aller voir le match de hockey, m'annonce Aurora, à la place d'un film. Ça te va ?

– Du hockey ? J'arrive.

– Du hockey ? répète Haze. Ça a l'air sympa.

– Ah bon ? Je croyais que c'était de la baston.

Il éclate de rire.

– Dans ton école ? Ce serait interdit. Dommage, j'aurais aimé voir ça.

– Dans ce cas, ça ne devrait pas être trop grave.

– Non. Alors, tu as trouvé un petit ami ?

– Non.

– Tu as hésité.

– Pas du tout.

Sauf que je n'ai pas envie de parler de ça.

– Je sais que tu es loin, Rachel. Pourtant, je n'arrête pas de penser à toi.

– Désolée.

C'est la seule réponse à la fois aimable et sincère que je peux lui faire.

– Arrête ! Amuse-toi bien à ce match de hockey et appelle-moi un de ces jours.

– Promis.

En sortant de ma chambre, je capte le regard de Jake.

– C'était qui ? demande Aurora.

– Mon meilleur ami de Floride.

Jake se lève.

– Je vais chercher ma veste. On se retrouve dans une demi-heure.

– Vas-y ! TIRE ! Ooh...

Jake retombe sur son siège.

Avec Aurora, on échange un regard amusé. Comment se douter que notre astronome préféré pourrait tant se passionner pour un sport ?

Il reste deux minutes de jeu. Quand Jake m'a dit qu'il y avait trois périodes, je ne l'ai d'abord pas cru.

– Bien sûr que si, a-t-il insisté. Qu'est-ce qu'il y a d'extraordinaire à ça ?

– Je viens d'un pays de football. On préfère les chiffres pairs.

– Les joueurs de hockey ont d'énormes fessiers, observe Aurora.

– C'est du rembourrage, pour les protéger. Ils sont enveloppés dedans... NOOON !

Avec la moitié du public, il se lève en hurlant contre le goal.

– Ouf ! Ce n'est pas passé loin. Il mérite une médaille d'honneur.

– Et moi je voudrais de ce rembourrage, gémit Aurora. J'ai froid aux fesses.

– On va devoir endurcir les filles d'Espagne et de Floride, réplique Jake, les yeux encore sur la glace.

– Les femmes, corrige Aurora.

– C'est ce que je viens de dire. VAS-Y !

J'apprécie le résultat, non pas le match mais les joues empourprées de Jake. Il y a en lui une vigueur qui me séduit. Parfois, lorsque j'examine la solide descente de son cou à ses épaules, je me demande ce que ça me ferait d'y passer la main.

Aurora surprend mon regard et m'adresse un clin d'œil.

Oups ! Je détourne mon attention vers la patinoire.

– Ce n'est pas bon signe que presque tout le match se soit joué devant notre ligne de but ?

– Ça irait, corrige Jake, si le centre pouvait juste...

Il se lève.

– Fonce, mon grand ! crie-t-il.

L'un des joueurs de Clairborne fonce dans la direction opposée.

– TIRE !

Le joueur tire. Et marque. Là, le match s'arrête. Score : 0-1.

Le week-end suivant, Aurora prépare un sac de voyage. Elle part pour Boston ce soir, voir son père en voyage d'affaires. Il ne lui reste que quelques minutes avant le départ du bus et elle les emploie à échanger des textos avec quelqu'un.

– Avec qui tu parles ? dis-je d'un ton irrité.

Ça m'ennuie de passer seule mon vendredi soir.

– À mon ex-petit ami d'Espagne.

– C'est la pleine nuit là-bas, non ?

– Si. Il est dans un club et ses amis l'ont tous laissé tomber pour rejoindre leurs copines.

– Tu ne m'en avais jamais parlé. Il te manque ?

Elle range son téléphone dans sa poche.

– Pas vraiment. C'est un mec génial. Seulement, on n'est pas faits l'un pour l'autre. C'est un peu pour ça que j'ai choisi Clairborne, histoire de rompre plus facilement.

– Sérieux ? Je ne t'aurais jamais crue capable de te défiler comme ça.

Elle inspecte ses ongles :

– Si, pourtant.

Je n'en reviens pas :

– Remarque, tu as bien fait. Si tu tenais à lui, je ne t'aurais jamais rencontrée.

Elle me serre la main :

– Tiens, je ne comprends pas comment tu peux me dire des choses si cool sans avouer à Jake ce que tu ressens pour lui.

– Peut-être parce que je n'ai rien à lui dire.

Total mensonge qui lui fait lever les yeux au ciel.

Sauf que Jake est quelqu'un de trop spécial pour que je coure le moindre risque avec lui. Si je m'y prends mal, il pourrait disparaître.

Aurora se lève.

– Vous êtes faits l'un pour l'autre, dit-elle en prenant son sac. Allez, à demain.

– Amuse-toi bien !

Un profond silence a envahi notre chambre depuis qu'elle est partie rejoindre son père. Alors, je sors mon téléphone pour appeler le mien. Je n'ai pas vu Frederick de la semaine.

– Comment ça va, gamine ?

– Bien. J'appelais pour savoir ce que tu faisais ce soir.

– Ce soir ?

Il marque une pause avant d'ajouter :

– En fait, je croyais que tu serais prise avec tes amis. J'avais l'intention de rester tranquille. Je crois que j'ai un rhume.

– Ah bon...

– Tu veux qu'on déjeune demain, ou dimanche ?

– Carrément.

Après avoir traîné pendant deux heures, je me rappelle que je dois acheter quelque chose à la librairie. J'enfile mon manteau et ouvre la porte.

Coup de chance, Jake débouche justement de l'escalier.

– Je viens avec toi, annonce-t-il quand je lui explique ce que je vais faire. Je cherche une boîte à lettres.

Il me montre une enveloppe.

– Pour les parents. Ma mère m'écrit plein de lettres et je n'y réponds jamais.

– On peut faire vite ? Je crois que la librairie ferme à vingt heures.

On marche ensemble dans la nuit froide. Il bavarde, tout enthousiasmé par le club d'astronomie, ce qui me donne un prétexte pour l'admirer en faisant mine de l'écouter.

– On cherche des planètes non identifiées, explique-t-il. Ça arrive sans cesse aux amateurs, même si on n'a pas des télescopes assez puissants pour les voir.

– C'est vrai ? Mais comment savez-vous qu'elles sont là ?

– Question de gravité. Les étoiles suivent des orbites régulières, à moins qu'elles ne se trouvent à proximité d'une planète. Là, elles vacillent et la taille de l'oscillation indique certaines choses sur la planète. Ainsi on peut en prouver l'existence, même si on ne la voit pas.

– Cool !

J'aime voir son visage s'animer dès qu'il parle du ciel.

– Qu'est-ce que tu vas faire à la librairie un vendredi à vingt heures, au fait ?

Ouille ! Je sais que ma vie sociale n'est pas vraiment des plus animées. Pas besoin de me le rappeler.

– J'ai laissé *Anna Karénine* sous le canapé de Frederick, en Californie. Et je dois faire mon exposé lundi. Sans mon livre, je suis fichue.

– Je croyais que tu l'avais déjà lu.

– Je ne le connais pas par cœur. Mais tu as raison, je devrais sans doute trouver quelque chose de mieux à faire un soir de week-end.

Question sous-entendus, c'est plutôt nul. Sauf que je ne vais pas dire à Jake que j'apprécie trop de marcher avec lui ni que j'ai mémorisé la forme de son sourire.

– Tu devrais pouvoir trouver une copie à télécharger, suggère-t-il.

– Certainement.

Soupir.

Sur Main Street, on passe devant un bar restaurant appelé *Chez Mary's*. Tout d'un coup, j'ai envie de m'arrêter pour mieux regarder un couple en train de s'installer sur la terrasse. Je n'ai jeté qu'un regard en coin sur sa veste de cuir, ou alors ce sont ses épaules tandis qu'il tourne sa chaise, mais quelque chose attire mon attention.

C'est mon père. Celui qui vient de me dire qu'il allait passer la soirée seul.

En face de lui s'assied une femme aux cheveux châtains brillants. Ils sont en pleine conversation, je le vois lui poser une main sur le bras et elle éclate de rire.

– Rachel, qu'est-ce qu'il y a ?

Je ne réponds pas et me dirige de l'autre côté de la vitre pour apercevoir le visage de la femme. Elle est jolie, avec de grands yeux rieurs. Cependant, il a une façon de la regarder qui me fait mal au cœur.

– Rien, mon père, c'est tout.

– Tu veux nous présenter ?

– Non ! dis-je trop vivement. Il a l'air occupé.

Là-dessus, je me détourne en accélérant le pas si vivement que Jake doit presque courir pour me rejoindre. Je m'arrête devant la librairie, déjà plongée dans le noir. D'après l'affiche, ils ferment à dix-neuf heures trente.

– *Mince !* dis-je alors. Mince, mince, mince !

Rien à voir avec l'horaire. Mon père m'a menti trop tranquillement et ça me donne envie de hurler.

J'entends la voix de ma mère murmurer : *Les hommes disent n'importe quoi.*

Jake pose les mains sur mes épaules.

– Rachel. Elle meurt à la fin.

Je suis au bord des larmes.

– Qui ?

Là, on se retrouve l'un en face de l'autre, tout proches, à se regarder dans les yeux.

– Anna Karénine, murmure-t-il.

Un sourire traverse son visage. C'est le moment ou jamais. Je le sens qui guette un signal de ma part.

Ou pas du tout. Ça se passe juste dans ma tête.

Le mensonge de Frederick me fait mal. Son rejet m'empêche de croire que le sourire de Jake n'a rien de malicieux.

– C'est pas drôle !

Sur cette remarque hargneuse, je reprends mon chemin. Les mains de Jake quittent mes épaules.

– Attends... Ce n'est pas ce que je voulais dire... Merde !

Un horrible silence s'ensuit, que j'aurais pu briser si je n'étais pas à ce point fracassée.

Rachel en Colère est revenue.

– Tu ferais mieux d'envoyer cette lettre à tes parents, dis-je en lui montrant la poste de l'autre côté de la rue.

– Oui, marmonne-t-il. Tu viens ?

Je fais non de la tête.

On se regarde encore. Il semble ne pas comprendre, chercher une solution. Il attend, mais je ne bouge pas. Je me sens aussi fermée que la librairie. Complètement dévorée par mes ombres intérieures.

Après un dernier regard, il se tourne lentement pour redescendre la rue. Tout seul.

Je le suis des yeux, anéantie, complètement seule désormais, à vingt heures un vendredi soir, haletante dans l'air glacé de novembre. Je ne sais plus quoi faire.

Je ne vais pas retourner *Chez Mary's*. Ce serait trop nul. Alors, je traverse la rue. Le bus de Boston vient de lâcher ses passagers qui s'éparpillent dans toutes les directions, tirant derrières eux valises et sacs.

Je repère une silhouette juste équipée d'un baluchon à l'épaule, à la démarche étrangement familière. C'est tellement improbable que je ne me donne pas la peine de l'appeler.

Pourtant, on dirait bien que c'est lui.

– Haze !

Il se retourne.

Chapitre 16

Je cours vers lui en riant.

– Qu'est-ce que tu fiches ici ?

– D'après toi ? Je viens te voir. Sinon, je ne sais pas pourquoi je me taperais trente-six heures de bus. C'est un petit cadeau d'anniversaire que je me fais.

– Wouah ! Mais... pourquoi tu ne m'as pas dit que tu venais ?

– Parce que tu m'aurais conseillé de ne pas me déranger.

Bien vu.

– Je... Enfin, je n'arrive pas à croire que c'est toi !

Il s'est coupé les cheveux, ça lui donne l'air plus âgé, plus sérieux.

– Tu es bien, comme ça.

– Je me disais la même chose à ton propos.

Il m'attrape par la ceinture, me fait tournoyer comme une gamine. Puis il me lâche, me saisit les deux mains.

– Qu'est-ce que tu fais ici toute seule ? Tu es glacée.

– J'avais une course à faire, mais ça n'a pas marché.

– Alors, où est-ce qu'on va ?

La bonne question ! Je suis encore trop stupéfaite pour savoir quoi lui répondre.

– On marche un peu ? Il y a un endroit où je voulais me rendre. Mais c'est loin.

– J'ai tout le temps, répond-il. Donne-moi la main.

Il remonte son baluchon sur l'épaule et on est partis.

– Il y a des cloches dans cette tour, dis-je en passant devant la bibliothèque. Les étudiants en musique y passent des chansons deux fois par jour et ils choisissent de drôles de trucs. La semaine dernière, j'ai entendu Queen. « We Will Rock You ».

– Cette bande de rebelles ! sourit-il en me serrant la main. Je suis content de t'avoir trouvée. J'avais peur que tu ne sois partie ailleurs, que tu ne répondes pas au téléphone.

– Pas cette fois-ci.

– C'est joli, par ici. Toutes ces anciennes bâtisses.

– Parfois, j'ai l'impression de me promener dans un livre d'histoire. Tu veux voir la bibliothèque ? Elle est trop cool.

– Ce n'est pas trop mon truc. On va où, au fait ?

– Dans la ville voisine. Ma mère y habitait quand elle allait au lycée. J'ai envie de voir.

Il ne répond pas tout de suite.

– Elle fréquentait son école, je crois ?

– Juste en terminale.

– Et ensuite ?

– Elle voulait aller à l'université du Massachusetts, mais après une année sabbatique. Sauf que je suis née entre-temps.

– Et ton père habitait quelque part ?

– Quelque part.

– Tu ne sais pas où ?

Je fais non de la tête.

On continue un peu en silence, puis il me pose une nouvelle question :

– Tu as trouvé ce que tu venais chercher ici ?

– J'y travaille.

Il n'insiste pas.

Il nous faut trois quarts d'heure pour trouver la maison d'Armory Street. Et là, il n'y a pas grand-chose à voir.

– Elle aurait besoin d'un coup de peinture, observe Haze.

– Comme tu dis.

C'est une triste demeure en bois, au perron en ruine.

– Elle devait être plus jolie en 1997.

L'année où maman est sortie de Clairborne.

– J'en suis sûr, répond-il doucement.

Sauf qu'on a tous les deux des yeux. Ce quartier est plutôt sinistre, avec un bateau rouillé dans le jardin d'en face.

Si je retournais chercher maman à Clairborne... je ne l'y ai pas encore trouvée.

– On repart, dis-je.

Le temps d'arriver au campus, on meurt de froid. Je lui demande s'il a faim et je précise :

– Moi, j'ai déjà mangé, mais je peux te trouver quelque chose.

Il me serre de nouveau la main.

– Non. C'est pour toi que je suis venu.

– Mon bâtiment est là.

– Ça te poserait un problème si je restais ?

– Euh...

Je n'aime pas enfreindre les règles. Mais je sais que je ne risque pas grand-chose.

– Tu n'as pas le droit d'entrer dans ma chambre après vingt-deux heures. Seulement, personne ne vient jamais vérifier. Et ma coloc est absente ce soir.

– Tant mieux.

Dans la cour d'Habernacker, Haze sort son téléphone.

– C'est laquelle, ta chambre ?

– Celle-ci, dis-je en tendant le doigt.

Les rideaux rouges d'Aurora sont visibles. Il prend une photo.

– Comme ça, je me rappellerai où tu es.

Au quatrième étage au-dessus de notre entrée, j'aperçois une silhouette devant la fenêtre. *Jake.* Je m'apprête à lui faire signe, mais il se détourne.

– Passe devant, dit Haze.

Je le précède dans l'escalier jusqu'à ma chambre où il entre en hâte, regarde autour de lui.

– Sympa.

– Comme tu dis. Ça fait quatre-vingt-dix ans que des étudiants habitent les lieux.

Il dépose son baluchon sur la chaise d'Aurora, se passe une main dans les cheveux.

– Après deux jours de bus, j'aurais vraiment besoin d'une douche.

– Ah oui ! Je te donne ce qu'il faut.

Je lui passe une serviette, du savon et du shampooing.

– J'ai l'impression d'être en colo !

– Suis-moi.

On sort dans le couloir et je vérifie que la salle de bains est bien vide.

– Voilà, tu peux y aller. Enferme-toi à clé. Et je laisserai la porte de ma chambre ouverte.

En l'attendant, j'essaie de lire l'un des magazines d'Aurora, sans succès. Je suis contente de voir Haze, mais aussi déroutée.

Lorsque la porte se rouvre, il entre sur la pointe des pieds, ma serviette fuchsia nouée autour de la taille, ses vêtements passés sur son bras tatoué. J'éclate de rire.

– Tu devrais te regarder ! Le colosse en jupon rose !

Il ne répond qu'après avoir fermé la porte.

– Quelqu'un m'a vu, souffle-t-il. Un type qui m'a fait les gros yeux dans le couloir.

– Oh.

– Sérieux. Il avait l'air de vouloir appeler la sécurité.

– Un blond à lunettes noires ?

– C'est ça.

– C'est notre voisin. Un mec sympa. Je ne crois pas qu'il nous ferait un truc pareil.

Mais je lui dois des excuses.

– Ils laissent des mecs vivre ici ?

– On n'est pas au même étage.

Il entre dans la chambre, s'y enferme, pour reparaître en jean mais torse nu.

Sans dire un mot, il s'assied à côté de moi ; je me tais aussi, mais mon cœur se serre devant cette peau nue et ces muscles. Je fais mine de le boxer, heurtant l'aigle tatoué sur son biceps, puis je secoue la main.

– Aïe !

– C'est nettement plus facile d'aller à la gym quand on n'a pas de devoirs à faire.

– Ça va, le boulot ?

– Bien. Je travaille dans le parking, maintenant. On nous déménage sans arrêt, pas le temps de s'ennuyer. Sauf que ça n'y change rien.

– Tu as pu quand même t'inscrire à des cours ?

– Pas encore.

Bizarre de se retrouver assise sur notre SFP avec Haze.

– Tu me regardes comme si tu ne m'avais jamais vu.

– Tu n'as qu'à mettre une chemise.

Ça me gêne de dire ça, mais toute la chambre vibre à présent de cette question : que va-t-il se passer entre nous, maintenant ?

Il prend ma main sur le canapé, la pose sur son torse et l'y tient, me regarde dans les yeux. Puis il se penche vers moi et je vois sa bouche s'approcher lentement de la mienne.

Lorsque ses lèvres se posent au coin des miennes, elles me semblent plus douces que jamais. Sa langue reste là tandis que je sens mon cœur battre dans ma gorge.

– Hmmmm... soupire-t-il.

Ça me donne des frissons. Partout.

Anxieuse, je ferme les yeux pour me concentrer sur la tiédeur de ses mains qui m'attirent contre lui.

– Rach...

Il m'embrasse la joue, remonte vers mon oreille. J'enfouis le visage dans son cou et hume son odeur. L'odeur d'Haze, de la maison.

Sa main me soulève le menton et sa bouche trouve la mienne, y dépose un lent baiser, car il sait que je dois me faire à cette idée.

Et ça se passe bien. Je me rapproche assez vite pour en demander davantage. Ses baisers se succèdent tandis que je me réfugie dans la fermeté de ses bras, dans la chaleur de son corps. Il me dépose sur ses genoux et on continue.

Jusqu'à ce qu'on frappe à la porte.

Affolée, je recule d'un bond. Et si quelqu'un avait dénoncé la présence d'Haze ? Je regarde la pendule. Vingt-deux heures trente. Largement trop tard pour recevoir la visite d'un garçon. On frappe encore et il m'écarte de ses genoux. Et puis – comme il a davantage que moi l'habitude d'enfreindre les règles – il file se glisser furtivement dans ma chambre.

Je me lève, cours vers la porte, le cœur au bord des lèvres.

– Qui est là ?

– Jenna, de l'étage en dessous.

Bon, on se calme. Au moins, ce n'est pas le doyen. J'ouvre.
– Qu'est-ce qu'il y a ?
Ma voisine aux cheveux frisés baisse la voix :
– On pourrait t'emprunter un verre ?
Il me faut un instant pour interpréter sa question.
– Quoi ? Pour de l'alcool ?
Elle me regarde de travers.
– Pour quoi d'autre ?
Je me sens complètement nulle.
– Pardon. Non, je n'en ai pas.
– Ah bon ! On picole. Si tu veux venir.
– Merci mais je... je suis fatiguée. Je vais me coucher.
– Comme tu voudras.
Elle se retourne pour aller chercher ailleurs.

Je referme la porte en poussant un soupir de soulagement.

En rentrant dans la chambre, je m'attends à trouver Haze plié en deux devant cette farce. Cependant, il est avachi sur mon lit, l'air exténué.

– On dirait que tu es épuisé, dis-je en lui tapotant le genou. Tu devrais dormir.

– Ça fait deux jours que je ne me suis pas allongé.

– Mets-toi à l'aise. Je vais me préparer pour la nuit.

Je prends ma nuisette dans la salle de bains, me change, me brosse les dents.

Lorsque je regagne la chambre, Haze a suivi mon conseil. Il est allongé sur mon lit, apparemment à l'aise.

– Viens ici, dit-il le regard lourd. Que je te tienne contre moi.

J'avais prévu de dormir dans le lit d'Aurora, mais je ne sais pas dire non. Et puis il semble n'attendre que moi. Je me glisse auprès de lui, pose la tête sur son torse. Nos pieds nus s'emmêlent. Il ne porte plus que son caleçon et je sens son corps tiède et puissant sous le mien.

– Voilà pourquoi je suis là, laisse-t-il tomber. Pour te prendre dans mes bras et m'assurer que tout va bien.

– Tout va bien.

À peu près.

– Après la mort de mon père, rien n'allait plus pour moi. Et j'avais l'impression que ça ne s'arrangerait jamais. Je ne voulais pas que tu ressentes la même chose.

Mon cœur bondit de joie et je me blottis contre Haze qui m'étreint plus fort.

– Bonne nuit, ma chérie, dit-il.

Et il s'endort.

Au matin, je n'arrive pas à me réveiller. Haze finit par s'extraire du lit sans me faire tomber par terre ; tout d'un coup, j'ai tellement de place que je me retourne et m'étale pour mieux dormir.

Quand il revient, il colle son corps tiède contre mon dos. C'est à peine si je me rends compte qu'il m'embrasse dans la nuque, sur l'épaule, sur la joue.

La conscience me revient peu à peu alors qu'il commence à frôler ma hanche puis à descendre sur mon ventre tandis que ses lèvres viennent me taquiner sous l'oreille.

– Rach, souffle-t-il.

Cette fois, je me retourne et il m'embrasse, posant sa langue mentholée sur la mienne. Je frissonne quand il m'allonge sur le dos avant de me couvrir de son corps.

Ces yeux noirs qui me contemplent avec tant d'amour... puis se ferment alors qu'il se penche de nouveau pour m'embrasser.

Une vague de chaleur me traverse des pieds à la tête lorsque nos deux bouches se retrouvent. On s'embrasse et, l'espace de deux minutes, je me laisse aller. Jusqu'à ce que sa main se hasarde sous ma nuisette, que ses doigts se baladent sur mon estomac. Lorsqu'ils atteignent l'élastique de ma culotte, ils se glissent dessous.

Le baiser suivant semble me priver de trop d'oxygène. Haze pose ses hanches sur les miennes et, soudain, tout devient trop sérieux. Son érection me pousse l'estomac, ça ne m'amuse plus du tout.

– Haze.

Je détourne le visage du sien pour respirer un peu.

– Il faut qu'on arrête !

– Pourquoi ? demande-t-il en remontant une main vers ma poitrine. Il y a quelqu'un d'autre ?

Je fais non de la tête, sans en dire davantage car j'ai aussi peur d'entamer une conversation que de... ce qu'il veut de moi.

Ses doigts redescendent, entre mes jambes cette fois. Prise de panique, je lui saisis le poignet.

Sa main s'immobilise, mais il ne l'enlève pas pour autant, préférant me déposer un petit baiser sur le ventre.

– Rachel. Je ne suis pas assez bien pour toi ? Parce que je ne fréquente pas cette école ?

Mon cœur s'arrête.

– Quoi ? C'est injuste de dire ça !

– Ah oui ? Tu te gardes pour qui ? Qui peut t'aimer davantage que moi ?

On connaît tous les deux la réponse à cette question : *personne*. Pourtant, j'ai encore besoin de temps. J'ôte sa main de mon entrejambe.

Il me dévisage un instant, puis se remet à m'embrasser dans le cou. C'est assez impressionnant : combien de terminaisons nerveuses y a-t-il à cet endroit-là ? Le contact de ses lèvres me semble infiniment plus agréable que délicat. Il taquine le coin de ma bouche et voilà qu'on s'embrasse de nouveau.

Cependant, il revient encore sur moi. La vue de ses épaules musclées au-dessus de ma tête m'apparaît aussi splendide qu'effrayante. Ses baisers s'accélèrent et je ne me sens plus du tout à l'aise.

– Haze...

– Oui, murmure-t-il.

Je vais lui proposer d'aller prendre le petit déjeuner quand il s'assied, se penche pour ramasser un paquet par terre – un préservatif. Après quoi, il ôte son caleçon. Et il revient sur moi alors que je cherche comment lui expliquer que je veux tout arrêter.

– Pas ça ! dis-je en prenant son visage entre mes mains.

Il se penche pour me donner un rapide baiser.

– Je sais que tu as le trac, mais je vais y aller doucement.

– Non ! dis-je plus fort.

J'essaie de bouger maladroitement, mais sans écarter ses mains de mon corps de peur de vexer mon meilleur ami.

– Quand est-ce qu'on aura une meilleure chance de faire ça ? proteste-t-il, l'air implorant. Jamais je ne te ferai de mal.

Je sais qu'il est sincère. Pourtant, n'importe qui peut toujours vous faire du mal, qu'il l'ait voulu ou non. Alors je lui arrache le préservatif de la main. Sauf qu'il le récupère entre ses dents, en rigolant.

Je le reprends, pour cette fois le jeter à travers la pièce. Haze se marre.

– Ne t'inquiète pas.

– Écoute, ma mère ne voudrait jamais que je prenne ce risque.

Non seulement c'est vrai, mais je n'ai pas de meilleure carte à jouer que l'évocation de ma mère décédée.

Son visage se radoucit.

– Jenny savait que ça arriverait un jour.

– Quoi ?

– Elle voulait qu'on soit ensemble. Elle m'a demandé de veiller sur toi.

– Pas comme ça !

Sa phrase sonne tellement faux que je ne sais par où commencer. D'abord, il y a zéro pour cent de chances que ma mère ait voulu nous voir former un couple. Elle traitait Haze de « paumé » tout en l'accueillant à notre table, le soir.

Si on pouvait vraiment se retourner dans sa tombe, ce doit être ce qu'elle fait en ce moment.

Il me caresse la joue :

– Jenny n'était pas aussi catégorique que tu le penses. Pourquoi crois-tu qu'elle m'aimait tant ?

– Quoi ?

Il écarte une mèche de mes yeux.

– Ta maman aimait bien les mauvais garçons.

– N'importe quoi !

Sans compter que c'est hors sujet. Ma mère ne voulait pas que je fasse l'amour. Elle me l'a dit à plusieurs reprises. Elle avait trop peur que je répète ses erreurs.

Haze m'embrasse encore, mais j'ai déjà perdu le fil. Je me sens complètement rigide sous lui, alors qu'il essaie de me réchauffer. Sa bouche descend de mon cou à mes seins, mais j'en ai assez.

– Chérie, murmure-t-il contre ma peau. Tu peux m'aimer. Tu as le droit.

– Non, dis-je en le repoussant. Et si tu crois ça, c'est que tu ne me connais pas.

Il lève sur moi une expression frustrée.

– Ce n'est pas gentil.

– Peut-être, mais c'est comme ça. Lève-toi, Haze.

Je sens les larmes me monter à la gorge. Pourtant, au lieu de bouger, il me dévisage d'un air de chien battu.

– Tu ferais mieux de partir.

– Rach, tu n'es pas sérieuse.

Je tape sur ses épaules.

– Si, tout à fait.

Pourtant, il ne bouge pas.

J'en oublie de respirer. Alors que je me sens prise de vertige, il finit par s'éloigner de moi.

– Je vais me rhabiller, et ensuite on en reparle.

Bien que l'air me revienne un peu, la panique continue à m'envahir la poitrine. Je tremble comme une feuille lorsqu'il achève d'enfiler ses vêtements. Il glisse le pied dans une chaussure.

– Il y a un café dans les parages ? demande-t-il.

– Non, et je voudrais rester seule pour le moment.

J'ai la tête tellement embrouillée que je n'arrive pas à me redresser. Ça me fait d'autant plus peur qu'il semble s'en moquer.

– Tu n'aurais pas dû venir, dis-je alors.

Pas tant que tu refuses de m'écouter.

Il en paraît aussi blessé qu'horrifié.

– Comment tu peux me dire ça ? Je me suis tapé trente-six heures de bus pour venir te voir.

– Je ne t'ai rien demandé.

Exactement ce que j'aurais voulu éviter. Mon plus vieil ami m'aime d'une façon à laquelle je ne peux répondre. Et je ne connais qu'un moyen de l'en empêcher.

Il plisse les yeux.

– Non, mais tu m'as demandé d'être là tant que tu en avais besoin pour t'accompagner au lycée, ou au foyer. Sauf que maintenant que tu fréquentes une école de luxe, je n'en suis plus digne.

Je ne peux davantage retenir mes larmes.

– Ça n'a rien à voir.

– C'est exactement ça. Je peux jouer les chauffeurs, mais pas les compagnons.

Je sanglote :

– Tu es mon ami !

– Alors, pourquoi tu me fous dehors ?

– Parce que tu ne veux pas m'écouter.

– Je t'écoute depuis le CE1. Ne me rejette pas, Rachel. Ça casserait tout entre nous.

Je me lève du lit, les genoux tremblants, me dirige vers la porte, l'ouvre.

– Ne fais pas ça, dit-il d'une voix rauque.

En voyant mes pieds nus, je me sens sur le point de céder. Sauf que s'il ne s'en va pas, on va se retrouver à l'horizontale sur une autre surface, et je ne veux surtout pas ça. Il devrait pourtant le comprendre.

C'est l'impasse. Il ne bouge pas et je fuis son regard. Du moins jusqu'au moment où je relève les yeux, pour le voir grimacer de douleur, les paupières rouges.

Pourtant, il récupère sa sacoche, passe devant moi pour traverser la salle de séjour et atteindre le palier. Là, il se retourne vers moi :

– Ne fais pas ça. Je t'aime.

Je t'aime aussi, abruti. Cependant, je ne le dis pas, ni ça ni rien d'autre. Car on se disputerait de nouveau et il désire une chose que je ne veux pas lui donner.

Je ferme la porte.

Après quoi, je me dirige vers le sofa en forme de poire, me jette dessus. Et je reste là, blottie, au bord des larmes, épuisée, jusqu'à ce que mon téléphone sonne. Je vérifie l'écran en espérant que ce ne soit pas Haze. Mais non. Frederick.

– Allô ?

– Rachel, je viens de voir le mec de Floride à l'arrêt du bus.

– Il est venu me voir, dis-je, le souffle court. Je lui ai demandé de partir.

Profond silence au bout du fil.

– Ça va ? finit-il par demander.

Je m'éclaircis la gorge.

– Parfaitement.

Silence.

– Tu n'as pas l'air en forme.

– Si, je t'assure. Et toi, ton rhume ?

Il ne se donne pas la peine de répondre à cette question.

– Rachel, j'ai l'impression d'avoir manqué quelque chose d'important. Tu veux qu'on aille bruncher ?

– Je viens de manger.

Mon mensonge le fait soupirer.

– Bon. Appelle, si tu as besoin de moi.

Finalement, Aurora rentre à la maison et jette son sac au milieu de la chambre. Puis elle se dirige vers le SFP, se penche vers moi.

– Tu en fais une tête !

– Merci. Tu m'as manqué, toi aussi.

– Rachel, qu'est-ce qu'il y a ? Tu es allée petit-déjeuner ? Il ne reste qu'une demi-heure.

– Non.

– Alors, lève-toi. J'espère qu'ils ont encore des petits pains.

Je m'habille à contrecœur, me fais une queue-de-cheval et suis Aurora au réfectoire.

Jake est assis seul à une table, un plateau délaissé près de lui. C'est à peine s'il nous regarde quand on s'assied. Néanmoins, je l'entends marmonner :

– Alors, c'est fini ?

Je déglutis :

– Quoi ?

Lentement, il hausse le menton, ses yeux bleus scintillant derrière ses lunettes.

– Ta lecture.

Je fais non de la tête.

– C'est quoi le problème ? s'enquiert Aurora.

– Rien, dit-il en jetant son journal sur le plateau.

Là-dessus, il se lève.

– Jake ? dis-je alors qu'il s'éloigne.

Il s'arrête, regarde par-dessus son épaule :

– Oui ?

– Désolée, j'ai été nulle hier soir.

C'est à peine s'il secoue la tête, l'air sombre. Et il s'en va.

– Tu m'expliques ? demande Aurora.

– J'ai passé une soirée épouvantable. Tout est allé de travers.

Elle écarquille les yeux.

– Il s'est passé... quelque chose avec Jake ?

– Non, j'ai juste été très malpolie. C'est après que ça a déraillé.

– Explique.

De nouveau, les larmes me montent aux yeux.

– Je crois que je ne pourrai pas.

Ça ne me ferait que souffrir davantage.

– Mais tu as l'air bouleversée. Et il y a un préservatif par terre, sous mon bureau.

– Je... c'est mon ami de Floride qui est venu me voir. Il était plein d'espoir et je... je ne voulais pas.

– Ouille ! Tu ne cherchais pas ça avec lui ?

– Je croyais... un peu. À vrai dire, il s'est passé tant de choses que je n'ai pas eu l'occasion de trop y réfléchir. Et voilà qu'il a rappliqué hier soir et, le moment venu... je n'ai pas pu. Ce matin, on s'est disputés et je l'ai jeté dehors.

Aurora repousse sa tasse de café.

– Attends. Quand est-ce que vous avez flirté pour la première fois ? Hier soir ?

– Non. Juste après la mort de maman, il... Enfin, on n'a pas fait grand-chose.

– Comment ça, juste après sa mort ? Et c'est toi qui as voulu ? Parce que le chagrin peut vous faire faire de drôles de choses.

– J'étais complètement dans le brouillard. Il s'est occupé de moi.

– En te déshabillant. Quand tu étais sous le choc.

J'ouvre la bouche pour le défendre, mais rien ne sort. À part des larmes qui me coulent sur les joues.

– Oh, ma chérie ! lance Aurora en me sortant une serviette du distributeur. C'est vraiment dégueulasse !

– Tout ce qui s'est passé à cette époque a déraillé. Sauf...

À présent, je sanglote carrément.

– Tout ce qui m'est arrivé d'horrible lui est arrivé aussi. Il a toujours été là et quand elle... Il lui a *fermé les yeux*, Aurora.

Je saisis les serviettes sur mon plateau, les presse contre mon visage. J'avais oublié ce détail. En fait, depuis mon arrivée à Clairborne, j'avais carrément bloqué tous les souvenirs de ces journées affreuses.

Et voilà qu'ils me reviennent maintenant – l'infirmière en train d'éteindre l'alarme du moniteur cardiaque qui sonnait. Les yeux rouges d'Haze quand il se penchait sur le corps de ma pauvre maman et finissait par lui fermer les paupières. Le terrible moment où j'ai fini par lâcher sa main inerte.

À présent, je me retrouve en train de craquer au beau milieu du réfectoire, de sangloter sans pouvoir m'arrêter.

Aurora me passe encore des serviettes tandis que j'essaie de me reprendre. J'ai tellement pleuré ces dernières heures que je vais sans doute garder les yeux gonflés pendant une semaine.

– Bon, souffle ma coloc en me tendant un verre d'eau. Alors, ce mec était avec toi à la fin, et ça a été un moment très fort.

Je hoche lamentablement la tête. L'heure du petit déjeuner est passée et on se retrouve les deux dernières personnes dans la salle.

– Est-ce que vous en avez parlé une seule fois, depuis ? reprend-elle. Est-ce qu'il t'a jamais dit, hé, j'ai bien aimé quand notre amitié a pris ce nouveau tour ?

Je fais non de la tête.

– C'est là l'erreur, ma douce. Même s'il ne cherchait pas à profiter de toi. Il l'a pourtant fait.

– C'était la seule personne que j'avais, dis-je d'une voix tremblante. Et je l'ai envoyé promener.

– Question : où était ton père pendant tout ce temps ?

Houlà !

– C'est une autre histoire.

Sauf que je n'en peux plus de la garder pour moi.

– Je t'ai dit que je ne vivais pas avec lui avant. Mais j'aurais dû ajouter que je ne l'avais jamais vu avant la mort de ma mère.

Aurora en reste un instant bouche bée.

– Quoi ? Pourquoi ?

– Tu devras poser la question à Frederick. Perso, je n'y suis pas arrivée.

– Rachel, grimace-t-elle, tu es entourée d'*ojos del culo*. Je voudrais les fesser.

– *Ojos del culo*... Trouducs ? dis-je en riant à travers mes larmes. Tu es une véritable amie, et la seule désormais, je crois. Comme j'ai envoyé promener l'autre ce matin, alors qu'il venait de parcourir mille cinq cents kilomètres en bus pour me voir...

– Il s'est juste pointé comme ça ?

– Aujourd'hui, c'est son anniversaire. J'ai largué mon meilleur ami le jour de son anniversaire.

– Après qu'il a tenté de coucher avec toi contre ton gré.

Je me prends la tête dans les mains.

– J'aurais pu réagir autrement. Je n'aurais pas dû laisser les choses aller aussi loin.

– Je ne sais pas, Rachel. Au fond, peut-être que les hommes ne t'attirent pas, finalement.

Je vois qu'elle plaisante et ça me fait rire pour la première fois de la journée.

– Très drôle !

Elle vide sa tasse de café.

– En fait, je suis un très mauvais exemple. Je ne peux pas rester comme ça à te jurer qu'il est facile de dire non. J'ai laissé trop de choses se passer avec mon petit ami.

– Ah bon ?

– *Absolutamente*. Et ça ne m'a pas rendue plus heureuse pour autant. Je sais que tu viens de passer une matinée détestable. Mais je t'assure que ça aurait été bien pire si tu avais laissé faire.

– Il a été... agressif ?

Cette idée me fait frémir pour elle.

– Non, pas du tout. Seulement j'ai dit oui quand je voulais dire non. Et plus d'une fois. Après, je me suis sentie trop minable. Au moins, tu n'es pas dans cet état.

– Tu as changé de continent pour dire non ?

Elle m'étreint la main.

– Exact. Ne fais pas ce que j'ai fait.

Soudain, elle tourne la tête vers la porte de sortie du réfectoire puis ajoute :

– Jake a vu ce garçon qui t'a rendu visite, il me semble ?

– Je crois.

– Ce regard qu'il t'a jeté ! Comme les lasers de ses jeux vidéo. Mortels.

Chapitre 17

Même quand on est triste, il reste toujours les devoirs.

Je relis *Anna Karénine* puis rédige le meilleur exposé de ma vie. Du moins, je l'espère. Dans les rayons de la bibliothèque, j'en trouve un plein de vieux annuaires de l'école de Clairborne. L'année de maman – 1997 – se retrouve entre mes mains.

Sur sa photo de terminale, elle porte une chemise à manches ballons et arbore un large sourire. Je lui ressemble tellement que ça me coupe le souffle.

Je feuillette chaque page à la recherche d'autres photos, mais rien du tout, elle n'apparaît dans aucune équipe sportive ; en revanche, je finis par la repérer parmi le groupe de débats.

Et – c'est ce qui me surprend le plus – elle se trouve également sur une photo regroupant vingt-quatre personnes, intitulée « Jazz Band et Quatuor Vocal. » Personne n'arbore d'instrument.

Je repose le livre sur l'étagère tout en sachant que je ne tarderai pas à venir le revoir.

Le temps devient plus froid et Frederick a regagné Los Angeles. Son Instagram déborde de clichés avec Ernie et les autres musiciens dans un studio d'enregistrement.

Avec la carte de crédit qu'il m'a donnée, je m'achète deux nouveaux pulls, dont un en cachemire, ainsi qu'un manteau d'hiver. Ces temps-ci, je n'ai pas de remords à dépenser l'argent de Frederick.

– Thanksgiving arrive, m'annonce-t-il par une matinée glaciale lorsque je lui réponds au téléphone. J'ai une idée.

– Laquelle ?

– Si on allait à Boston ? On descendrait dans un hôtel, on mangerait de la dinde au restaurant et on materait plein de films.

– Qu'est-ce que tu fais, d'habitude, pour Thanksgiving ?

– Je mange au restaurant et je vais au cinéma.

– Ah bon, d'accord.

J'y réfléchis encore une seconde, émets une autre idée :

– Aurora n'a aucun projet pour Thanksgiving.

– Euh... Je ne crois pas qu'on célèbre cette fête en Espagne. Je pourrais lui parler, s'il te plaît ?

J'entre dans la chambre où elle est en train de classer des notes pour le cours de biologie, lui tends le téléphone :

– Frederick voudrait te parler.

– *¿Si, señor?* C'est une proposition très tentante. Un instant, je vous prie.

Elle couvre le micro.

– Tu veux que je vienne ?

Comme je hoche vigoureusement la tête, elle ajoute :

– J'en serais ravie.

Puis elle me rend l'appareil.

– Elle vient avec nous ! m'annonce Frederick.

Boston est une ville pleine de ressources. Tous les trois ensemble, on n'arrête pas de manger, de faire des courses pour l'hiver, d'admirer les décors de Noël qui brillent déjà dans Newbury Street. Je dois aussi subir ces premières vacances sans ma mère et ça me fait du bien d'avoir Aurora près de moi.

Personne n'est là pour me rappeler l'année dernière quand, avec maman, on a eu droit à une semaine tendue sous la menace de sa rechute. On était allées dîner chez Mary. Son petit garçon avait dessiné le plan de table au crayon.

Ma mère avait demandé ce qu'on devrait apporter, mais Mary avait répondu de ne pas nous inquiéter, qu'elle avait déjà beaucoup trop de nourriture.

Sauf que ma mère ne pouvait se présenter chez quelqu'un les mains vides, alors on avait acheté une bouteille de vin blanc. Ma mère n'avait pour ainsi dire rien mangé, déjà trop malade avec sa chimio.

Une année plus tard, je me rends compte à quel point j'aurais déjà dû me douter comment cela se terminerait.

Sauf que je n'avais rien compris.

Le samedi soir, veille de notre retour, Frederick décide qu'on devrait dîner chez *Oishii,* un célèbre restaurant japonais. Et il appelle la Californie.

– Henry, mon vieux, désolé de te déranger. Pourrais-tu me rendre un service ? Il me faudrait une réservation pour dix-neuf heures. Merci.

– On ne peut pas y aller directement ? demande Aurora.

– Non, c'est complet.

Elle hausse les sourcils.

– Vous les obligez à annuler quelqu'un qui a réservé, ça ne vous dérange pas ?

– Mais non ! Dans ce genre d'endroit, on garde toujours une ou deux tables pour les clients réguliers qui se manifestent à la dernière minute. Désolé pour ceux qui ne vont pas avoir à dépenser cent dollars par personne ce soir pour des sushis. Les malheureux.

– Par ici, Monsieur Ricks.

Henry ne s'est même pas donné la peine de confirmer que le restaurant avait une table. On est entrés à dix-neuf heures, aussitôt accueillis par le maître d'hôtel qui nous conduit à nos places, en plein centre du restaurant.

– Bonsoir, vient nous dire le serveur peu après. Puis-je vous offrir un verre de mon saké préféré pour commencer la soirée ?

– Je pense qu'à petite dose ne ferait de mal à personne. Merci beaucoup.

Il prend nos commandes, verse l'alcool dans de minuscules coupes de porcelaine puis s'éloigne. Frederick lève la sienne.

– Au détournement de mineurs !

À quoi Aurora répond :

– *¡Salud!*

Le premier plat est une petite salade au goût de poulpe et d'edamames parsemés de sésame.

– C'est tellement bon que j'en pleurerais, observe Frederick.

Il s'agit vraiment du meilleur restaurant où je sois jamais allée. Chaque plat évoque une œuvre d'art, par exemple ces minuscules raviolis fins comme des feuilles de papier, ou ces sushis disposés sur des plats joliment découpés.

Aurora reste imperturbable face à cette profusion. Ce n'est pas la première fois que je me demande à quelle sorte de palais peut ressembler sa demeure.

On goûte ensuite de l'anguille grillée et un thon cru. En revanche, je cale devant les sushis au foie gras, si bien que Frederick et Aurora se partagent ma part. Je déguste lentement ma petite tasse de saké malgré son arrière-goût de pin qui m'empêche de l'apprécier totalement.

– Alors, Frederick, demande Aurora, que faites-vous quand vous ne nous offrez pas de délicieux dîners ?

Il s'adosse à son siège.

– Je me glisse dans les salles de répétition de musique à l'université.

– Et on vous laisse entrer ?

– Oui, je suis un ancien élève. Sans compter que le responsable est un de mes fans.

– Ah, je vois...

– J'y travaille beaucoup. Tel un moine dans sa cellule. Et puis j'espère toujours acheter une maison dans les parages, mais il n'y a pas grand-chose sur le marché.

– Vous n'en avez besoin que pour une année ? Si vous louiez, plutôt ?

– Je pourrais. Mais Rachel veut ensuite aller à l'université de Clairborne, donc, il n'y en a pas que pour un an.

– Sauf si je ne suis pas prise, dis-je vivement.

– N'importe quoi !

Comme s'il était aussi facile d'entrer dans une grande université que de convaincre un restaurant de prendre notre réservation à la dernière minute.

– C'est compter sans la donation que je pourrais leur faire.

Bon, c'est peut-être aussi facile que de réserver, finalement.

– Qu'est-ce que vous ferez si vous ne trouvez pas de maison ? insiste Aurora.

Voilà des semaines que je me pose la question. Et je m'attends toujours à ce qu'il m'annonce : « On s'est bien amusés mais, maintenant, il va falloir que je rentre à Los Angeles. Pour de bon. »

– En fait, il y a bien une maison – ancienne, sur le marché depuis un bon moment. Il faudrait y faire des travaux, car elle est très moche.

Il sort son portefeuille de sa veste, en tire un papier plié en quatre qu'il ouvre sur la table.

– Elle a les dimensions qu'il faut, mais les fenêtres sont trop petites. Et la cuisine a quarante ans. Je ne vois rien d'autre pour le moment.

Dans un coin apparaît la photo de l'agent immobilier, une jolie femme aux cheveux châtain foncé. Je l'ai déjà vue – derrière la vitre de restaurant chez Mary's. Dessous apparaît l'inscription : *Nora Peters, vice-présidente, ventes résidentielles.*

Mon père qui sort avec son agent immobilier.

Je tapote la photo :

– C'est ta négociatrice ?

– Oui, dit-il sans relever les yeux. Une personne très sympa.

Là-dessus, il vide sa bière.

Chapitre 18

Le soir du premier décembre, il neige.

Assise sur la banquette, je regarde par la fenêtre. Les partiels arrivent et je devrais lire une épaisse pièce de Tchekhov. Cependant, je n'arrive pas à détacher mes yeux du spectacle de ces flocons qui dansent autour des lampadaires.

Lorsque j'ai reçu ma bourse pour Clairborne, l'une des premières réactions de ma mère a été :

– Je voudrais une photo de toi dans la neige.

Je la revois, les mains jointes, trop mince dans sa robe bain de soleil.

Je pourrais prendre une photo maintenant, mais à qui l'envoyer ? Pas à Haze. Je me demande si on va encore s'adresser la parole.

Le lendemain matin, il neige toujours et, avec Aurora, on se déplace si lentement sur l'épaisse moquette blanche pour aller prendre notre brunch qu'on a les mains glacées en arrivant.

– Bonjour Mesdames, lance Jake quand on dépose nos plateaux sur sa table. Qui veut faire du ski ? J'y vais tout de suite après le petit déjeuner.

– Oui ! s'écrie Aurora, enchantée. On va apprendre à Rachel.

Il relève les yeux de la carte étalée devant lui, les détourne aussitôt. Il m'évite depuis le Pire Week-end de ma Vie.

– Un bus part toutes les demi-heures du Gazon, dit-il sans répondre à l'idée de m'enseigner le ski.

Aurora va s'asseoir près de lui pour regarder la carte.

– Ils ont ouvert combien de pistes ?

– Je vérifie, dit-il en sortant son téléphone. Si elles sont toutes ouvertes, j'apporte ma planche. Si le revêtement n'est pas assez épais, je skierai.

– Tu maîtrises les deux ? dis-je en mordant dans mon pain.

Il répond d'un haussement d'épaules.

– Je suis du Massachusetts.

– Pas de quoi se vanter, dis-je en plaisantant.

– Quand on était petits, mon père nous laissait, mon frère et moi, sécher l'école à l'arrivée de la poudreuse. Un jour, je l'ai entendu annoncer au bureau du directeur qu'on allait manquer cette journée afin d'effectuer une étude indépendante de la gravité. Vous voyez, il existe des geeks dans tous les domaines.

Il termine son café.

– Regardez, lance Aurora en lui prenant son téléphone, toutes les pistes sont ouvertes. Il y est tombé exactement trente centimètres. Ça va être fantastique ! Allez, Rachel, il faut que tu viennes, toi aussi.

Je les contemple, tous les deux en face de moi.

– Je ne sais pas. J'ai trop de trucs à faire.

Pour un peu, on dirait que je commence à tenir la chandelle. Mais si Jake et Aurora se mettent ensemble, il faudra bien que je m'y fasse.

Dans l'après-midi, mon téléphone sonne. C'est Frederick.

– Il faut qu'on aille se balader dans la neige, lance-t-il.

– Mais je révise pour mes partiels.

– Tu pourras réviser après. Tu as regardé dehors ? Habille-toi chaudement, on se retrouve sous la statue de Je-ne-sais-qui.

Lorsque je sors, je le trouve effectivement qui m'attend. Pour un peu, ça me paraîtrait presque normal.

Bizarre.

En même temps, c'est notre plus belle promenade ensemble. D'énormes flocons tombent sur mon manteau tout neuf et sur les cheveux de Frederick, enveloppent les arbres et couvrent les toits.

– Vous faites quelque chose de spécial ce week-end avec Aurora ? demande-t-il. Ou vous ne pensez qu'à réviser ?

– Aujourd'hui, elle est allée faire du ski.

– Mais pas toi ?

Il sort des gants de sa poche, les enfile.

– Je te rappelle que je viens d'Orlando. Il n'y a pas de ski là-bas.

– Ah oui ! dit-il en saisissant une poignée de neige. Mais, maintenant, tu vis dans le New Hampshire. Tu devrais sans doute apprendre.

– Je n'ai pas l'équipement. Et puis je ne voulais pas qu'on me ramasse en miettes sur la colline.

C'est une chose de me sentir maladroite face à Aurora, une autre de me retrouver constamment sur les fesses devant Jake.

– On va voir ça, reprend-il. Pour les vacances de Noël, peut-être. Justement, je voulais t'en parler.

– Vas-y.

– Si tu es d'accord, je vais faire plaisir à ma mère en t'amenant à Kansas City.

– Pas de souci pour moi. Et toi ?

– Ça ne m'emballe pas. Noël, ce n'est pas vraiment mon truc, même quand personne ne veut me tuer. Ces dernières années, je me suis toujours arrangé pour me retrouver en tournée à cette époque.

Ça me fait rire.

– Tu t'en donnes du mal pour éviter tes parents ! Peut-être qu'Alice s'est calmée, maintenant.

– Tu as eu de ses nouvelles ?

– Elle m'écrit des lettres. Le mois dernier, j'ai reçu une boîte de gâteaux.

– Et tu ne me l'as pas dit ?

– Tu n'étais pas en ville. On les a mangés avec Aurora.

– Bon, tu as deux semaines et demie de vacances, je crois. Je donne un concert en Californie pour le Nouvel An...

Mon cœur bondit.

– ... ça te laissera quelques jours supplémentaires avec Alice sans moi.

– Ah bon.

Mince. Je pourrais toujours lui demander de m'emmener à ce concert, il dirait sûrement oui. En même temps, s'il tenait à ma présence, il m'y inviterait.

– Tu feras la connaissance de ton grand-père. Il est moins irritable qu'Alice, Dieu merci.

– Qu'est-ce que je pourrais leur apporter ?

– Ne t'inquiète pas. Ils n'ont besoin de rien.

– C'est Noël. Je vais offrir des cadeaux.

– Alors, mon père aime l'alcool, chose que tu ne peux pas acheter. Et le base-ball. Ma mère aime souligner mes défauts. Si ça t'inspire...

– Pour lui, je vais apporter une bouteille de whisky en forme de batte de base-ball. Et pour elle, une loupe.

– Je vois que tu n'as pas besoin de mon aide, dit-il en balayant la neige accumulée sur un muret.

Il en fait une boule qu'il envoie ensuite sur un arbre voisin.

– Raté ! dis-je alors.
– Tu vois ? Tu t'entendras très bien avec Alice.

– Alors, il se présente bien le repas de Noël de ce soir ? demande Aurora le week-end suivant.

On est assis sur le SFP, nos livres sur nos genoux, soi-disant pour travailler.

Sauf que, ce soir, personne ne fait rien.

– Le dîner est prévu à dix-neuf heures, répond Jake, pour toutes les terminales à la fois. Ce sera un énorme festin, avec des sculptures en glace, un cochon rôti avec une pomme dans la bouche. Vous voyez le truc. Et on est censés voler les assiettes.

– C'est quoi, cette histoire d'assiettes ?

– On nous apporte la belle porcelaine au blason doré de l'école et tout le monde la pique.

– Attends, dis-je en rigolant devant son tee-shirt. C'est la dernière mode ?

Il y a écrit dessus *Substitution Trigonométrique.*

– Ouais, pardon, j'aurais dû vous dire qu'on devait aussi se mettre sur son trente et un.

– Mon pauvre Jake ! maugrée Aurora en fermant son bouquin. D'habitude, tu es plus efficace. Mais il faut parfois prévenir, pour certains événements.

– Maintenant, tu pars, dis-je en me levant, parce qu'on va devoir essayer toutes nos fringues avant ce soir !

– Alors, dit-il, ébahi, je repasse vous prendre à dix-huit heures quarante-cinq ?

– Laquelle de nous deux ? laisse tomber Aurora.

Il s'éclaircit la gorge.

– La tradition veut qu'on amène deux filles.

– Intéressant. Comment ils ont fait pendant deux cents ans, avant que l'école devienne mixte ?

– Le garçon doit aussi apporter du champagne.
– Très bien, dans ce cas, on sera prêtes toutes les deux.

Je finis par enfiler une des robes d'Aurora, en velours vert foncé, très Noël. Un peu courte à mon goût, d'autant que j'emplis moins le côté soutien-gorge qu'elle. Mais ma garde-robe d'hiver est encore réduite à sa plus simple expression.

Quant à Aurora, elle a choisi un fourreau noir et les pires de mes boucles d'oreilles.

Jake se pointe à l'heure pile, en costume-cravate. J'ai l'impression d'avoir affaire à quelqu'un d'autre, d'autant qu'il a abandonné ses lunettes.

– Wouah ! s'exclame-t-il quand je lui ouvre la porte.

– C'est trop ? dis-je en passant un doigt sur le décolleté de ma robe verte.

Je me sens un peu trop voyante. Mais Aurora lève les yeux au ciel.

– Rachel, c'était un compliment, pas une critique ! *Vamos.* Prends ton manteau.

Je ne commence à comprendre le déroulement du Dîner de Noël que quand on pénètre dans la salle décorée comme pour un festin médiéval avec ses guirlandes et ses friandises, comme si Henry VIII allait faire son entrée. On passe devant une tour de crevettes dressée devant une statue de glace en forme de sirène. Avec toutes ces bougies allumées au plafond, l'ambiance devient des plus envoûtantes, très XVIe siècle.

Les deux colocs de Jake, Sal et Arin, nous font signe de les rejoindre à leur table. Jake dépose une bouteille de champagne devant son assiette, le camouflant aussitôt parmi les branches de pins du décor central. Puis il tire les deux chaises autour de lui, pour Aurora et moi.

– Salut, Sal ! dis-je en m'asseyant. Salut Arin !

– Salut, répondent-ils.

Un serveur apporte un plateau et nous dépose à chacun une salade. Aurora pose sa serviette sur ses genoux.

– C'est très chic, observe-t-elle. On ne pourrait pas dîner tous les soirs comme ça ? Au moins, on s'amuse.

J'inspecte la longue salle du regard. Il doit bien y avoir un kilomètre de distance entre notre table et celles du fond.

– Les deux groupes a cappella vont chanter.

On a répété trois chants de Noël avec le Chœur des Belles.

Jake récupère nos tasses à café pour y verser en douce un peu de mousse.

Les Chanteurs Seniors doivent passer avant nous, si bien que Jake fait mine de se boucher les oreilles. Leurs trois chansons s'achèvent juste alors qu'on débarrasse nos assiettes de salade.

Je vois mon propre groupe approcher. En tant qu'élève de terminale, je ne suis pas censée participer puisque cette fête est donnée pour nous. Cependant, comme Jessica et Jessica sont là, je ne veux pas jouer les tire-au-flanc.

Si bien que je me lève pour aller me faufiler dans la partie alto du demi-cercle. On se prend toutes par les bras et Jessica entonne la première note.

Je savoure la perfection de notre chant, la douceur des bougies, l'aimable présence de mes collègues ; mais aussi le regard intense de Jake depuis notre table.

Une fois qu'on a terminé et qu'on regagne nos places, les serveurs apportent la viande.

– J'espère que ça ne t'a pas trop ennuyé, dis-je à Jake. Je sais que tu n'es pas fan de chants.

– J'essaie de m'ouvrir l'esprit.

Ce qui nous vaut un sourire moqueur d'Aurora.

– Ce dîner est une excellente tradition, dis-je alors. Surtout le champagne !

Et Jake verse la dernière goutte dans ma tasse.

Après le dernier plat – mousse au chocolat –, on regagne notre résidence en traversant les pelouses glacées, Aurora en tête. Je suis un peu éméchée et je porte des talons. Si bien que je trébuche sur une motte de glace et manque tomber. Mais Jake me rattrape à temps.

– Merci, dis-je dans un souffle.

Étonnamment, ses doigts tièdes restent entrelacés avec les miens jusqu'à ce qu'on atteigne la porte d'Habernacker.

J'essaie de ne pas me ridiculiser en montrant un trop grand enthousiasme. Il me lâche quand on arrive au deuxième étage. Pourtant, il nous suit dans notre salle de séjour, se laisse tomber dans le SFP, et je me retrouve entre eux deux.

– Oh, j'ai oublié de voler mon assiette ! dis-je soudain.

– Moi aussi, soupire Aurora.

Jake en sort une de sa veste.

– Bravo, Monsieur ! s'exclame-t-elle en riant. La fête dans l'annexe commence dans un quart d'heure. J'ai juste le temps de retoucher mon maquillage.

Là-dessus, elle se lève et je la regarde s'éloigner vers la stéréo, où mon téléphone est déjà installé, pour lancer notre playlist de Noël. Puis elle attrape sa trousse à maquillage et quitte la pièce.

Une fois la porte refermée sur elle, on se contente, avec Jake, d'écouter la chanson des Straight No Chaser qui sort de nos petits haut-parleurs.

D'un seul coup, tout devient bizarre. Ça fait un moment qu'on se tourne autour – depuis le soir où j'ai tout gâché quand il a voulu être gentil.

– Tu dois en avoir marre des chants, maintenant, dis-je pour meubler la conversation.

Cependant, il se tourne lentement vers moi pour me dire une chose à laquelle je ne m'attendais pas :

– Rachel, j'ai une question à te poser.

Mon cœur se serre, mais je parviens à soutenir ce regard bleu que j'aime tant.

– Quoi ? dis-je dans un murmure.

Il s'éclaircit la gorge et marque une assez longue pause durant laquelle je retiens mon souffle.

– Tu viendrais faire du ski un de ces jours ?

– Pourquoi pas... ?

Nouveau silence, puis j'ajoute :

– C'était ça, ta question ?

– Enfin, non, mais...

Le voilà qui fronce les sourcils, comme s'il essayait d'expliquer un élément d'astronomie. J'aime bien le voir ainsi se concentrer. Ça me manquait.

Ses yeux bleus se fixent sur les miens et, cette fois, je ne me détourne pas, m'inclinant même un peu dans sa direction.

Il n'en faut pas davantage.

D'un seul coup, il pose une main sur ma joue. J'en suis encore à savourer la douce caresse de ses doigts lorsqu'il se penche et que ses lèvres effleurent le coin de ma bouche. Son regard semble me demander la permission de poursuivre, tandis que mon cœur bondit en attendant la suite.

Et là – enfin – Jake m'embrasse vraiment. On se rejoint exactement, tel un percussionniste arrivant à point nommé dans le refrain d'une chanson, doucement, sans hésitation.

Peu après, on se sépare en se regardant et je m'efforce de ne pas sourire.

– Je peux recommencer ? demande-t-il d'une voix rauque. C'était ça, ma vraie question.

– Bon, puisque tu le demandes si gentiment...

Sans se faire prier, il m'attire davantage contre lui. Je lui saisis la nuque, promenant enfin mes doigts sur cette partie de son corps qui me tentait tellement. Il m'embrasse encore, m'enserre la taille.

Mon cœur palpite, mais pas de peur. Ses douces lèvres taquinent gentiment les miennes et, lorsque nos langues s'enlacent, je me laisse aller.

Il a un goût de champagne ; tout me semble à la fois âpre et délicat, jusqu'au moment où retentit la voix d'Aurora :

– *¡Ay, caramba!*

Dans un désagréable courant d'air froid, Jake s'éloigne.

– J'ai bien dit que j'allais aux toilettes, non ? Pas en voyage aux îles Fidji ?

Comme on ne sait que lui répondre, on la laisse poursuivre :

– Bon, je vais être claire : je suis juste venue chercher mon manteau. J'en ai pour une seconde.

Elle entre et je l'entends fouiller parmi ses vêtements, puis elle s'arrête de nouveau sur le seuil :

– Amusez-vous bien ! Moi, je vais à la fête. Je vous retrouve tout à l'heure ? Non, ne dites rien. On verra ça plus tard.

Ce qui fait rire Jake :

– Désolé, Aurora.

– J'ai vu pire, souffle-t-elle en refermant la porte derrière elle.

Là, je me sens ridicule, du coup j'essaie de me donner bonne mine en changeant la playlist.

– Tu veux aller à la fête ?

– Oui, répond-il. Sauf que ce n'est pas mon truc, tous ces cris par-dessus la musique, la bière tiède dans les gobelets en plastique...

– On laisse tomber, dis-je en augmentant le volume.

Et puis, je retourne m'asseoir sur le sofa.

– Alors, dit-il en s'éclaircissant la gorge. Tu vas où pour les vacances ?

En même temps, il me masse la paume du pouce.

Cette caresse est si étourdissante que j'en oublie presque de répondre.

– Kansas City, dis-je enfin. Rencontrer mon grand-père pour la première fois.

– Ah bon ? balbutie-t-il en me serrant la main.

Alors je lui énonce quelques-uns des moments les plus gênants de mon histoire – à commencer par ma rencontre avec Frederick qui remonte juste à l'été dernier.

– Wouah ! Désolé.

– Tu n'y es pour rien.

– Du coup, je commence à comprendre pourquoi tu n'as pas voulu me présenter. Avec une période d'attente de dix-sept ans...

Je pars d'un rire de sale gosse.

– Oui, ma vie ressemble à une mauvaise série télé. Crois-moi si tu veux, mais il y a un an, j'étais pas quelqu'un de très cool.

– Je ne vois pas comment... En tout cas, tu es très belle, ce soir.

– Parce que je porte une robe d'Aurora.

Ça n'a pas l'air de le troubler. Il me glisse les bras autour de la taille, se rapproche, pose les lèvres sur mon front, descend vers mon nez puis sur ma bouche. Et on recommence.

– *¡Jesús Cristo!* Il va falloir que je sonne avant d'entrer ?

On se sépare brusquement.

– Je suis partie, quoi ? Une heure et demie ?

Aurora envoie promener ses chaussures et ôte son manteau.

Je sens mon visage s'empourprer. J'ai les cheveux dans tous les sens, les lèvres enflées par les baisers de Jake.

– Tes camarades de la chorale étaient là. Jessica n'arrêtait pas de me demander où tu étais. Je lui ai dit que tu avais un rendez-vous.

Aurora pouffe de rire en disant ça. Elle semble avoir bien bu.

– Il faut que j'y aille, dit Jake en se levant.

Je le suis dans l'escalier, lui murmure un doux bonsoir en espérant que personne ne nous écoute.

– On révise ensemble demain ? propose-t-il avec un sourire en coin.

– Il faut que je prépare un essai pour le cours de littérature russe, dis-je en riant. On ne pourra rien réviser avant.

– Ça marche !

Et puis, il reprend son air sérieux, m'embrasse encore une fois, avant d'escalader les marches sans se retourner.

En regagnant la chambre, je trouve Aurora assise en travers du canapé, les mains sur la bouche.

– Enfin ! crie-t-elle. Ce qui veut dire qu'on a toutes les deux passé une bonne soirée...

– Comment ça ? De qui tu parles ?

L'air malicieux, elle secoue la tête.

– Je ne crois pas que je vais te le dire. C'était peut-être juste pour ce soir. Dans l'air de la soirée. En tout cas, c'était une nuit *fabulosa.*

SPECTACLE DE GALA

SPECTACLE DE GALA : *Représentation d'un opéra ou d'un concert en l'honneur d'un roi.*

Chapitre 19

Malheureusement, avec Jake, on étudie beaucoup plus qu'on ne s'embrasse la dernière semaine du semestre. Je passe une nuit blanche à travailler avant mon dernier partiel et il part retrouver ses parents alors que je suis encore en train de rédiger mon exposé.

Je suis un peu dans les vapes quand on s'installe, avec Frederick, à l'arrière d'une voiture de location pour gagner l'aéroport. Je me réveille à mi-chemin de Boston, la tête posée sur son épaule.

– Pardon ! dis-je aussitôt.

Il me sourit.

– On dirait que tu rentres d'un voyage de trois semaines. En Asie.

– Je suis trop fatiguée pour avoir le trac.

On s'envole demain pour Kansas City.

– Tant mieux. Parce que tu n'as rien à craindre. C'est moi qui suis en disgrâce.

– Encore ?

– On va voir ça.

– Elle ne peut pas t'en vouloir pour le restant de ses jours.

– Alice ? Oh que si ! Elle est restée furax pendant vingt ans parce que je ne suis pas devenu chirurgien comme mon père.

Je me déplace un peu pour mieux le regarder.

– C'est vrai ? Qu'est-ce que ça peut lui faire ?

Appuyant sa tête contre le dossier, il ferme les yeux.

– Je ne sais pas. Gâchis de potentiel. Et bla-bla-bla.

Incroyable ! Jamais je n'ai encore imaginé que Frederick ait pu être autre chose que musicien. Ça semble tellement aller de soi...

Dehors, le ciel a viré au gris. La lampe de lecture de Frederick se reflète dans la vitre. J'ai l'impression de flotter à travers la nuit avec lui, comme s'il n'existait personne d'autre que nous au monde.

Un autre chauffeur nous attend à l'aéroport de Kansas City. Mon père lui fait quitter l'autoroute en direction d'un quartier résidentiel.

– C'est cette maison, avec l'arbre devant la fenêtre.

On se gare au pied d'une grande bâtisse ancienne au toit mansardé, comme une vieille grange. Il a un peu neigé et ça crisse sous mes pas lorsque je sors de la voiture.

Nouvelle énigme pour moi :

– C'est là que tu as grandi ?

– D'après Alice, je n'ai jamais grandi.

Quand on sonne à la porte, je me sens anxieuse, comme un chat effarouché.

La première personne que je vois est mon grand-père, qui ressemble beaucoup à Frederick, avec le coin de la bouche qui pointe exactement de la même façon. Lorsque je franchis l'entrée, son sourire s'élargit.

– Rachel, prononce Frederick derrière moi. Voici le docteur Richards.

– À votre service.

Le vieux monsieur s'incline poliment. Il est charmant et j'apprécie qu'il ne se jette pas sur moi pour me prendre dans ses bras. C'est plus facile quand on me laisse un peu d'espace.

Mais voilà qu'Alice dévale l'escalier.

– Elle est là ! s'écrie-t-elle, les yeux brillants. J'ai trépigné toute la semaine. Figure-toi que mes amis voulaient me donner des calmants.

– J'aurais dû t'en apporter, lâche Frederick, l'air narquois. Avec un ruban autour de la bouteille.

Elle ne relève pas.

– Viens, ma chérie, que je te montre où tu vas dormir.

J'ai droit à la chambre d'amis. Frederick se retrouve à l'autre bout du couloir, dans la pièce qu'il occupait déjà, gamin. Comme mes grands-parents restent au rez-de-chaussée, on se retrouve tous les deux seuls, à l'étage.

Une fois que j'ai vidé ma valise, je vais voir mon père. Il est assis sur son lit, en train d'ôter ses chaussures.

– Attends, tu gardes un poster d'AC/DC au mur ?

– Ils sont en bonne compagnie.

Effectivement, il en a également accroché de U2, des Who et des Stones.

– C'est le premier groupe que j'ai vu en concert, m'explique-t-il. Et toi ?

Mon cœur se serre et je m'assieds à côté de lui sur le lit. Il ne se doute pas de la question piège qu'il vient de me poser. Jamais je ne lui parlerai de mon premier concert.

Il se trompe sur mon silence :

– Tu n'en as jamais vu ? C'est terrible, ça ! Alors que je ne vivais que pour ça quand j'avais ton âge. Et c'est encore le cas. Si je peux aller entendre quelqu'un jouer – regarder un mec à la fantastique technique de banjo ou un grand batteur – je me sens bien. Même si tout le reste va de travers, j'entends de la musique live et tout va bien.

Après un dîner de lasagnes maison, Alice envoie tout le monde dans le salon où se dresse un arbre de Noël scintillant de lumières blanches.

– Rachel, plaisante Frederick alors que sa mère nous apporte le dessert, tu en as de la chance ! D'habitude, je n'ai pas le droit de manger au salon.

– Frederick, chaque fois que tu viendras à Kansas City, tu auras droit à un thé au salon.

– Facile, maintenant que je suis là. Et au diable le thé ! Je préférerais une grosse part de ce gâteau.

– Il a l'air très bon, dis-je en m'asseyant près de mon père.

– Merci ! s'extasie Alice. C'est exactement ce que je voulais pour Noël. Nous tous ensemble.

Elle me tend une tranche de gâteau.

– À présent, regardez-moi ça.

Elle va chercher un sac, en sort une série de chaussettes de Noël qu'elle accroche une à une sur la cheminée ; sur chacune est écrit un nom : FRANK, puis ALICE, FREDERICK et RACHEL.

La mienne est d'un rouge plus vif que les trois autres, un peu délavées par les années.

– Wouah, dis-je, merci !

J'ai chaud aux joues. Alice ne va pas me permettre de survoler Noël comme j'ai réussi à le faire pour Thanksgiving.

J'aurais préféré manger avec Frederick à Los Angeles des plats à emporter, sans sapin ni chaussette. Quelque part, dans mes cartons d'Orlando se trouve une autre chaussette avec mon nom dessus. Et aussi une marquée « Jenny. »

Elle n'est pas là pour préparer mon cacao de Noël ni pour cacher du brillant à lèvres parmi mes cadeaux.

Elle n'est pas là du tout, elle ne reviendra jamais.

Désormais, je déteste Noël. Mais Alice se donne tant de mal qu'il va bien falloir faire semblant.

– J'ai sorti certaines choses que je voudrais te montrer, dit-elle en traînant un coffre en bois sur le tapis. Je parie que tu n'as jamais vu de photos de Frederick bébé.

Mon père lève les yeux au ciel :

– Si on sortait le scotch, papa ?

– Quand tu voudras, dit grand-père Frank.

Il traverse la pièce pour se diriger vers sa collection de carafes en cristal.

Je m'agenouille devant le coffre qu'Alice vient d'ouvrir.

– Voyons, dit-elle en me tendant un classeur. Essaie celui-là, c'est mon album de Noël.

Je soulève la couverture pour me rendre compte que j'ai affaire à une collectionneuse invétérée. Cela commence par des fragments de papier cadeau et des programmes de services religieux. « Noël 1980 » annonce la première page. Et on voit la photo de Frederick à deux ans, brandissant un cadeau enrubanné, les yeux braqués vers l'objectif.

– Oh, tu étais trop chou !

– Ça a été un petit bonhomme joufflu jusqu'à la puberté, renchérit Frank.

En même temps, il lui tend un verre rempli d'un liquide brun.

– Et puis, ajoute-t-il, il a pris trente centimètres et les filles se sont mises à tourner autour de lui.

Frederick boit une gorgée de son scotch en feuilletant le quotidien de son père. Et je continue à tourner les pages de l'album, pour le voir passer de petit garçon à écolier. On reconnaît son sourire, même à l'époque du jardin d'enfants. Sa première photo avec une guitare remonte à 1989.

Alice continue à fouiller dans le coffre.

– J'ai gardé d'autres choses, annonce-t-elle.

Et de sortir un hochet argenté, un peu terni, qui tinte encore lorsque je l'agite. Il y a aussi trois voitures en métal à la peinture écaillée.

– Je croyais les réserver pour un petit-fils, explique-t-elle d'un ton lourd.

Sans rien dire, je fais rouler une minuscule Camaro sur ma paume. Sur le canapé, le journal grand ouvert de Frederick semble lui servir de bouclier. Lorsque je range les jouets dans la boîte, mon regard est attiré par le titre « Chats sauvages 1995 » écrit en doré au dos d'un livre. Je sors l'annuaire du lycée de mon père.

– Les coupes de cheveux à cette époque ! s'esclaffe Alice. Il faut que tu voies ça !

Je vais m'installer sur le canapé pour ouvrir l'annuaire à la section terminale. Je ne peux m'empêcher de hurler :

– Houlà !

Alice a raison. Frederick était coiffé genre chanteur de rock, les cheveux longs, avec une frange épaisse.

– Je me demande combien les gens paieraient pour voir ça ! dis-je en plaisantant.

– Tu es morte ! lance Frederick derrière sa forteresse.

Ce qui ne m'empêche pas d'agiter l'annuaire sous son nez.

– J'ai de quoi te faire chanter ! Et pas que des chansons.

Au moins, ça m'évite de trop sentir combien j'ai la boule au ventre.

La semaine s'écoule, entre tension et joie de Noël. Alice et Frederick se montrent tous deux d'une extrême gentillesse envers moi, sans parvenir pour autant à masquer le malaise qui règne entre eux. Mon père ferait plutôt penser à un fauve en cage. Il évite Alice, allant et venant dans le salon quand elle fait la cuisine ou s'enfermant dans sa chambre pour passer des coups de fil. Parfois, je repère également des accords de guitare.

– Ça te tuerait de passer un peu de temps avec moi, lui demande ma grand-mère, la veille de Noël.

– Ça te tuerait d'arrêter de commencer tes phrases comme ça ? rétorque-t-il en cherchant une bière dans le réfrigérateur.

Après quoi, il monte dans le bureau de son père pour y regarder un match de football avec lui.

Je décore un biscuit au pain d'épice, lorsque Frederick revient jeter sa bouteille dans le bac de recyclage.

– Hé ! lui dis-je. J'en ai préparé un pour toi.

Il me passe une main dans les cheveux.

– Tu sais que tu rends ta grand-mère heureuse en faisant ça avec elle ? lâche-t-il d'une voix cassée.

Je lui tends le biscuit que je viens de terminer.

– Tiens, regarde son tee-shirt.

Il éclate de rire.

– Je n'ai jamais vu un bonhomme en pain d'épice portant un tee-shirt AC/DC ! Il y a même l'éclair électrique et tout !

Il m'embrasse sur la tête en ajoutant :

– Merci, gamine.

– Frank ? lance Alice de la pièce voisine. Cathy est là. Tu peux m'aider avec les plateaux ?

Je me lève pour voir s'ils ont besoin d'aide. Une camionnette blanche s'est arrêtée devant la maison, et on peut lire dessus : *Cathy's Traiteur.*

Je tiens la porte tandis qu'Alice, mon grand-père et le livreur font plusieurs voyages pour tout apporter dans la cuisine.

Frederick les regarde en mâchonnant ses gâteaux.

– Maman, lance-t-il, tu as invité combien de gens ce soir ?

– Tous les ans, c'est ma journée portes ouvertes. Si tu venais à la maison plus souvent, tu le saurais. Je crois que nous aurons beaucoup de monde cette fois-ci, étant donné notre invitée d'honneur.

Mon cœur se serre à cette idée. Je n'ai pas envie d'être l'invitée d'honneur.

Mon père m'examine, puis se tourne vers sa mère.

– Peut-être que Rachel ne tient pas à jouer les bêtes de foire. On ne pourrait pas rester entre nous ?

Alice serre les dents.

– Elle a le droit de connaître sa famille. Je n'y suis pour rien si ça doit en même temps souligner deux décennies de ta stupidité.

Il prend un autre biscuit et quitte la pièce.

Ça me laisse un goût amer dans la bouche.

– Je monte me changer.

En passant devant la porte de Frederick, je ne perçois que le silence.

La première personne à entrer est la sœur d'Alice, Anita.

– Oh mon Dieu ! s'exclame-t-elle. Bien sûr que la fille de Frederick ne pouvait qu'être ravissante ! Ce garçon obtient toujours le meilleur partout.

– Plus qu'il ne le mérite, rétorque Alice.

C'est le début d'une longue soirée de compliments et je ne sais plus où me mettre. Je ne peux m'empêcher de comparer Alice et Anita.

– Vous êtes... jumelles ?

Leur ressemblance est frappante, bien qu'Anita ait les cheveux plus grisonnants.

Ma grand-tante se met à rire.

– Merci, Rachel. Mais on est plusieurs du même modèle.

Elle est la mère de quatre enfants, dont trois viennent à la soirée d'Alice. Et ces trois enfants amènent *leurs* enfants. Au bout d'une petite heure, j'ai le vertige à force d'essayer de me rappeler les noms de mes cousins germains, dont les âges vont de six à vingt ans.

Et tout le monde me regarde. Les femmes sont exubérantes, les enfants curieux. Les hommes préfèrent loucher vers le buffet. Pendant ce temps, mon cœur galope. Il ne se passe pas une minute sans qu'Alice ne fasse une remarque désagréable sur l'absence de Frederick en levant les yeux vers l'escalier.

Finalement, il apparaît lorsque la maison est pleine. Et bien qu'il m'ait abandonnée à peu près toute la soirée, je suis contente de le voir. Il a fière allure dans son élégante chemise et sa veste de cuir.

– Freddy ! lance quelqu'un.

Le fils d'Anita... Vic ? Je ne sais plus.

Frederick est aussitôt entouré d'admirateurs. Pour moi, il est clair que A) il ne plaisantait pas en disant qu'il ne venait pas souvent ici et B) ils l'aiment quand même. L'un de ses cousins va lui chercher une bière.

– Allez, on t'écoute, dit Anita en le poussant vers le piano. Un petit chant de Noël ?

– Je suis célèbre pour mon esprit de fête, commente-t-il en m'adressant un clin d'œil.

– Ça ne te tuerait pas, ajoute sa mère.

Il enfourche le tabouret.

– La scène du crime, commente-t-il. Ma maman m'a fait donner des leçons de piano parce qu'elle croyait qu'un peu de musique classique me rendrait plus intelligent. Je crois qu'elle le regrette maintenant.

Il pose les mains sur le clavier et commence à jouer. Un air enlevé, connu, qu'il me faut pourtant une minute pour l'identifier.

Mamie s'est fait écraser par un renne
En rentrant à pied de notre maison la veille de Noël

Tout le monde pouffe de rire, sauf Alice qui devient toute rouge. Quant à moi, je mange quelques petits fours – aux épinards et au jambon. Alors que je rapporte mon assiette à la cuisine, je vois s'ouvrir la porte du fond.

– Ernie !

Je ne l'ai pas vu depuis le mois d'août, je ne savais plus s'il était à Kansas City pour rendre visite à sa famille lui aussi. Il chasse la neige de ses bottes en souriant :

– Salut, gamine !

Ça fait du bien de revoir un visage familier. Il porte un bonnet de laine sur son crâne chauve. Je cours m'accrocher à sa veste glaciale.

– C'est plutôt intense par ici, dis-je dans un murmure.

– J'ai cru comprendre. Désolée, gamine.

Désignant le salon où on entend encore le piano, il me prend par le bras :

– Elle a réussi à le faire chanter ?

– Un pur coup monté.

– Pas étonnant qu'il m'ait envoyé un texto.

Dans le salon, Ernie embrasse Alice sur la joue et accepte une bière.

– Je me demandais, me glisse grand-mère Alice une fois que Frederick a fini de jouer, si tu n'avais pas également de la famille du côté de ta mère ?

– Elle avait une petite sœur. Mais on n'est pas très proches.

– Tu as une tante ? s'extasie-t-elle. Je m'en veux terriblement ! J'aurais dû l'inviter elle aussi. Nous allons lui téléphoner demain.

– Non... peut-être une autre fois...

– Ma chérie ! insiste-t-elle, la main sur le cœur, la famille compte plus que tout. C'est difficile de s'en rendre compte quand on est jeune et en bonne santé. Mais c'est si important...

– Maman ! gronde Frederick. Rien n'oblige Rachel à voir des gens quand elle n'en a pas envie.

– Réfléchis à ce que tu dis, Frederick. Avec de tels principes, comment a tourné la vie de ta fille ?

Un horrible silence s'ensuit, durant lequel il serre la mâchoire.

– Bien, finit-il par lâcher. Et tu te demandes pourquoi je ne viens pas ici plus souvent.

Il dépose sa bouteille de bière sur le piano puis se dirige vers la porte ; après une courte hésitation, Ernie le suit.

– Où allez-vous ? demande Alice en courant derrière eux.

– Écouter du blues, crie Frederick.

– Laisse-le, Alice, soupire le docteur Richards.

– Il est toujours comme ça ! crie-t-elle.

Et tout le monde entend la porte claquer.

Chapitre 20

Le soir, je me laisse tomber dans mon lit, épuisée. Jake me manque, je voudrais tellement lui parler... Mais on s'est promis de se voir à Noël, il ne me reste donc qu'une journée à patienter.

En me réveillant le lendemain matin, il me faut quelques minutes pour me rappeler qu'on est le jour de Noël. Je me lève, me coiffe, enfile les pantoufles qu'Aurora m'a offertes, puis je récupère dans ma valise les cadeaux achetés pour mes grands-parents, ainsi que la grosse boîte que je me suis fait expédier pour Frederick.

J'ai la tête lourde aujourd'hui, comme si tout me pesait trop. Je me demande qui se réveille en ce moment dans notre vieille maison de Pomelo Court. S'il y a un autre sapin décoré au coin de notre minuscule salon.

Le meilleur moyen de passer cette journée consiste à ne pas y penser.

En quittant ma chambre, je constate que la porte de Frederick est ouverte. Je jette un coup d'œil à l'intérieur, mais il n'est pas là.

En bas, je trouve Alice en train de s'affairer dans la cuisine.

– Bonjour !

– Bonjour, ma puce ! lance-t-elle en se retournant.

J'allais apporter du café à ton grand-père près de l'arbre de Noël. Tu en veux toi aussi ?

– Avec plaisir.

– Si tu réveillais ton père ? On pourrait prendre le petit déjeuner ensemble.

Mon expression doit me trahir, car son sourire disparaît :

– Il n'est pas là ?

Je fais non de la tête.

– Oh, Frederick ! Ce n'est pas vrai !

On traîne, à boire notre café et manger une quiche qu'Alice a commandée au traiteur.

– Avant, explique-t-elle, je préparais la cuisine moi-même. Mais, cette année, j'ai envie de moins travailler et d'en profiter davantage.

Je me demande à quel point elle apprécie ce moment. Je suis gênée pour Frederick, jusqu'au moment où je comprends qu'on ferait mieux de ne pas attendre son retour. Ce qui n'en rend son absence que plus flagrante.

Je me penche vers mon petit tas de cadeaux.

– Je crois qu'on a besoin de ça, dis-je en tendant à Alice un CD de chants de Noël par le Chœur des Belles.

L'enregistrement remonte à l'année dernière, je n'en fais pas partie.

– Merci ! Écoutons-le tout de suite.

Peu après s'élèvent des voix a cappella.

– Et voici pour toi, reprend ma grand-mère.

J'ouvre une boîte contenant une écharpe en cachemire et des gants.

– Trop joli ! dis-je. Je crois que je vais les porter jusqu'en avril.

– C'est bien ce que je me disais.

On échange ainsi avec mes grands-parents plusieurs cadeaux soigneusement choisis dans la mesure où on ne se connaît pas trop.

Mon paquet pour Frederick reste le seul emballé. Grand-père se lève pour récupérer les papiers, lorsque la porte d'entrée s'ouvre enfin. Je jette un coup d'œil à ma montre. Onze heures passées.

On guette son arrivée dans le salon, mais je le vois se diriger vers l'escalier, sans un regard dans notre direction. Puis j'entends un bruit léger, un juron, et ses pas qui grimpent.

– Doux Jésus ! marmonne le docteur Richards.

Incapable de croiser le regard d'Alice, je préfère me lever lentement, ramasser le paquet de Frederick puis monter vers sa chambre. Comme j'entends la douche, j'entre, dépose mon cadeau devant son lit puis retourne me blottir sur le mien.

Ma seule consolation est un message vocal de Jake :

« Salut, Rachel. J'aurais préféré te laisser tranquille, je sais que tu es en famille. Mais je voulais te souhaiter un joyeux Noël et te dire que tu me manquais. Beaucoup. Presque tout le temps. Voilà. Bon. Au revoir. »

Je l'écoute deux fois avant de le rappeler :

– Salut, dis-je quand il décroche. J'ai bien aimé ton message.

– Comment ça va ? Désolé, je coupais du bois quand le téléphone a sonné.

Je donnerais n'importe quoi pour le voir couper du bois au lieu de traîner dans la demeure la plus crispée de tout Kansas City.

– Je vais bien. Mon père joue les trouducs.

– Archinul ! Envers toi ?

– Non, sa mère. Mais je me retrouve en plein milieu.

– Alors reviens, je passe te prendre à l'aéroport de Boston. Tu es déjà allée dans le Vermont ?

Mon cœur bondit à cette proposition, même si je ne peux pas accepter.

– C'est super-tentant, mais je ne crois pas que je pourrais faire ça à grand-mère Alice.

– J'espère que ça va s'arranger.

– Moi aussi.

Là, je souris tant que je suis heureuse qu'il ne me voie pas.

– Jake, j'ai adoré ton cadeau.

Le matin de son départ de Clairborne, une surprise m'attendait sur mon bureau : enveloppée dans d'épais papiers, son assiette du Repas de Noël, impeccable, accompagnée de ce petit mot : *Rachel, elle te revient. Il y a déjà assez d'accessoires de Clairborne dans ma famille. Mets-la juste à un endroit où je pourrai la voir, ça me rappellera la meilleure soirée de l'année.*

– Tant mieux ! dit-il.

S'ensuit un silence gênant, car aucun de nous ne sait accepter un compliment.

– Bon, reprend-il, je retourne couper encore une dizaine de bûches. Appelle-moi demain pour me dire comment tu vas.

– Promis. Au revoir, Jake.

Peu après, je jette un nouveau coup d'œil dans la chambre de Frederick. Il s'est assoupi en sous-vêtements sur son lit, ses cheveux mouillés sur l'oreiller.

Je regagne la chambre d'amis sur la pointe des pieds et m'y allonge de nouveau.

Ce sont des cris qui me réveillent.

– Tout ce que je voulais, c'était un matin de Noël avec mon fils et ma petite-fille ! C'est trop demander ?

– C'est tout ce que tu veux ? Ça, et une pinte de mon sang.

– Quel exemple tu donnes !

– Rachel est une grande fille, Alice. Elle connaît mes défauts, d'accord ? Sauf qu'elle les accepte mieux.

– Parce qu'elle a le choix ?

Mon cœur se serre à m'en rendre malade. Il fait trop chaud dans cette chambre, ça manque d'air. Je me lève, dévale l'escalier, enfile mes chaussures dans l'entrée et sors dans le froid, en fermant la porte derrière moi.

Le perron me semble glacial, mais ça fait du bien de respirer de l'air frais, malgré mon cœur qui bat encore à tout rompre. Lorsque la porte s'ouvre derrière moi, je fais volte-face.

C'est grand-père Frank. Il vient s'asseoir près de moi.

– Bonjour.

– Bonjour, dis-je à bout de souffle.

– Tu n'as pas l'air en forme.

– Pas terrible.

– Qu'est-ce qui se passe, exactement ?

– Je ne peux pas respirer.

– Tu es trop jeune de trente ans pour avoir un problème cardiaque.

Il me prend la main, pose deux doigts sur mon poignet.

– Rachel, tu es en pleine crise de panique ?

– Comment je pourrais le savoir ?

– Difficulté respiratoire, nausée, peut-être ?

– C'est ça.

– C'est la chose la plus commune qui soit. Ça passera. Mais si ça se produit trop souvent, ça peut vous bouleverser la vie. Dans ce cas, il faut se faire soigner. Cependant, si tu en as juste une ou deux, disons, le jour de Noël le plus stressant qui soit, je peux t'assurer que tu t'en remettras.

– Tant mieux...

J'essaie de ne pas étouffer.

– Je te prescris... une petite marche autour du pâté de maisons. Mais on va avoir besoin de manteaux.

Ça me fait du bien. Je suis mon grand-père à travers le parc du quartier, complètement désert.

– Frederick aimait bien venir ici jouer au base-ball, observe-t-il d'un ton rêveur.

– J'ai du mal à l'imaginer.

Ce qui fait rire mon grand-père.

– Il n'était pas très doué. Il a été viré de son équipe dès la deuxième année.

– Je parie qu'il s'en fichait.

– Complètement.

– On fait des balades aussi, avec Frederick.

– Il a toujours aimé marcher. Il m'a dit un jour que ça lui permettait de trouver des paroles à ses chansons.

– Pourquoi est-ce qu'il ne conduit pas ?

– Il ne t'a pas raconté l'histoire ?

Ça me donne la chair de poule.

– Parce qu'il y a une histoire ?

Grand-père Frank s'arrête sous un bouleau à l'écorce qui se détache et volète dans le vent.

– Il conduisait beaucoup mais, à dix-neuf ans, il a écrasé sa voiture contre un arbre. Ça lui a fait tellement peur qu'il n'a plus jamais touché un volant de sa vie.

Je ne sais comment interpréter cette histoire. Difficile d'imaginer Frederick effrayé par quoi que ce soit.

– Il y a eu des blessés ?

– Il était seul et vraisemblablement ivre. Il s'est cassé deux côtes contre la barre de direction, c'est tout. Mais je crois que ça lui a suffi.

On continue notre promenade.

– Il a modifié sa réservation, crache Alice quand on rentre à la maison. Il part ce soir.

Mon cœur s'effondre.

Il ne va tout de même pas me laisser ici ! Je cours à l'étage. Sa chambre est vide, le cadeau que je lui ai offert a disparu. Plus de guitare. Je me jette sur son lit, me cache le visage au creux du bras.

Quelqu'un entre et vient s'asseoir près de moi. D'après sa démarche, il s'agit d'Alice.

– Rachel.

Je préfère ne pas lever mon visage baigné de larmes. Aucune de ses paroles ne pourrait me consoler pour le moment.

– Rachel, je suis désolée qu'il te laisse tomber comme ça. Ce n'est pas un bon père.

Sérieux ? La plupart du temps, il se débrouille pas mal. Je me redresse subitement, le cœur serré par la colère.

– Pourquoi vous le repoussez ?

Ses lèvres se mettent à trembler.

– C'est lui qui se retire tout seul.

– Ma tante Lisa... on ne va pas l'appeler.

– Très bien, murmure-t-elle.

J'ai du mal à en expliquer la raison :

– Elle m'a abandonnée dans ce foyer. À Orlando. Elle m'a abandonnée, pas Frederick.

– Oh...

Les yeux pleins de larmes, elle essaie de me prendre la main, mais je la retire en bégayant :

– Si vous ne pouvez pas lui pardonner... on... on ne peut pas venir ici.

Je repense à la proposition de Jake de venir me chercher à Boston. Si Frederick peut partir, moi aussi.

– Si vous ne pouvez pas lui pardonner, je ne peux pas rester ici. Parce que...

Je ravale mes sanglots.

– Parce que je l'aime lui aussi. Et vous me rendez tout ça trop difficile.

Elle pâlit. Puis elle se lève du lit et quitte la chambre.

J'attends que ses pas s'éloignent dans l'escalier avant de replonger entre mes bras pour pleurer encore. Parce que Frederick a finalement fait ce que je redoutais tellement.

Il m'a laissée tomber.

Mon père ne m'appelle pas avant le lendemain neuf heures. Je suis allongée au lit, pas encore décidée à me lever, lorsque mon téléphone sonne.

– Rachel, énonce-t-il d'une voix cassée. Je te dois des excuses.

Au moins dix millions. Je ne suis pas prête à en accepter une seule.

– Où es-tu ?

– Sur la plage. Il fait encore noir.

Pourquoi tu ne m'as pas emmenée avec toi ?

– Rachel, qu'est-ce que tu as dit à Alice ?

– Pourquoi ?

– Quoi qu'il en soit, rigole-t-il, ça a bien marché. Ou alors elle est tombée sur des zombies.

– Qu'est-ce que tu racontes ?

– Hier soir, elle est allée voir Ernie pour me conduire à l'aéroport. En disant qu'elle était désolée.

– C'est vrai ?

– Je te dois une fière chandelle.

Alors, pourquoi tu n'es pas revenu ?

– J'aime bien ce chapeau, reprend-il.

– Ah, tant mieux.

J'avais remarqué qu'il n'en portait jamais, même les jours les plus froids dans le New Hampshire, et je lui ai trouvé une sorte de Stetson en laine, assez sympa et bien chaud. J'avais trop envie de le lui donner, sauf que maintenant je ne sais plus pourquoi.

– Je t'appelle demain, d'accord ?

– D'accord, dis-je avant de raccrocher.

Je lis une vieille biographie d'Eric Clapton trouvée dans la chambre de Frederick, lorsque le téléphone sonne de nouveau. Je ne reconnais pas le numéro.

– Allô ?

– Salut, Rachel. C'est Ernie.

– Salut.

J'espère qu'il ne va pas s'excuser lui non plus. J'en ai par-dessus la tête des conversations gênantes.

– Tu es occupée ?

– Non. Pourquoi ?

– Prête pour une petite aventure ?

– Euh, oui... Quel genre ?

– Frederick t'a laissé un cadeau dans son placard. Ouvre-le et apporte-le dehors avec toi. J'arrive.

– C'est mystérieux ton truc, Ernie.

– Tu vas voir. Je serai là à dix heures.

Je fais comme il m'a dit et trouve une énorme boîte enveloppée dans un papier cadeau, avec un joli nœud pour le fermer, mais aucune enveloppe, pas de message. Je m'agenouille sur le seuil du placard, défais le ruban, tire le papier.

Là, je trouve une paire de gants étanches, un cache-col molletonné et une étonnante paire de grosses lunettes, ainsi qu'un pantalon de ski qui rappelle celui d'Aurora. Et là, au fond de la boîte, je mets la main sur une carte de Frederick : *Viens avec moi à Snow Creek cette semaine. Même les filles d'Orlando peuvent affronter une « montagne » du Missouri. Tu vas vite apprendre à dévaler les pentes du New Hampshire. Papa.*

Stupéfaite, je range le message puis prends la boîte et file dans l'escalier, enfile mes bottes. Lorsque j'ouvre la porte, j'aperçois une Buick en train de se garer dans un nuage de gaz d'échappement.

Je cours vers la portière passager, saute à l'intérieur.

– Tu te fiches de moi !

La main d'Ernie se pose sur le changement de vitesse.

– Pourquoi ?

Il porte un pantalon de ski noir, une parka orange vif et m'adresse son habituel regard étonné.

– Il t'a envoyé me chercher pour faire du ski, et tu as dit : « D'accord, mon pote, c'est comme si c'était fait. »

– J'aime bien le ski, balbutie-t-il.

– Il s'agit bien de ça ! dis-je d'un ton quasi hystérique. Il t'envoie me baby-sitter pour réparer ses bêtises. Pourquoi tu marches dans cette combine de merde ?

Et moi, pourquoi ?

Ernie ne répond pas. Il attend.

– Quel enfoiré ! dis-je alors. J'ai l'impression de l'entendre : « Dommage que j'aie oublié cette carte dans la boîte. Mais je vais envoyer Ernie s'en charger à ma place. Je dirai à Henry de lui rembourser son après-midi. »

Le ricanement d'Ernie emplit la voiture.

– Tu es marrante quand tu te mets en pétard.

– C'est vrai que je passe une semaine très amusante, dis-je en claquant les mains sur le tableau de bord.

Mes yeux commencent à me brûler.

– C'est compliqué, Rachel, reprend Ernie en coupant le contact. Avec Frederick, on se couvre l'un l'autre depuis longtemps.

– C'est vrai ? Comment se fait-il que tu aies écrit tellement de chansons avec lui mais que ce soit son nom qui apparaisse sur les albums ? Tu es son mentor.

Je me rends compte que je vais trop loin en m'en prenant à Ernie. Mais, hier, j'ai défendu Frederick. À présent, j'ai envie de me taper la tête contre le tableau de bord.

– On peut aller skier, maintenant ? demande-t-il doucement. Va juste chercher ton manteau. On va bien s'amuser.

– Tourne, tourne, tourne ! crie Ernie alors que j'accélère vers les arbres.

Avant qu'il ne soit trop tard, j'appuie de tout mon poids sur ma jambe droite et tourne les pieds. Miraculeusement, ça vire.

Mais là, mes skis se croisent. Et je tombe. Encore.

Deux petits garçons, dans les cinq ans, passent en trombe devant moi, affalée dans la neige.

Ernie arrive dans un jet de poudreuse.

– C'était très bien. Tu as tourné trois fois avant de tomber.

– Quel coup !

– On court encore deux fois. Ensuite, on se rendra au club et on se commandera un bon repas.

– Affaire conclue. Mais c'est Frederick qui paie.

Ernie pointe en riant le menton vers un ciel incroyablement bleu.

– Désolée, lui dis-je une demi-heure plus tard alors qu'on trempe nos frites dans une sauce barbecue.

– Pour quoi ?

Je lui décoche un regard contrit.

– Pour avoir pété les plombs dans la voiture. Cette histoire de textes de chansons ne me regarde pas.

Il plonge une autre frite.

– Tu sais, tout le monde n'a pas envie de jouer les solistes.

– J'imagine.

– Sérieux. Tu t'es déjà demandé pourquoi il était si solitaire ?

– Quoi ? dis-je en fixant ses grands yeux noirs.

– Il ne s'est pas fait de véritable ami en dix ans. Un mec comme Frederick doit toujours se demander ce que les gens attendent de lui. Les femmes rêvent de voir leur portrait avec lui dans les magazines, ou elles en veulent à son argent. Les fans cherchent une photo avec lui pour s'offrir la meilleure profile picture sur Facebook. Il ne peut se fier pour ainsi dire à personne.

J'avale un peu de Coca.

– Comment se fait-il alors qu'il ne soit pas avec nous en ce moment ? On est tous les deux dignes de sa confiance.

– Rachel, s'esclaffe-t-il, tu as l'intention de faire des études de droit ? Je te verrais bien plaider dans un tribunal.

Quelques jours plus tard, Alice reprend son travail à la bibliothèque de l'université. Ce qui me laisse en la paisible compagnie de grand-père Frank. Il est enseignant à l'école de médecine, donc encore en vacances.

– J'ai reçu une liste d'achats à faire au supermarché, annonce-t-il le premier matin.

– Je vais t'aider.

– On pourrait commencer par la librairie. Ils y préparent également un bon chocolat chaud.

J'aime déjà cet homme.

– Je vais chercher mon manteau.

À la librairie, j'achète un livre au programme des cours de solfège que je vais suivre le prochain semestre, et on s'installe ensemble à une table. En face de moi, mon grand-père tourne les pages de son journal tout en cassant des morceaux du cookie qu'on se partage, de la taille d'une assiette à dessert.

Tout en dégustant mon latte, je commence à lire l'avant-propos de mon livre. Nouveau bouquin, nouveau départ, nouvelle classe. Une tasse de café et le silence de mon grand-père. Ces choses-là m'ont permis d'échapper aux peines de cœur de la semaine dernière. Pendant un certain temps, je me perds dans une explication sur la façon dont l'oreille humaine convertit les ondes sonores en musique.

Et puis, je tombe sur une expérience si merveilleusement ringarde dans son exécution que je dois me rappeler d'en parler à Jake, le moment venu. Un compositeur des années cinquante a effectué plusieurs enregistrements d'une chanson, chacun sur un instrument différent. Après quoi, à coups de raccords de folie, il a raboté le début de chaque note – l'attaque du marteau heurtant la corde du piano, le premier souffle de la flûte, le bourdonnement d'un pincement de guitare – et il s'est passé quelque chose de bizarre. Les auditeurs, privés du début agressif de chaque note, ne distinguaient plus quel instrument ils entendaient. Même les musiciens professionnels n'y arrivaient pas.

Je repose le livre en m'efforçant de croire que la vibration familière d'une note de guitare étêtée pourrait devenir méconnaissable. Je suis prête à parier que mes années passées à écouter la guitare de Frederick m'auront permis de reconnaître sa touche, quoi qu'il arrive.

Frederick m'appelle tous les matins, maintenant, mais je ne réponds pas. Je n'ai pas envie de me disputer avec lui, cependant je ne suis pas davantage prête à lui pardonner et à oublier.

Pourtant, chaque matin, il me laisse un message vocal. Il ne mentionne jamais Noël ni la colère d'Alice. À la place, il me communique des nouvelles, par exemple qu'il a goûté ma garniture de pizza préférée – oignons et olives – ou qu'Henry a une nouvelle petite amie.

Il me parle davantage dans ces messages que d'habitude. Je les écoute tous. Mais mon cœur amer m'empêche de le rappeler.

– Et arrange-toi pour que grand-père Frank t'emmène au barbecue Woodyard, a-t-il conseillé dans le dernier.

Sans toutefois se donner la peine de préciser pourquoi ce ne serait pas lui qui m'y emmènerait.

– À dans quinze jours, décompte-t-il comme chaque fois avant de raccrocher.

Notre relation tient de l'expérience ratée. Peut-être qu'avec mon père, on ne sera jamais plus capables de s'entendre, après un tel gâchis de nos débuts.

MOUVEMENT CONTRAIRE

MOUVEMENT CONTRAIRE : *Mélodie et harmonie qui se déplacent en sens inverse – l'une monte en tonalité tandis que l'autre descend.*

Chapitre 21

Juste avant le Nouvel An, je finis de remplir mes dossiers d'inscription pour cinq universités. J'en règle les frais avec la carte de crédit de Frederick. Depuis qu'on ne se parle plus, c'est le seul moyen que je connaisse pour lui indiquer les facs que j'ai sélectionnées.

Celle de Clairborne constitue mon premier choix et, à contrecœur, je coche la case indiquant qu'un de mes parents l'a fréquentée, avant d'ajouter son nom.

Frank et Alice me conduisent à l'aéroport de Kansas City. Après quelques embrassades, je m'envole vers Boston.

Vers Jake. Je suis ravie de le revoir. Son baiser lorsque j'arrive à Habernacker laisse entendre qu'il ressent la même chose.

À l'époque où Jake ne représentait qu'un nom sur un mail, il m'avait prévenue que les hivers du New Hampshire étaient rudes. Apparemment, il avait raison. Je passe tout le mois de janvier à frissonner. Le sol carrelé de la salle de bains est tellement glacial que j'en ai mal aux pieds. La banquette de la fenêtre devient insupportable avec toutes les gouttes d'eau qui coulent des vitres à l'ancienne de la fenêtre.

– Voilà ce qu'on ressent quand il fait moins vingt-huit, déclare Jake alors qu'on quitte ensemble le réfectoire après le petit déjeuner.

Je prends une longue inspiration.

– J'ai l'intérieur du nez tout glacé.

– Au moins, tu n'as pas un kilomètre à faire pour arriver à l'université, réplique-t-il en enroulant son écharpe autour du cou.

On ne voit plus que le haut de son visage. Ce semestre, il suit deux cours de sciences et un de maths supérieures à la fac de Clairborne. Avec un tel dossier, il n'aura aucun mal à se trouver une fac au printemps. Pourtant, il déteste que j'en parle, car il est superstitieux.

Je me hisse sur la pointe des pieds pour l'embrasser sur le nez.

– On se revoit en littérature ?

– Oui, file maintenant, avant de geler sur place.

Je trotte vers mon premier cours de la journée ; en m'asseyant dans la salle de musique, je n'ai envie d'ôter rien d'autre que mes gants. Les vieux radiateurs sous les fenêtres émettent des bruits de ferraille, pourtant, il fait encore bien froid dans cette salle.

Mon téléphone vibre, m'annonçant un texto. Je l'ouvre de mes doigts raidis par le froid. Ça vient de mon père.

Salut Rachel. Tu retrouves cette buse pour le café ?

Ça fait un moment que je reçois ce genre de texto aussi malin que suppliant. Je n'y réponds pas. Quand il s'est barré en Californie, je me suis accordé un délai bien mérité pour tout ce qui le concernait. Mais, maintenant qu'il est de retour à Clairborne, je commence à me sentir ridicule. C'est Frederick qui s'est comporté comme un sale gosse incapable de passer quelques jours avec ses parents sans exploser.

C'était une chose de l'ignorer quand il se trouvait à des milliers de kilomètres de moi. Cependant, si je continue à le snober alors qu'il a accompli un tel voyage pour se rapprocher de moi, c'est moi qui deviens l'idiote immature. Genre lui claquer la porte au nez pour aller bouder.

Voilà un mois qu'on ne s'est plus parlé. Il a cessé de me laisser des messages vocaux depuis près de quinze jours. Cependant, je vois encore mon téléphone s'illuminer au moins une fois par jour pour m'annoncer un appel. Et ses textos commencent à ébranler ma détermination.

Pire encore, à force de l'ignorer, je sens grandir un profond sentiment d'insécurité. Combien de temps va-t-il s'accrocher avant de me laisser tomber ?

De son estrade, le professeur commence par une discussion sur la modulation :

– Un accident est une note qui part du changement de tonalité prévu. Bien sûr, il n'y a rien d'accidentel dans un accident, à part le nom. L'utilisation d'un accident ajoute couleur et profondeur à la musique, offrant au compositeur une palette plus variée.

Ôtant mon manteau, je commence à prendre des notes. Une chance que le lycée m'offre encore de telles distractions.

Le jeudi suivant, dans l'attente d'un appel de Jake, je réponds à mon téléphone sans vérifier le nom qui s'inscrit.

– Allô ?

– Salut, Rachel.

La voix chaleureuse de Frederick emplit mon oreille. Je ferme les yeux. Il profite du silence pour demander :

– Ma fille égarée est donc là ?

Sérieux ?

– Frederick, tu n'as quand même pas dit ça !

– C'est juste de l'humour noir, rigole-t-il. Je suis arrivé. Comme si je ne le savais pas.

– Et, ajoute-t-il, il fait un temps magnifique, aujourd'hui. Viens, on va se prendre un café.

J'hésite. Si je refuse de le voir, j'ouvre un conflit, et une fille modèle fuit cette attitude comme la peste. Sans compter que je n'ai aucun cours avant la fin de l'après-midi. Aucune raison de refuser, donc.

– Je dois retrouver...

Quelque chose m'empêche de prononcer le nom de Jake.

– Je déjeune avec Aurora. Si on disait treize heures trente ? On se retrouve devant l'auberge.

– Très bien.

Il arrive pile à l'heure, coiffé du chapeau que je lui ai offert pour Noël. Il me serre un instant les épaules.

– Tu as donc été très occupée ?

– Oui, dis-je d'un ton grincheux. Plein de nouveaux cours.

Un nouveau petit ami. Pas trop certaine qu'il mérite ces détails exclusifs sur ma vie, je préfère lui poser une question :

– Qu'est-ce que tu fais, en ce moment ?

– De nouvelles chansons. J'y travaille.

On descend Main Street, face au pâle soleil d'hiver.

– Quels cours as-tu choisis cet hiver ? poursuit-il.

On en revient aux sujets sans risque, comme à Orlando.

– La littérature, avec Chaucer. J'ai aussi repris l'espagnol, l'histoire de l'art, le solfège.

J'ai glissé cette dernière mention à la fin en me demandant s'il remarquera.

– Vraiment ? lâche-t-il en me jetant un regard en biais. Je ne savais pas que ça t'intéressait.

– Je vais te dire : j'aime la musique, seulement je me demande si ça ne fait pas partie de ces choses qui perdent de leur beauté à mesure qu'on les approfondit. Comme l'astronomie.

J'aime bien les étoiles mais, au contraire de Jake, je n'ai pas besoin de savoir que ce sont des boules gazeuses en pleine activité nucléaire.

– Le solfège, c'est génial, commente Frederick. J'ai aimé apprendre que certains sons collaient ensemble et d'autres non, que l'auditeur désire toujours un accord dissonant pour répondre à une harmonie.

– Mais ça ne rend pas les choses trop simples ? Carrément prévisibles ?

– Les gens sont prévisibles. Ne me demande pas pourquoi.

On marche un moment en silence, puis je demande :

– Ton concert du Nouvel An s'est bien passé ?

– Oui.

J'attends davantage de précisions, mais rien ne vient. Ça tombe bien, car j'en ai assez de faire comme si je ne voyais que les bons côtés de sa vie.

– Tu ne me parles jamais de ton boulot. Pourquoi ?

– Si tu veux, dit-il en se marrant. On a joué pendant quatre-vingt-dix minutes devant six mille personnes, surtout de la musique que j'ai écrite il y a dix ans, parce que c'est ce qu'ils sont venus entendre. Les gens ont applaudi. Et Henry a déposé quatre-vingt-dix mille dollars sur mon compte.

– Un jour de bureau ordinaire, quoi.

– Exactement. Mon métier est le plus égoïste du monde. Une sorte de... masturbation professionnelle.

Il marque une pause, si longue que je me demande s'il va jamais reparler.

– Ta maman est devenue infirmière, n'est-ce pas ? Pour s'occuper des enfants malades. Comment veux-tu rivaliser avec ça ?

Là, j'ai presque l'impression d'entendre Alice.

– On va voir là ? propose-t-il en désignant un magasin.

J'ai eu trop de mal à empêcher ma tête d'exploser pour faire attention au chemin que nous prenions.

– Pourquoi ?

– Je voudrais te montrer quelque chose.

Je le suis vers un présentoir.

– Un caleçon long ? Ça doit démanger.

– Juste ce que je me disais. Mais c'est du mérinos. Touche-moi ça. Un ami m'a convaincu d'essayer. Je vais t'en offrir une paire et je te promets que tu en voudras d'autres.

– On verra.

Je me demande quel ami de Frederick peut parler sous-vêtements avec lui.

– À la fin de l'hiver, on ne se posera plus ce genre de question, reprend-il. Qu'est-ce que tu penses de ça ?

Il me montre un énorme chapeau en fourrure.

– Super. Pour quelqu'un d'autre.

Le soleil de février brille sur nos têtes quand on sort du magasin et sa chaleur me réchauffe le cœur. On prend une table à l'extérieur du café.

Je déguste mon cappuccino en laissant Frederick reprendre la conversation. Il se remet à parler de solfège et, pour une fois, mon idée infantile de redevenir amie avec lui me reprend.

– On ne peut pas apprendre le cycle des quintes sur un piano, dit-il en agitant les mains. Un clavier est conçu pour jouer les gammes majeures. Tandis que sur une guitare, on sent les intervalles. Comme si tu lisais l'ADN de ta musique. Je te montrerai ça, un jour.

– Ce serait bien.

Au fond de moi, j'entretiens encore le désir secret qu'il m'apprenne à jouer de la guitare. Un jour, je trouverai le courage de le lui demander.

– Ce sera le seul devoir que je pourrai jamais t'aider à faire, reprend-il. Pour Chaucer, il faudra te débrouiller sans moi.

Je tourne la mousse dans mon gobelet en carton. Dans ma vision périphérique, j'aperçois une femme en train de nous regarder. En fait, elles sont deux. Elles se sont immobilisées devant la file des clients.

Au début, je les prends pour des fans ; ça se produit encore, même à Clairborne. Jusqu'à ce que je reconnaisse la femme que j'ai aperçue chez *Mary's* et sur la liste des annonces immobilières. Elle nous dévisage, l'air incrédule.

Pourquoi ?

Prise d'un doute, la gorge sèche, je pose soudain la main sur la manche de mon père, me penche vers lui :

– Quand est-ce que tu as commencé à jouer de la guitare ?

Il me répond dans un large sourire :

– Au collège. J'ai acheté une Les Paul Junior avec l'argent que je gagnais à laver des voitures.

Chose que je sais depuis longtemps. Je l'ai lu il y a des années. D'un rapide coup d'œil, je constate que la femme est toujours là, l'air fascinée, comme si elle ne pouvait se détourner de nous.

– Oh merde ! lâche mon père.

Maintenant, il l'a vue, lui aussi.

– Qu'est-ce qu'il y a ? dis-je d'un ton aussi naturel que possible.

Il a l'air de vouloir bondir de son fauteuil.

Du bout des yeux, je vois les deux femmes filer à travers la rue. Mon père laisse échapper un soupir étranglé.

– C'était... juste un malentendu. Que j'aurais pu parfaitement éviter. Encore une preuve de mon habileté tactique.

– C'est ta petite amie ?

Il se tourne vers moi en plissant les yeux, l'air de réfléchir trop longtemps à ce qu'il va répondre à ma provocation.

– Oui.

– Et elle ne sait pas que tu as une fille ?

– Voilà, soupire-t-il. Mais elle va l'apprendre.

– Sérieux ? J'ignorais que je n'étais pas encore reconnue.

Et je conclus sur un petit cri de courroux.

– Arrête ! proteste-t-il d'un ton indigné. J'aime beaucoup cette femme et j'ai eu du mal à lui avouer que je faisais partie des membres fondateurs du club des Enfoirés Anonymes.

Il se lève.

– Mais j'y vais immédiatement.

Je le suis des yeux sans parvenir à cacher mon irritation :

– Contente de t'avoir vu.

L'air anéanti, il récupère son chapeau sur la table.

– Bon, j'y vais, là. Je dois présenter mes excuses à Norah. Ensuite, je t'appellerai pour faire de même avec toi. C'est comme ça. Ne prends pas froid.

Là-dessus, il s'éloigne à grands pas.

Je le suis du regard. La femme s'est arrêtée à mi-chemin sur Main Street et, avec son amie, elles regardent Frederick approcher.

Je me lève, leur tourne le dos, jette mon gobelet à la poubelle et reprends la direction du campus.

Chapitre 22

Je tiens le livre dans mes mains, sans parvenir à me concentrer sur la poésie de Chaucer. En fait, je passe mon temps à me rejouer cette scène avec Frederick. Ça faisait des semaines que je m'en voulais de ne pas le voir, alors qu'il semble s'en moquer éperdument. Il avait trop à faire avec sa copine.

Aujourd'hui, j'avais apporté mon bulletin scolaire dans ma poche. Je voulais lui montrer les bonnes notes que j'ai obtenues ce semestre.

À dix-huit ans et demi, je recherche l'approbation de mon père.

Lamentable.

Assis à côté de moi dans le sofa, Jake me pince la fesse. Je sursaute, m'écarte un peu de lui en tournant ma page.

– Qu'est-ce que j'ai fait ? demande-t-il.

– Rien. J'en ai juste marre de mon père.

– Attends, tout à l'heure, je t'ai demandé si ça allait et tu as dit oui. Alors que c'est non ?

– C'était juste du... pur Frederick. Il ne pense jamais aux autres.

– Qu'est-ce qu'il a encore fait ?

– Il a cette copine...

Je m'interromps, car il risque de ne pas comprendre. *Elle ne me connaît pas.* Dit à haute voix, ça risque de paraître trop égoïste.

– Il ne m'a jamais parlé d'elle.

– Pourquoi ? Elle a dans les vingt et un ans ?

– Non, mais...

– On dirait... Ça ne vaut pas mieux pour vous deux que les choses se passent bien pour lui ?

– Qu'est-ce que tu en sais ?

– Tu n'as qu'à me le dire.

– Ouais... je ne sais pas.

Là, ça devient encore pire. Au point que je préfère me cacher derrière mon livre. Avec Jake, on doit lire *Le conte du meunier* pour le cours de demain. Sauf que je me fiche du charpentier, de sa femme infidèle et du musicien qui le cocufient.

– Je vais le rencontrer un jour ? finit par demander Jake.

– Qui, Frederick ? Non.

– Alors... ce n'était pas la question à poser, c'est ça ?

– Bingo !

Il repose son livre.

– Je n'ai pas dit que je voulais être un fan surexcité. Seulement, je t'aime beaucoup. Si mes parents vivaient ici, je t'aurais présentée immédiatement. « Voici Rachel. Elle me supporte, alors que je ne comprends rien à Chaucer. »

Ce qui ne me fait pas vraiment rire.

La température est retombée en même temps que le soleil, alors je cours jusqu'à la répétition, le visage glacé, mais ça fait du bien de remuer un peu, d'envoyer promener les déceptions de la journée. Et de toute façon, le Chœur des Belles s'entraîne dans une salle surchauffée.

Je n'ai qu'une minute de retard et les autres en sont encore à ôter écharpes et manteaux.

– On y va ! lance Jessica. Il ne nous reste que quatre répétitions avant la représentation. Et Rachel et Daria n'ont toujours pas de solos. On a beaucoup de travail !

Je prends ma place au troisième rang à droite dans le demi-cercle.

– En fait, annonce Daria, je choisis « Blackbird. »

– Très bien, note Jessica. Ce qui nous laisse Rachel.

Elle me regarde fixement. Depuis quelque temps, j'ai l'impression qu'elle m'envoie d'étranges vibrations, comme si j'avais fait quelque chose de mal.

– En fait, dis-je, je prendrai le solo que vous voudrez. Mais j'ai une idée pour quelque chose de nouveau... si ça ne vous semble pas déplacé.

– Ça nous changerait, gazouille Daria.

À quoi je m'empresse de répondre :

– Ce n'est pas la chanson qui est déplacée, en fait, c'est un joli morceau. Non, sauf que c'est mon père qui l'a composée.

– Trop cool ! laisse tomber quelqu'un derrière moi.

– Il viendra nous voir ? demande Daria.

Je ne peux pas la regarder, car je n'en sais rien du tout. Je n'ai même pas dit à Frederick que je faisais partie du Chœur des Belles, encore moins qu'on allait donner un concert.

– Mais, interroge Jessica, comment voulez-vous qu'on prépare un arrangement en quinze jours ?

– Pas la peine, dis-je en sortant la partition de ma poche. Je m'en suis déjà chargée. C'était très facile. Comme si cette chanson devait être interprétée a cappella.

Ce qui me vaut un froncement de sourcils de Jessica. Pourtant, elle répond :

– Nous allons d'abord nous échauffer, faire ce que nous avons à faire, nous verrons ceci ensuite, juste avant la fin.

On commence par chanter quelques arpèges, en augmentant chaque fois d'une demi-mesure. Avec toutes ces belles voix qui vibrent autour de moi, je me sens un peu mieux.

On répète d'abord « Fly Me to the Moon, » le solo de Jessica. Je laisse ma voix plonger avec celle des autres. Souvent, durant ces répétitions, je sens la présence de ma mère et ça me rend aussi triste que joyeuse.

On ne s'est jamais disputées en matière de musique ; même si elle n'approuvait pas mon intérêt pour Frederick, elle n'a jamais considéré le chant choral comme une menace. Elle trouvait ça beau, apaisant. Ça lui semblait parfait pour se présenter à l'université. Au milieu d'un chœur, je me suis toujours sentie capable de plaire tout de suite à tout le monde. J'y affûtais ma voix avec l'espoir qu'un jour mon père m'entendrait et que cela plairait quand même à ma mère.

Pendant dix ans, j'ai imaginé que Frederick viendrait rien que pour m'entendre et, dans mes rêves, ce concert avait quelque chose de magique, avec Frederick en train de crier de joie du fond de la salle.

À présent que cet étrange petit rêve pourrait se réaliser, je suis terrifiée. Sans compter que si je voulais qu'il assiste à cette représentation, je ferais mieux de lui en parler au plus vite.

Qu'il aille se faire voir !

De retour de ma répétition, je trouve Jake encore avachi sur le sofa, son ordinateur sur le ventre. Je n'en reviens toujours pas qu'un si beau mec m'attende, moi, et personne d'autre. Surtout avec mon sale caractère.

– Salut ! dis-je, toujours ravie d'entrer dans une pièce où il se trouve.

– Salut.

Ôtant mon manteau, je m'assieds près de lui, au bord du SFP.

– Qu'est-ce que tu fais ?

– Mes devoirs préférés : un algorithme pour analyser du texte à la chaîne.

– Oh, là, là ! Désolée de t'avoir envoyé promener, tout à l'heure. J'étais anxieuse et c'est toi qui as pris. Je suis vraiment quelqu'un d'abominable.

Il ferme son ordinateur, le pose sur la table, attrape le bout de mon écharpe pour commencer à l'enlever.

– On va dire que ça vient de ta répétition. D'habitude, tu en reviens toujours contente.

Il embrasse mon cou là où il vient de le libérer et je ferme les yeux pour mieux goûter mes frémissements.

– Au fait, ajoute-t-il, Aurora vient de partir. Elle doit voir quelqu'un.

– C'est vrai ? Comment le sais-tu ?

Elle a été absente plusieurs nuits ce semestre. Quand je lui ai demandé « qui est-ce ? » elle a refusé de me confier son secret. J'ai eu beau me plaindre, dire que c'était injuste, qu'elle savait tout de moi, ça n'a rien changé. « C'est nouveau, encore fragile, m'a-t-elle juste expliqué. Je te le dirai quand je pourrai. » Après quoi, j'ai eu droit à un sourire sournois, et elle a foncé hors de la chambre.

– Tu sais, lâche Jake, les yeux rieurs, elle a répondu au téléphone et là, je te jure, elle a crié : « La répétition est finie ? » Autrement dit, son mystérieux amoureux doit faire partie d'une chorale ou d'un groupe.

– Ou jouer la comédie, ou dans un orchestre, ou dans un quatuor. Ça ne signifie rien.

– Sûr. Mais comme elle n'est pas là et que nous...

Il s'adosse au bras du sofa en m'attirant contre lui. Je place les bras autour de sa tête, examine son sourire qui s'efface vite. Je sais toujours quand Jake va m'embrasser, car il prend alors une expression solennelle, comme s'il allait faire quelque chose de sérieux.

Il commence lentement, par une question silencieuse qui anime ses lèvres au bord des miennes, comme s'il testait mon désir. En guise de réponse, j'attire sa tête vers moi et sens encore le goût de menthe, à croire qu'il a mâché du chewing-gum en attendant mon retour.

C'est nouveau dans ma vie, toute cette affection. Tandis que son baiser se fait plus intense, on échange une discussion sans paroles sur l'intensité de notre ardeur.

Et c'est important pour moi, ce soir.

Il m'attire davantage, au point que je me retrouve sur lui. Je lui passe une main sur la mâchoire, tâtant la rugosité de son menton. On s'embrasse, et la chaleur de sa bouche se répand dans ma poitrine. Chacun de nos contacts me fait vibrer, et il y en a beaucoup. Il pose les mains sur mes hanches pour me retenir.

Ses doigts se glissent sous mon chemisier et j'entends un chant a cappella dans ma tête, dans une sérénade qui se poursuit alors que nos bouches se rejoignent.

On finit par rouler sur le côté, au point que je me retrouve sur le dossier, la tête sur son bras replié. Son baiser passe de ma pommette à mon sourcil et il écarte mes cheveux de mon visage.

Tout est magnifique jusqu'à ce que sa main s'abaisse sur mon jean, puis entre mes jambes. Je commence par trouver ça des plus agréables, malgré les deux épaisseurs de tissu qui nous séparent, et mon corps frémit sous ses caresses.

Mais, alors que les battements de mon cœur s'accélèrent, les frémissements deviennent tremblements. La tension grimpe en moi. On est complètement seuls. N'importe quoi pourrait se produire.

J'essaie de me calmer, de continuer à l'embrasser, en vain. Dans un sursaut, je le repousse et tente de me rasseoir.

Ses lunettes de travers, il relève les yeux. Ne dit pas un mot.

Je tire sur mon chemisier pour me recouvrir, me prends la tête entre les mains.

– Désolée.

– Ça va ? demande-t-il en se redressant lentement.

– Oui...

Malheureusement, ces incidents ne cessent de se reproduire. Je ne peux pas lui expliquer pourquoi, car je n'y comprends rien moi-même.

– Il faut que j'y aille, dit-il en regardant sa montre.

– Tu es furieux.

– Pas du tout.

– Mais si ! Dis-le !

– Non, répond-il calmement à mes cris. Je serais furieux si j'avais mal agi. Tandis que là... j'ai tout le temps l'impression que tout va bien jusqu'au moment où ça ne va plus. Comme dans un jeu où tu perds. D'un seul coup, tout s'effondre et c'est fini... jusqu'à la prochaine fois.

– Tu pousses un peu loin la comparaison.

– Laisse-moi le temps de me calmer, une minute.

Un peu paumée, je le regarde récupérer son ordinateur, le mettre dans son sac à dos et se lever. Mon cœur se serre lorsqu'il se dirige vers la porte. Et il se retourne avant de l'ouvrir.

– Rachel, souffle-t-il, les yeux fixés sur les miens. C'est bien avec moi que tu veux être ?

Quoi ?

– Oui, bien sûr ! dis-je, suffoquée.

Il pose la main sur la poignée.

– Tu sais, je ressens quelque chose pour toi depuis à peu près notre deuxième mail. Et c'est encore vrai. Sauf qu'il y a tous ces pièges où je n'arrête pas de tomber. Si tu me disais un peu où ils sont...

Il ouvre la porte.

– Ça m'aiderait. À demain.

Chapitre 23

L'hiver tient bon. J'apprends – de la manière forte – à éviter le verglas sur le trottoir. Les partiels seront bientôt là et je vois Frederick une fois en tout et pour tout, à un brunch. On fait de notre mieux.

– Ces temps-ci, je me cache littéralement dans le New Hampshire, m'explique-t-il. La maison de disques me pousse à travailler avec de plus jeunes auteurs pour mon prochain album. Ils veulent que je m'inspire d'Ed Sheeran.

– Pourquoi ?

– Ma fan-base commence à grisonner alors que ce sont les gamins qui dépensent le plus d'argent pour la musique. Ils veulent me faire paraître plus jeune.

Il ne mentionne jamais sa copine.

– Alors, qu'est-ce qui t'arrive de nouveau ? s'enquiert-il.

J'aurais dû saisir cette question comme l'introduction idéale pour lui parler du concert Chœur des Belles la semaine prochaine.

– Pas grand-chose, dis-je seulement.

Et, prouvant ainsi que je suis une vraie poule mouillée, je ne l'appelle plus jusqu'à la représentation.

– Salut Rachel, dit-il en décrochant. Quoi de neuf ?

– Où es-tu ?

J'espérerais presque qu'il me dise : « À l'aéroport, en train d'attendre un avion. » Ça m'arrangerait.

– Je suis dans la voiture de Norah.

Ainsi, ils sont toujours ensemble. Ça me fait déglutir :

– Bon... Désolée de m'y prendre si tard. Je voulais t'inviter à un truc. Je fais partie d'un groupe a cappella, on donne un concert ce soir.

– Ah bon ? Tu as intérêt à me donner tous les détails.

Sept heures plus tard, j'entre en scène avec le Chœur des Belles. Trop tard pour changer d'avis. Je n'ai plus le choix, je vais devoir rester sur cette scène et interpréter mon solo – *une de ses propres chansons* – tout en sachant qu'il est là, à écouter.

Je prends place parmi les altos, pose un bras sur l'épaule de Daria et un bras sur celle de l'Autre Jessica. On regarde toutes Jessica, dans l'angle opposé. Elle nous souffle une note et, quand elle lève les mains, on se lance toutes ensemble dans « Something to Talk About, » de Bonnie Raitt.

Très vite, je me sens mieux. Facile de se fondre parmi les autres ; pendant un moment, ce concert agit sur moi comme une véritable thérapie, presque autant qu'une répétition. Entre chaque chanson, je jette un regard vers le public. Je vois Aurora et Jake au premier rang, éclairés par les feux de la rampe. Mais le reste de l'auditoire est plongé dans le noir.

Il se trouve quelque part là-dedans.

Sans doute.

À mesure que mon moment se rapproche, le trac m'étreint davantage dans ses griffes d'acier. J'ai participé à des concours de chorale à travers toute la Floride, chaque fois la boule au ventre.

Daria s'avance pour chanter « Blackbird, » l'une de mes chansons préférées. La partie alto est âpre et dissonante et ça me fait du bien de devoir me concentrer sur ce magnifique poème qui décrit comment attendre le bon moment dans la vie.

J'ai tellement attendu et, à présent, j'ai l'impression de m'être trompée sur toute la ligne.

Et Jessica qui a programmé mon solo à la toute fin ! À chaque chanson – il y en a quatorze –, mon anxiété augmente.

Le moment venu, Daria me donne une petite tape dans le dos et je m'avance au centre du demi-cercle. Le temps passe trop vite, je ne me sens pas prête lorsque Jessica lève les mains en cercle. Mes camarades se lancent dans la ligne de basse, de « Stop Motion, » de Freddy Ricks et Ernie Hathaway.

Je m'efforce de respirer. Jake me regarde attentivement, le visage souriant. Je prends une longue inspiration puis chante le premier couplet.

Tu la forgerais rien que pour la détruire

Tu attends de la gratitude pour les miettes que tu as jetées ?

Pour mon arrangement, j'ai changé la tonalité, afin de l'élever juste au centre de ma tessiture. Et, comme j'ai chanté cette chanson une centaine de fois, ma voix ne tremble pas.

Tu as besoin d'une autre fan, d'une complice

C'est elle qui témoigne de l'homme à son apogée

Les mille premières fois que j'ai écouté cette chanson, j'y voyais ce que Frederick voulait – une histoire d'amour déséquilibrée. Et puis, je me suis rendu compte que dans ma bouche les paroles prenaient un sens complètement différent.

Tu veux qu'elle n'appuie sur le déclic que quand ça te chante

Entre-temps elle n'est que ta femme de glace
Si tu ne regardes pas maintenant, elle va lâcher prise

J'attrape la note haute avec toute la force et la passion que j'espérais pouvoir y mettre.

Car elle ne peut vivre sa vie
... au ralenti, image par image

Quelle violente critique! Mais c'est lui qui a écrit ces paroles, pas moi.

Après le premier refrain, je peux laisser le couplet se poursuivre. Les voix des autres femmes m'enveloppent comme une couverture. C'est également leur dernière chanson et je sens leur effort grandir derrière moi. J'ai de la chance d'en faire partie.

Le concert semble s'achever trop vite. Il est suivi d'un tonnerre d'applaudissements. Je recule vers le groupe pour qu'on salue toutes ensemble. Le public se lève en criant et je vois Jake porter ses doigts à ses lèvres pour siffler.

Là, le demi-cercle se défait, tout le monde bouge. Jake arrive le premier et me soulève de terre.

– C'était magnifique! braille-t-il. Pas étonnant qu'on t'ait mise en dernier. Tu les as grillées.

– Merci, dis-je en regardant par-dessus son épaule.

Je trouve alors Aurora. Elle s'est arrêtée devant Jessica en la serrant dans ses bras. Trop aimable de sa part. Et puis ma coloc se précipite vers moi.

Mais pas Frederick. Je ne le vois nulle part.

Il y a des quantités de parents dans la foule. Quelques-uns m'arrêtent pour me féliciter.

– Quel solo! s'écrie le papa de Daria.

– On a eu de la chance de la récupérer, ajoute gentiment sa fille.

Mais je n'aperçois toujours pas Frederick. Avec les lumières allumées, je distingue maintenant toute la salle, sans repérer sa haute silhouette, ni dans les allées ni adossée au mur.

– Il est peut-être sorti t'attendre dehors, suggère Aurora.

Ou il n'est pas venu.

– Je vais chercher mes affaires et on se retrouve devant l'entrée, lui dis-je.

– On peut attendre encore, propose Jake.

– Non, j'y vais.

Je récupère mon sac dans les coulisses puis saute en bas, la dernière à quitter la scène. Il ne reste que quelques retardataires dans la salle, mais toujours pas de Frederick.

Cependant, alors que je remonte l'allée, une femme se dresse devant moi.

– Rachel ?

Après une hésitation, je reconnais la copine de Frederick.

– Je suis Norah. Frederick sera là dans une minute.

– Il était là ?

– Il n'a pas raté un instant. Vous avez été prodigieuse.

Je ne peux m'empêcher de demander :

– Il a détesté ?

– Non, assure-t-elle avec un étrange sourire. Il a tellement aimé qu'il était à ramasser à la petite cuillère à la fin.

– Quoi ?

– Ce n'est pas moi qui vous l'ai dit.

Là, Frederick apparaît derrière nous avec un sourire gêné, les yeux rouges.

– Regardez-moi ça. Mes deux femmes ensemble !

Il m'étreint contre sa veste de cuir.

– Désolé d'avoir disparu, ajoute-t-il, mais je ne m'attendais pas à ça. Bon sang, ma fille, tu as fait un carton !

– Merci, dis-je au bord des larmes.

– On peut t'emmener quelque part... manger une glace ?

– Tu as failli dire « boire une bière, » non ?

– Si. Je ne connais aucun musicien trop jeune pour boire.

Je pose mes yeux sur Norah. Flottant encore sur mon petit nuage d'adrénaline, je ne me sens pas capable, ce soir, de m'asseoir auprès de la petite amie de Frederick.

– J'ai un contrôle demain. Et mes amis m'attendent. On peut dire ce week-end ?

– Très bien, on ira dîner.

Jusqu'à la sortie, Norah reste derrière, sans doute pour me laisser dire au revoir à mon père.

– Merci d'être venu, lui dis-je alors.

Je sens les regards de Jake et d'Aurora qui nous observent non loin. J'avais pensé présenter Jake à Frederick ce soir mais, à présent, je me sens trop épuisée.

– Je n'aurais pas voulu manquer ça.

– Papa ?

Son expression se teinte de surprise. C'est vrai que je ne l'ai encore jamais appelé ainsi.

– Oui ?

– Je te demande pardon.

Il met les mains dans ses poches.

– On dit que la musique adoucit les mœurs. Mission accomplie.

– Oui, mais...

J'avais choisi ce thème pour te culpabiliser.

– Mais rien. J'ignorais que tu pouvais chanter comme ça. Pendant neuf mois, je m'en suis voulu à cause de tout ce que je t'ai volé. Je n'aurais jamais cru que tu pourrais hériter de quoi que ce soit venant de moi.

Il plaisante, là ! Aucun autre homme au monde n'aurait trouvé le moyen de se flatter devant mes diatribes lyriques.

– Euh, bon... Alors tu vas m'apprendre à jouer de la guitare ?

Là, j'ai enfin réussi à le lui demander.

– Je veux ! répond-il en me reprenant dans ses bras. J'adore cette idée. On commence la semaine prochaine.

Je le laisse m'étreindre aussi longtemps que possible, avant de courir rejoindre mes amis.

Chapitre 24

– D'accord, maintenant tends le doigt vers l'accord Mi grave.

Je le tends. Du moins j'essaie.

On est assis, avec Frederick, sur le canapé de Norah, dans sa jolie petite maison de Mapple Street.

« Finalement, j'ai quitté l'auberge, m'avait-il annoncé au téléphone. J'habite chez Norah.

– Le meilleur moyen de résoudre tes problèmes immobiliers. »

C'est elle qui m'a ouvert quand j'ai frappé à la porte de bois.

– Bonjour ! a-t-elle lancé. Je dois aller faire visiter un appartement, mais faites comme chez vous. Il y a du soda au frigo.

C'est là qu'il a émergé de la cuisine et qu'elle lui a posé une main sur le torse.

– On se voit au dîner ?

– Bien entendu, a-t-il répondu en l'embrassant.

J'ai préféré détourner les yeux.

À présent, on se retrouve tous les deux et je m'aperçois que mes doigts sur sa guitare me font un effet aussi étrange que mes premiers instants dans la maison de Norah.

– Qui a inventé ce truc ? Pourquoi il y a six cordes alors que je n'ai que cinq doigts ?

– C'est un truc d'extraterrestres. À présent, remonte au ré septième. Oui, reviens au sol majeur.

Incapable de placer mes doigts assez vite, je manque la corde.

– Mince !

– Tu vas y arriver. Il faut juste t'entraîner un peu.

Pourtant, je n'y crois pas. J'avais cette idée idiote que la fille de Frederick n'aurait aucun mal à plaquer ses premiers accords. Et me voilà en train de frapper de tous mes doigts à la fois ; j'essaie de gratter plus doucement les cordes.

– C'est bon, sauf...

Il s'y met à son tour et le son emplit la pièce.

– Il faut qu'on t'entende, que ce soit bon ou non. Si tu dois commettre une erreur, vas-y bien fort.

– D'accord.

Je jette un œil sur ma belle montre. Je porte toujours mon cadeau d'anniversaire quand je vais le voir.

– J'ai espagnol dans une demi-heure.

– Parfait, dit-il en reprenant la guitare pour y jouer lui-même. J'ai deux choses à te dire. Il te reste quelques minutes ?

– Bien sûr.

– La première, c'est facile. Je participe à un festival de musique à Québec, la semaine prochaine. Tu veux venir ?

– Oh oui, bien sûr !

Oui, oui ! J'en suis toute remuée. *Enfin !*

– Il y aura des moments un peu ennuyeux. Je vais devoir rencontrer des pros. Mais tu pourras assister au concert et il y aura une soirée, ensuite.

– Ça marche. Et la deuxième chose ?

– Eh bien, c'est un peu plus compliqué... Voilà, il y a un bébé en route.

– Quoi ?

Il a bien parlé d'un *bébé?*

– Avec Norah, on va avoir un enfant. En octobre.

Je suis prise de vertige.

– Je croyais que tu venais de la rencontrer.

– Oui, ça dépend du point de vue. On est ensemble depuis cet automne. Et puis, Rachel, on est des vieux. Passé quarante ans, ça file beaucoup trop vite.

La gorge serrée, je ne sais pas s'il faut le féliciter.

– Alors... je suppose que tu vas rester à Clairborne.

– Exactement. Ça te va?

Qu'est-ce que ça peut lui faire?

– Oui. Bon, il faut que je file, là.

J'attrape mon sac à dos. Une chance que ce cours d'espagnol m'attende. J'ai trop hâte de m'en aller.

– Tu as prévenu grand-mère Alice?

– Non. Plus tard.

Il m'attrape la main quand je passe devant lui, désigne la guitare:

– Tu as bien travaillé, aujourd'hui.

– Merci. À la semaine prochaine.

Je remonte la rue au galop en respirant à fond l'air frais du mois de mars.

Le soir, un peu abattue, je frappe à la porte de Jake. Il m'ouvre, en jean, l'air surpris.

– Salut. Tu entres?

Une fois à l'intérieur, je dois prendre sur moi pour m'empêcher de trop regarder son torse nu.

– Sal et Arin ont vraiment quitté la chambre?

– Ça fait un moment déjà, dit-il en me prenant la nuque. C'était bien, ta leçon de guitare?

Je suis montée dans l'intention de tout lui raconter, dans les pires détails, mais les choses se passent autrement que prévu. En fait, je me colle vivement contre lui et l'embrasse. Fort.

Il laisse échapper un cri de surprise mais se reprend vite, répondant avec ardeur à mon baiser avant de m'entraîner vers le lit. Trop attirée par la douceur de sa peau, je ferme les yeux et laisse mes doigts goûter sa puissante chaleur. On s'entend trop bien, ainsi enlacés. On s'embrasse comme si la planète Terre n'avait plus que quelques minutes à vivre et qu'on essayait d'en tirer le meilleur.

Sous ma paume, son cœur bat à tout rompre. Son corps se raidit, sa bouche me vénère. Je l'attire davantage contre moi, comblant tous les espaces qui restaient encore entre nous. Dans un sourd grognement jubilatoire, il achève d'éloigner les derniers soucis de la journée.

Tout se passe à merveille jusqu'à ce qu'il roule sur moi, son corps inséré sur le mien telle une pièce de puzzle. C'est là que ma petite voix effrayée murmure dans ma tête : *et maintenant ?*

Ma respiration vacille. J'essaie d'ignorer ma peur, mais mon pouls accélère et j'ai besoin d'air.

Je repousse Jake, à bout de souffle.

Abasourdi, il écarquille un instant les yeux. Puis il se soulève sur un coude.

– Rachel, ça va ?

Je hoche la tête comme une poupée qui fait oui. Et qui ment. Mon cœur bat la chamade. Je suis mortifiée. Il y a une demi-heure, j'ai frappé à sa porte. Il m'a posé une question et, sans dire un mot, je me suis jetée sur lui.

Puis, alors qu'il ne faisait que répondre à ma provocation, je l'ai repoussé. Comme une malade.

Et Frederick va avoir un *bébé*.

– Je crois qu'on ne devrait plus faire ça, dit gravement Jake. Pas pour le moment.

Je m'assieds, épouvantée.

– Ne plus faire quoi ?

Il désigne le lit :

– Ça te stresse, ce n'est pas bon. Je ne veux pas passer mon temps à te faire flipper.

Mes yeux captent le message plus vite que mon cerveau. Deux larmes me coulent le long du visage. Il est en train de rompre avec moi.

– Tu es tellement difficile à capter. Tout se passe bien et, d'un seul coup, ça casse. Et je me sens comme un ogre auquel tu veux échapper.

J'essaie de ravaler mes larmes en regardant au plafond.

« Un homme est capable de n'importe quoi pour échapper à une femme qui pleure » m'a un jour dit ma mère.

– Rachel, je peux te poser une question ?

– Quoi ?

– Il t'est arrivé quelque chose de terrible, ou quoi ? Parce que... je te sens paniquée.

– C'est vrai, je panique. Mais ce n'est la faute de personne.

– Alors tu n'as jamais été...

Il baisse les yeux sans achever sa question, incapable d'articuler le mot « violée » ou « agressée » ou quelque chose d'aussi ignoble.

– Non, dis-je dans un murmure.

Pourtant, je me retrouve face à une sinistre révélation. Ce n'est pas l'enthousiasme de Jake qui me fait peur, mais le mien. Cet élan qui me saisit lorsqu'il me touche pourrait avoir de dangereuses conséquences, ainsi que l'a vécu ma mère à dix-neuf ans.

Je ne dois pas commettre les mêmes erreurs. Ce serait si facile d'aller trop loin avec Jake.

Son visage s'est empourpré.

– Je ne veux pas te faire peur. Ça me donne trop l'impression de ressembler à Trouduc.

– Tu n'es pas un trouduc.

Ce n'est pas lui, le problème, mais moi.

– Alors, qu'est-ce qu'il y a ? Je n'arrête pas de te le demander mais tu ne réponds pas.

– Je n'ai pas peur de toi, dis-je, la gorge de plus en plus sèche.

– Si tu n'as pas peur de moi, c'est peut-être juste que je ne te conviens pas. C'est ça ?

Exaspéré, il jette les bras en l'air :

– Ou alors, tu as des convictions religieuses ? Il se passe forcément quelque chose, seulement tu ne... tu ne m'aimes pas assez pour me dire ce que c'est.

– Ce n'est pas...

Je serre les dents.

Juste ? Vrai ? Comment savoir ? Tout ce que je sais, c'est que je me sens tellement gênée que je me mets à transpirer. Je me lève d'un bond et il en fait autant, se rapproche, comme pour m'étreindre, mais je me dégage et m'enfuis, dévalant l'escalier pour me retrouver chez moi.

Aurora n'est pas là, il n'y a personne pour m'entendre pleurer.

Chapitre 25

Au lieu de réviser, je regarde à l'arrière du bus le Vermont défiler sous mes yeux.

« Tu peux amener Aurora au concert, m'a proposé mon père hier. Il y aura deux lits dans ta chambre d'hôtel.

– Je crois qu'elle est déjà prise. »

C'est faux, mais ça fait si longtemps que je désire assister à un concert avec lui que je voulais vivre cette expérience seule.

Sauf que non. J'aurais dû m'en douter.

Norah vient aussi. Ce sera la première fois qu'elle rencontrera le groupe. Bien entendu, ils sont enchantés. On n'était pas encore montés dans le bus qu'Ernie, Henry et les autres l'entouraient avec la même curiosité qu'ils avaient montrée pour moi, mais dépourvue de la moindre maladresse.

De l'autre côté du couloir, Norah étale un document sur la table du fond, avant de tirer une calculette de son sac.

– Désolée, dit-elle, d'habitude je ne travaille pas pendant l'heure de l'apéro, mais il faut que je réponde à quelqu'un avant dix-sept heures.

Ernie s'assied à côté de moi.

– Ne t'excuse pas ! On adore. Ce n'est pas souvent qu'on voit les copines de Freddy sortir des calculettes.

– Les copines de Freddy manquent plutôt de cervelle, réplique le claviériste devant moi.

Mon père émet un raclement de gorge irrité.

– Qu'est-ce que je vous sers à boire, tous ? intervient Henry. Norah, une bière ?

– De la Seltzer ? demande-t-elle.

Tandis qu'il s'éloigne, elle ajoute plus bas :

– Je ferais mieux de porter un panneau indiquant « copine enceinte ».

Là, je m'entends répondre :

– Houlà ! Les musiciens n'ont pas l'habitude des petites amies enceintes.

Frederick en aboie de rire.

– Bien vu, gamine !

Les yeux de Norah se posent sur moi, mais je me détourne.

Quatre heures plus tard, on se gare devant l'hôtel et tout le monde sort, à part Henry.

– La réservation est à ton nom, lance-t-il à Frederick.

Comme il s'éloigne, je demande :

– Et lui, où va-t-il ?

– On est un peu en retard pour le chargement, répond Frederick sans se donner la peine de préciser de quoi il s'agit.

– Bonjour ! lance le concierge.

On est au Québec, ça parle français autour de nous. On se dirige vers la réception et l'employée fronce les sourcils en examinant son ordinateur.

Je vois Norah filer vers les toilettes. Quand elle en sort, on attend toujours de recevoir nos clés. Un responsable est venu vérifier ce qui se passait et elle s'accoude au comptoir, comme si elle comprenait tout ce qu'ils disaient.

– Excusez-moi, intervient-elle soudain. C'est au nom de R-I-C-K-S, pas Riche.

– Ah, merci ! s'exclame l'homme.

Une minute plus tard, on nous distribue nos chambres.

– Ils n'ont pas l'air trop fans de toi par ici, lance-t-elle alors à Frederick.

– Ouah ! s'exclame Ernie. Freddy fait des progrès. D'abord, une gamine intelligente, maintenant une petite amie qui parle français ! J'ai peur de ne plus être à la hauteur.

– Crois-moi, rétorque Norah, ça ne m'arrive pas très souvent. J'ai plutôt l'occasion de pratiquer mon allemand.

C'est le jour Tout-Le-Monde-Gaga-de-Norah.

On m'a attribué la chambre voisine de celle de Frederick et Norah. Même une fois la porte communicante fermée, je perçois leurs voix étouffées.

Frederick chantonne en s'installant. Tout d'un coup, il s'interrompt :

– Mince, tu es trop sexy comme ça ! Comment je vais faire pour garder les pattes loin de toi ?

– Pose-les sur ta guitare, cow-boy.

Je vais dans la salle de bains ouvrir l'eau à plein tube.

Peu après, mon père frappe chez moi :

– Rachel, Henry dit que la première partie du spectacle est presque terminée. On y va !

La salle se trouve en face de l'hôtel.

J'ouvre la porte.

– J'arrive.

Il me dépose quelque chose dans la main, deux boules Quies.

– Tu vas en avoir besoin, me dit-il, si tu restes près de moi.

– Ah bon ?

– Je ne veux pas que tu t'esquintes les oreilles. Moi aussi, j'en mets.

Norah brandit une paire identique et mon père me donne un cordon avec un pass et le mot GROUPE dessus.

– Merci, dis-je aussi sereinement que possible.

Demain, il filera droit dans ma boîte à souvenirs.

On traverse la rue pour trouver Henry en train de s'impatienter devant l'entrée du théâtre.

– On y va ! lance-t-il en nous précédant dans le bâtiment.

Après avoir suivi un couloir, on arrive devant une porte marquée SCÈNE. Et, d'un seul coup, je me trouve dans la coulisse d'une immense salle emplie d'un public bruyant.

Tandis que les techniciens dégagent le matériel de la première partie pour y installer celui de Frederick, Henry fait les cent pas tel un jaguar dans un zoo.

– Vous restez là, Mesdames, ou vous préférez des sièges ?

– Je reste ici si c'est permis, dis-je.

– Moi aussi, renchérit Norah.

– Qu'on aille chercher une chaise pour Norah ! demande Frederick en vérifiant une fois de plus la tonalité de sa guitare.

Henry en apporte deux.

– Trois minutes ! lance-t-il.

Un jeune homme contourne la scène pour venir brancher la guitare de Frederick. La sono joue un air de Springsteen. Derrière le rideau, j'aperçois la foule. Il y a tellement de gens que les rangées semblent s'étirer à l'infini. Pourtant, Frederick n'a mentionné cet endroit que comme une petite salle.

Mon père a l'air si calme ! Il tend sa guitare à Henry qui s'en va la placer sur son socle au milieu de la scène. Frederick pose les mains sur les épaules de Norah, les pouces sur sa nuque.

– Que veux-tu que je te dise ? souffle-t-elle, l'air troublée. Merde ? Bonne chance ?

Il lui passe un bras autour de la taille.

– J'ai déjà beaucoup de chance.

Je me retourne lorsqu'il l'embrasse dans le cou.

Les lumières diminuent.

Une main tiède arrive sur mon épaule, celle d'Ernie, alors que Frederick lance :

– C'est parti !

Henry aboie un ordre dans son casque et une voix retentit dans la salle :

– Écoutons maintenant Freddy Ricks !

Mon père passe devant moi, les lumières font scintiller ses cheveux quand il entre en scène. Le public rugit en le voyant s'avancer vers le centre d'un pas assuré. La férocité des hurlements me fait frémir. Comme si un tsunami d'amour s'abattait sur lui.

Il passe la sangle de la guitare par-dessus sa tête, adresse un signe à la foule. Ernie et les autres arrivent derrière lui. Mon père se met alors à jouer l'introduction de « Watching in the Rain. »

Voilà longtemps que j'attendais ce moment. Depuis la coulisse, je ne le vois que de profil. Parfois, il nous jette un regard en souriant.

Enfin, sans doute plutôt à Norah.

Mais, en l'écoutant, j'oublie tout le reste. J'ausculte son visage quand il chante « No More Paradise, » les yeux clos, accentuant les notes les plus hautes.

J'adore le regarder travailler. Car c'est un vrai travail. La sueur ruisselle sur son visage. Ses doigts ne cessent de courir sur la guitare et les chansons se succèdent. Je vois la foule onduler devant lui, complètement portée par la musique. J'aimerais ressentir ce que ça fait d'accomplir si bien certaines choses que des milliers de personnes s'alignent devant vous pour en boire la substance. C'est magique.

Finalement, quand il dit au revoir à la foule, elle applaudit et se lève pour qu'il revienne donner un rappel. Maintenant que c'est presque terminé, j'ai l'idée de sortir mon téléphone pour prendre une obscure photo de ce que je vois de ma place.

Et puis, le rideau tombe après son dernier rappel. Après quoi les choses deviennent nettement moins amusantes.

On donne une fête sur la scène et je ne sais plus trop quoi faire. Frederick est entouré d'admirateurs dont je ne tiens pas à faire la connaissance. Je me sens trop épuisée pour avoir envie de discuter avec qui que ce soit.

Un garçon en tee-shirt vert m'apporte une bière. Il tente de me parler avec son fort accent français. En général, je déteste la bière mais celle-ci, au moins, est bien glacée. Je la bois tout en écoutant mon voisin me raconter son travail au théâtre. Je comprends à peu près un tiers de ce qu'il dit.

Lorsque j'ai vidé ma bouteille, il m'en apporte une autre.

– Tu veux monter dans les cintres ? propose-t-il.

– Oui.

Il faut laisser nos bouteilles au pied de l'échelle pour grimper. Le théâtre paraît encore plus grand vu d'en haut, par-dessus les lumières, et je ne vois plus que le sommet des crânes des invités. Mon père est toujours entouré d'une foule empressée mais, cette fois, il garde près de lui Norah dans son chemisier rouge vif.

– Il faut que j'aille pisser, m'annonce le garçon. Tu vas devoir redescendre avec moi.

En descendant l'échelle, j'ai un peu le vertige. Je traîne parmi les gens jusqu'à ce qu'il m'apporte une autre bière.

– Salud ! dit-il, et on trinque.

Le temps passe. Je n'ai que lui et ma bière pour compagnie. Mais, plus je bois, moins ça compte.

– Oh, Rachel ! Je crois qu'il est temps de s'en aller.

Je lève les yeux pour apercevoir Norah ; la bière fait son effet, je tiens à peine debout, appuyée sur l'épaule du garçon qui me murmure quelque chose à l'oreille. Je ne sais trop quoi.

– Rachel, viens avec moi.

– Tu n'es pas ma mère.

L'un des avantages d'avoir une mère décédée (et ils ne sont pas nombreux), c'est que, chaque fois que j'en parle, les gens reculent.

Sauf Norah.

– C'est vrai, convient-elle. Tu préfères que j'aille chercher ton père à la place ?

Bien joué, Norah.

Il me reste à examiner mes options : elle ne va pas lâcher prise et, maintenant que je me sens bourrée, ça me tente nettement moins de discuter avec mon père

– Non.

– Alors, viens avec moi. Ou plutôt... reste ici une seconde, le temps que je le prévienne qu'on s'en va. Ne bouge pas.

Je la regarde s'éloigner Et ce seul mouvement me donne la nausée. Quand elle revient, je me laisse emmener. Dehors, j'aspire une grande goulée d'air frais et Norah me rend un immense service en n'essayant pas de me parler. Comme on n'a qu'une rue à traverser, je me retrouve bientôt dans un ascenseur éblouissant, au sol mouvant sous mes pieds.

– Je ne me sens pas bien.

Quand la cabine s'arrête à notre étage, elle fonce vers nos chambres, sort sa carte, m'ouvre la porte.

Les lèvres serrées, j'avance aussi vite que possible. Sauf que la chambre de Norah est à l'opposé de la mienne et que je cherche les toilettes du côté des placards. À la dernière seconde, Norah glisse une bassine sous mon visage et je vomis dedans.

– Bien visé, observe-t-elle.

– Oh, ça va !

– Je connais, soupire-t-elle. Viens. On va dans ta chambre.

Une fois traversée la porte de communication, je m'assieds sur mon lit et me sens un tout petit peu mieux. J'entends Norah retourner dans sa chambre pour vider la bassine et la laver.

– Où est ton pyjama ? demande-t-elle.

Je titube vers mon sac. Je ne peux pas la laisser tout faire. Cependant, il me faut un temps infini pour me changer, car le moindre mouvement me donne la nausée.

– J'ai peur que ça revienne, dis-je d'une toute petite voix.

L'estomac en vrac, je me dirige vers la salle de bains, juste à temps. Puis je me lave la bouche, tire deux fois la chasse d'eau.

– C'est bon, soupire Norah. Ça va aller maintenant. Il existe de meilleurs souvenirs d'un premier concert, mais ce genre de chose arrive à tout le monde.

– Pas du tout.

J'ai d'autant plus de mal à supporter la situation que c'est cette femme qui s'occupe de moi.

– Pas du tout quoi ?

– Ce n'est pas mon premier concert.

– Au temps pour moi, soupire-t-elle.

Ce qui ne m'empêche pas de continuer :

– J'avais treize ans. Il a chanté à Orlando.

Je rouvre les yeux pour m'apercevoir qu'elle m'examine d'un air attentif. Je les referme.

– J'ai dépensé tout mon argent de poche dans le billet.

– Oh, Rachel !

Malheureusement, ce n'est qu'une partie de l'histoire. J'avais commencé par supplier ma mère de me le payer. C'était en juin.

« Pour mon anniversaire, l'ai-je implorée. Ce sera mon seul cadeau.

– C'est lamentable, m'a-t-elle répondu. Tu ne vas pas dépenser de l'argent pour un de ses concerts.

– Alors, demande-lui ! »

Il y avait une boîte postale sur les chèques qu'il envoyait. Ma mère disait toujours qu'elle ne savait pas où il se trouvait, mais je savais que ce n'était qu'une excuse.

« Tu sais que je ne vais pas faire ça » m'a-t-elle répondu.

Elle allait jusqu'à refuser de prononcer son nom, alors pour ce qui était de lui demander une faveur...

Je m'attendais au moins à ce qu'elle aille m'acheter un billet. Mais non. Pour mon anniversaire, j'ai reçu une jolie robe et une carte cadeau iTunes.

– Tu es allée au concert toute seule ? demande Norah d'un ton intrigué.

– Oui, et j'ai été privée de sortie pendant un mois.

Ce qui n'a pas été le pire. Dans la salle, je me trouvais au deuxième balcon, où Frederick ne m'apparaissait pas plus grand qu'un lego. Tous mes rêves de le rencontrer se sont brisés ce soir-là. Quelque part, j'avais espéré qu'il me verrait ou que quelqu'un me reconnaîtrait et l'avertirait.

Je n'avais que treize ans et je me sentais perdue parmi ces milliers de personnes. Cette foule en délire, ces tee-shirts au nom du groupe que je ne pouvais m'offrir et ce long retour en bus n'ont fait qu'ajouter à ma détresse. La déprime a duré des mois et mon goût de la vie ne s'en est que davantage aigri.

La voix de Norah traverse la brume de mon cerveau :

– Rachel, tu en as déjà parlé à ton père ?

– Non, dis-je d'une voix râpeuse. Et tu ne vas pas le faire non plus.

Je vomis encore une fois, après quoi j'ai droit à un peu de répit. Et puis, la migraine me prend. Je reste seule allongée dans la nuit. Les portes entre nos chambres restent entrouvertes et j'entends Norah tourner les pages de son livre.

J'ai dû m'endormir, car lorsque je perçois la voix de mon père, il est en train de se disputer dans le noir avec Norah.

– Pourquoi tu n'es pas venue me chercher ? demande-t-il.

– Ce n'est pas si grave.

– Tu rigoles ? Il y a des tas de mecs louches dans les concerts. Si elle veut participer aux tournées, je dois pouvoir tourner le dos quelques heures sans être obligé d'engager une nounou.

Le son de sa voix se rapproche et je frémis.

– Attends une minute, chuchote Norah. Et d'abord, calme-toi. Il y a une chose que tu ne comprends pas. Nous n'avons pas tous l'habitude de manger à la table des enfants sages. C'est dur à assumer. Et j'ai une question.

Je retiens mon souffle. Quelle idiote d'avoir fait confiance à Norah ! Aussi, la tentation de la choquer était trop forte.

– Quoi ?

– Tu t'es déjà vraiment fâché avec Rachel ? Elle t'a un jour provoqué pour de bon ?

Il ne répond pas tout de suite.

– Je suppose que ça ne compte pas si on n'aime pas les mêmes garnitures de pizza.

– Comment a-t-elle réagi quand tu lui as dit que j'étais enceinte ?

– Elle s'est emballée : « Ouah, c'est vrai ? » et « Je suppose que tu vas rester à Clairborne. »

– Pas de commentaire ?

– Je n'y comprends plus rien.

– Écoute, Frederick. Elle voulait dire : « Comment tu as pu faire ça, connard ? » Je sais que tu voudrais te mettre à la place de Rachel, et tu as raison. Seulement, si vous vous entendez parfaitement… ce n'est pas une preuve de son bon caractère mais de sa peur.

– Tu vas loin. Merci quand même.

– Elle te teste, Frederick. Elle sait que tu l'as récupérée quand elle obtenait des bonnes notes à Clairborne. Mais elle ne sait pas comment tu réagirais s'il fallait la sortir de prison.

– Et tu as eu toutes ces révélations en la voyant vomir ?

– Question insécurité, j'ai été à bonne école. Ça remonte à loin.

Il éclate d'un rire nerveux.

– Alors, ô grande dame, que voudrais-tu que je fasse à part lui crier dessus ?

– Tu peux toujours lui donner ton avis, mais demain, calmement, quand elle sera en état de t'entendre. Pour le moment, tu peux vérifier sa respiration, te montrer gentil et lui dire que le pire est passé.

– Combien a-t-elle bu, au fait ? Je devrais m'inquiéter ?

– Juste quelques bières. Elle n'a battu aucun record.

Une minute plus tard, le bord de mon lit s'abaisse.

– Rachel.

Il pose une main sur mon épaule.

– Hemmm ?

Je joue le mieux possible les éméchées endormies. Non pas que ça me pose un problème.

– J'ai cru comprendre que tu avais vomi.

Je détourne le visage.

Le matelas remue quand mon père s'y allonge à côté de moi ; il promène une main dans mes cheveux.

– Rachel, je t'aimerai quoi qu'il arrive.

Mes yeux me brûlent. C'est la première fois que je l'entends prononcer ces paroles. Je cligne des yeux dans l'obscurité, essayant de me tenir tranquille. Et il reste un moment auprès de moi, chose que j'ai toujours souhaitée de sa part.

Alors que je commence à m'assoupir, je le sens se lever et partir sur la pointe des pieds. Je l'entends à peine actionner la porte, comme s'il voulait la fermer sans déclic. Mais une minute plus tard, je perçois un petit courant d'air : ma porte en train de se rouvrir dans le noir complet. La douleur dans ma tête a augmenté et j'ai un sale goût dans la bouche. Seulement je me sens trop mal pour me lever et y remédier.

– Oh, chérie ! s'écrie Frederick. Je vais me faire tatouer. Tu sais ce qu'on va écrire ? Deux mots : « Écoutez Norah. »

– Je peux choisir l'endroit ?

S'ensuivent un rire léger puis un silence froissé laissant entendre qu'ils s'embrassent.

Je me suis presque rendormie quand je le surprends encore à parler :

– Je voudrais t'épouser.

Mes yeux se rouvrent d'un coup.

Pourtant, la réponse de Norah me surprend :

– Un de ces jours, je dirai « oui », et là, tu devras bien tenir ta promesse.

– Essaie toujours.

Chapitre 26

Le printemps finit par manifester son arrivée à Clairborne. Il fait encore froid, mais la neige a disparu. Il y a de petits bourgeons dans les arbres et l'air sent la boue et la verdure.

Pourtant, je suis complètement déprimée.

Je suis fâchée contre Frederick et Jake me manque. Aurora est préoccupée, les partiels arrivent.

On est jeudi après-midi, jour que je passe habituellement avec mon père.

– Guitare aujourd'hui ? me demande-t-il au téléphone. Je pourrais l'apporter chez toi.

Au moins il a remarqué combien je me sentais mal à l'aise dans la maison de Norah. Mais je suis trop troublée pour m'asseoir et m'exercer à la guitare.

– Je préférerais marcher. Il fait bon.

Alors on se retrouve devant la bibliothèque et on file vers l'ouest.

– Qu'est-ce qui se passe ? demande-t-il au bout d'une dizaine de pas.

De toutes les choses qui me traînent dans la tête, la plupart ne le concernent pas. Sauf une.

– Crache le morceau, m'encourage-t-il.

– Eh bien… un copain.

Ou plutôt un ex.

– Et il a un problème ? Attends, c'est ce type de Floride ?

– Non. Tu ne l'as jamais rencontré. Il m'aime beaucoup.

Frederick attend la suite.

– Et je l'aime beaucoup moi aussi.

On tourne sur la gauche, en direction de l'étang.

– J'attends toujours le « mais » dit mon père. Jusque-là, ça sonne bien.

– En effet.

Je suis trop poule mouillée pour aller plus loin.

– C'est une conversation anatomique ?

Je sens mes joues s'échauffer.

– Peut-être.

– Bravo ! Alléluia ! Mon domaine d'expertise.

Je ris pour la première fois de la semaine.

– Sérieux, reprend-il, j'en connais un rayon dans ce domaine. Et puis ça ne me gêne pas d'en parler.

– Ok...

On continue à marcher.

– Enfin, je n'ai pas l'habitude de parler de ça. C'est un marché que j'avais passé avec ma mère.

– Et quand est-ce qu'il a été conclu ?

– À ma naissance.

Toute ma vie, elle a proclamé se reprocher ses propres échecs. *Si je t'avais eue à trente ans au lieu de vingt, je serais sans doute médecin à l'heure qu'il est. Mais tu es plus intelligente que moi,* ajoutait-elle chaque fois. Traduction : *N'y pense même pas.*

– Je vois.

Après un moment de réflexion, il reprend :

– Tu crois qu'elle comptait te voir rester vierge toute ta vie ?

– Mais non ! Elle voulait juste que je passe mes diplômes avant tout.

– Je n'en doute pas. Et je sais que tu y arriveras.

Arrivés à l'étang, on descend dans l'herbe.

– Rachel, c'est formidable que tu prennes tout ça tellement au sérieux et que tu ne veuilles pas tomber enceinte maintenant. Mais en écartant le sexe de ta vie, tu te condamnes à l'échec. C'est la destinée humaine ; tu ne peux pas ignorer cet aspect de l'existence. Plus on méprise la nature, plus on provoque de calamités.

Je fais la grimace :

– J'ai l'impression que tu sais de quoi tu parles.

– Oui, Madame. Le tout est de savoir écouter son cœur. Ne laisse pas un mec réfléchir à ta place. Il insistera jusqu'à ce que tu dises non.

Ça me rappelle trop de choses.

– Maintenant, l'abstention constitue un excellent moyen de contraception, sauf que tu dois te montrer parfaitement claire à ce sujet, l'annoncer à ton partenaire quand il est encore capable de l'entendre, c'est-à-dire quand vous avez toujours vos vêtements sur vous. Si c'est un mec bien, il comprendra. Peut-être même qu'il s'en arrangera. On peut faire beaucoup de choses très agréables à deux sans pour autant passer à l'acte.

Encore heureux que je ne doive pas le regarder dans les yeux. Il ne plaisantait pas quand il disait être à l'aise.

– Parce que... dis-je en me raclant la gorge. Tous les moyens de contraception comportent quand même un risque.

– Bien sûr, tout comme il est risqué de traverser la rue, par exemple. Et une fille intelligente comme toi peut toujours trouver le moyen de se protéger. Je suis sûr que dans ton école tellement huppée, on vous distribue la pilule comme un bonbon. Si les choses vont jusque-là avec un garçon, prends rendez-vous et fais-la-toi prescrire. Mais garde cette information pour toi. Vérifie bien qu'il se protège chaque fois.

– Mais ce n'est pas un peu malhonnête ?

– Non, car si tu oublies un jour de la prendre, tu n'auras pas à t'inquiéter.

La tête me tourne.

– Bon, tu as gagné ! Je n'aurais jamais cru avoir une telle conversation avec toi !

Bien que ma naissance ait dû faire de lui un as de la contraception. Il s'immobilise, soulève une pierre.

– Rachel. On doit encore parler de choses beaucoup plus importantes. Ce sujet n'entre même pas dans les dix premiers. Je placerais au sommet la raison pour laquelle je n'ai même pas pu t'envoyer une carte d'anniversaire pendant dix-sept ans.

Sauf qu'on n'a encore jamais eu cette conversation.

– Je croyais qu'aucun sujet ne te gênait.

Il jette la pierre dans l'étang.

– Il y a une différence entre la gêne et la honte.

On remonte la grande allée le long du terrain de football. Là, je me lance :

– Je peux te demander quelque chose ?

– Tout ce que tu voudras.

– Tu avais l'intention de faire un bébé avec Norah ?

Il émet un sifflement.

– Je ne vais pas te mentir, Rachel. La réponse est non.

Je retiens mon souffle. C'était bien ce que je pensais.

– Mais, à présent, je suis enchanté. Encore que ça nous ait séparés un certain temps.

– Je vois.

– Il y a beaucoup de détails que tu ignores. Avant notre rencontre, elle essayait d'avoir un bébé. Toute seule.

– C'est vrai ?

– Ça doit te faire drôle que je te parle de ça, mais je ne crois pas que ça la dérangerait. Elle a vu des médecins spécialisés, et ça ne marchait pas.

– Et tout d'un coup... si ?

– Oui. Ça nous a d'abord fait peur. Mais je m'en suis remis. Pas elle.

– Comment ça ?

– Elle culpabilisait terriblement. Le vocabulaire regorge de mots pour désigner les femmes qui tombent enceintes par accident. En cloque... Enfin, tu connais.

– Tu savais que le mot espagnol pour « enceinte » était « *embarazada* » ? Embarrassée...

– Ah oui ? Et comment appelles-tu un homme qui couche à droite à gauche ?

– Un coureur.

– Exact. Toutes les belles choses de ma vie sont arrivées par accident. Je suis devenu chanteur, parce que j'étais trop paresseux pour chercher un vrai travail. Mon premier contrat d'enregistrement m'a été proposé, parce que le producteur s'était trompé de club et de date. Et puis il y a eu toi, un autre accident. Et ta pauvre maman qui t'a rendue à moi en mourant. Et puis, Norah qui est trop âgée pour tomber enceinte. Si bien que, maintenant, ma famille va encore s'agrandir.

– Tu es comme une double négation, dis-je alors. Tout ce qui va mal tourne bien.

– À la fin, en tout cas. Et que reproches-tu aux doubles négations ?

– On s'embrouille.

– Absolumerdiquement. Donc, si tu veux éviter bien des chagrins, continue comme avant. Planifie.

Chapitre 27

Deux jours plus tard, en rentrant de cours, je trouve un sac en papier devant ma porte. Dessus, on a écrit « Rachel ». Je l'ouvre et trouve à l'intérieur une grosse boîte de préservatifs, divers et variés. Ainsi qu'un message : *Rachel, ils sont valables quatre ans. Tu as tout le temps. Papa.*

– C'est pas vrai !

J'ai crié ça à travers l'escalier, et je suis sûre que j'ai aussi rougi. Je me dépêche d'entrer pour leur trouver une cachette.

Depuis notre confrontation sur son lit, on n'a plus échangé, avec Jake, que quelques paroles polies. Aujourd'hui, je l'ai espionné dans le réfectoire, entouré d'un groupe hilare de filles de première.

J'ai pris ça comme un coup de pied dans le ventre.

– Où est Jake ? demande Aurora depuis la banquette.

À croire qu'elle lit dans mes pensées. Elle regarde autour de nous, comme si elle l'avait égaré.

– Ça fait un moment qu'on ne l'a pas vu.

– Il doit être occupé, dis-je en tâchant de masquer la tristesse dans ma voix.

Elle me regarde par-dessus le clapet de son ordinateur.

– Trop occupé pour toi ? Sûrement pas.

Moi qui avais l'intention de me plonger dans mes devoirs d'espagnol. À présent, j'ai l'esprit trop encombré.

– Je vais ranger un peu. Ça me fera du bien.

– *Digame*, Rachel. Il y a un problème, avec Jake ?

– Je ne veux pas en parler.

Je commence à entasser les papiers sur mon bureau. Là où tout a commencé à m'échapper.

– Il t'aime, ce garçon. Ça ne doit pas être si mal, dis-moi.

– Je te raconterai tout dès que tu m'auras présentée à ton mystérieux petit ami.

Elle me décoche un regard angoissé avant de replonger vers son écran sans plus dire un mot.

Un rien penaude, j'entre dans notre chambre et me mets à nettoyer en espérant que ça va m'éclaircir les idées. Je déplace un gros paquet de notes du dernier semestre vers la corbeille de recyclage, remets en tas les magazines d'Aurora répandus par terre. Ça fait du bien de s'occuper à des choses utiles.

Ça m'énerve de penser à Jake. Je n'aime pas me voir comme quelqu'un qui a besoin d'attirer l'attention d'un garçon.

« L'ennui avec bien des femmes, affirmait ma mère, c'est qu'elles croient avoir besoin d'un homme pour se définir. Tandis que l'homme, de son côté, ne songe qu'à une chose. »

Après avoir jeté une autre brassée de paperasses dans la corbeille, je me laisse aller à une pensée des moins charitables. Ma mère avait beaucoup de choses à dire sur les hommes, pourtant, aucun d'entre eux n'a jamais franchi le seuil de notre maison, sauf pour réparer un appareil ou relever un compteur.

Pour quelle raison ? Avait-elle peur ? Un peu comme Frederick qui n'a plus voulu conduire après être entré dans un arbre ?

Quoi que maman ait pu dire, en ce moment, je donnerais n'importe quoi pour pouvoir l'appeler et m'épancher enfin. N'importe quoi.

Je m'occupe encore en nettoyant ma commode, rangeant rubans et brosses dans le premier tiroir. Puis je change mes draps et mets toute ma lessive sale dedans.

Je branche le vieil aspirateur qu'on a acheté d'occasion, afin d'attaquer les moutons entassés dans les coins. Ça commence à aller mieux. À l'aide d'un vieux tee-shirt, j'époussète mon bureau. La boîte à bijoux de ma mère s'y trouve encore, laissant un rectangle net et sans poussière quand je la déplace. Je la dépose sur mon lit afin de poursuivre mon travail.

C'est la dernière chose que je nettoie. Puis je l'ouvre, dépose de côté le plateau des bagues pour me concentrer sur les photos dessous. Moi gamine, sur les genoux du Père Noël. Je dois avoir six ou sept ans. Maman m'a raconté que, lorsque j'étais plus petite, après une bonne attente pour rencontrer le barbu, j'avais voulu m'échapper à la dernière minute.

Elle aimait me raconter cette histoire :

« Une année, on a dû faire la queue deux fois parce que tu avais juré te sentir prête à lui parler. Mais pas moyen. »

Je jette cette photo sur le lit et observe la suivante. Moi sur scène au cours de mon concert du printemps dernier. Je ne savais même pas que maman avait pris ce cliché.

C'était juste un mois avant sa mort.

Je plonge dans la pile. Pas mal de photos d'école, souvent avec des poses hideuses devant un fond grisâtre. Et puis une autre, de Haze et moi, souriants devant un de mes gâteaux d'anniversaire. J'y compte treize bougies. Ce devait donc être deux ans après le suicide du père de Haze.

J'observe son sourire, apparemment pas marqué par ce désastre. Peut-être que dans un ou deux ans, je me sentirai plus détendue moi aussi.

Au fond de la boîte, je vois une enveloppe d'un jaune brillant. Je l'attrape. Elle est scellée par un ruban adhésif qui craque dès que je passe un ongle dessous. À l'intérieur, se trouve un autre paquet de photos, toutes de la même taille, sans doute la même série.

La première me coupe le souffle.

Ils me regardent, tous les deux plus jeunes, maman et Frederick. Il lui a passé un bras sur la taille, reposant la main sur son genou. Elle le regarde en riant. Assis sur le perron d'une petite maison, ils portent un short et des baskets. Mais ce ne sont pas leurs visages lisses ni leurs cheveux longs qui me surprennent, plutôt l'expression de maman, avec ce sourire tellement amoureux, tellement abandonné que j'en reste stupéfaite.

Jamais je ne l'ai vu faire une tête pareille devant quiconque.

Sur la photo suivante, Frederick porte une barbe. Il est assis, torse nu, dans un fauteuil avec une guitare, et ma mère se tient debout derrière lui, les mains sur ses épaules. La façon dont elle agrippe sa peau me fait frissonner. La chose que je n'ai jamais pu imaginer, eux deux ensemble. La joie détendue de son visage me laisse abasourdie.

Je ne me rends pas compte que je suis en train de pleurer jusqu'à ce qu'Aurora surgisse.

– Qu'est-ce qui se passe ? dit-elle en s'asseyant sur son lit. Oh ! C'est ta mère.

Elle prend le paquet de photos pour les regarder une à une.

– C'est où? demande-t-elle en brandissant un cliché de Frederick dans un chemin.

Il porte sa guitare en bandoulière, devant des arbres aux feuilles d'automne, jaunes et orange. Sur le suivant, maman est là aussi.

Ils s'embrassent.

Je m'essuie les yeux avec le poignet.

– Je ne sais pas. Je n'avais jamais vu ces images. Elle m'a menti.

Je hoche la tête. J'avais demandé plusieurs fois à ma mère si elle avait des portraits de lui. En grandissant un peu, bien sûr, j'ai cessé de l'implorer et j'ai cherché sur Google.

– Ma chérie, elle ne voulait pas se souvenir de ça. Ce n'est pas difficile à comprendre.

– Si !

J'en reste le souffle coupé. D'autant que je les vois maintenant tous les deux penchés sur une carte. Il lui a écarté les cheveux de la nuque et elle a posé une main sur la sienne.

Ils étaient si *heureux !*

Je me rends compte désormais que le pire mensonge ne consiste pas dans l'existence de ces photos mais plutôt de ce qu'elles montrent. Chaque fois qu'elle parlait de lui, ma mère semblait évoquer une sorte de punition ou de maladie. Mais c'était faux. Elle l'a bel et bien aimé.

Ce n'était donc pas un accident louche ni une erreur indigne.

– Elle avait quel âge quand elle est morte ?

– Trente-huit ans.

Aurora s'essuie les yeux.

– Elle aurait pu retomber amoureuse, non ?

Franchement, je n'en sais rien. Je commence à totalement changer d'avis sur elle. La maman que je connaissais avait calculé risques et avantages au compte-gouttes. Elle croyait en une récompense différée. Sauf que ça ne s'était pas passé ainsi. C'était moi qui l'avais fait passer de la fille heureuse des photos à la femme fatiguée en blouse d'hôpital qui travaillait trop.

La dernière photo me fait plisser les yeux. Et, là, je laisse échapper un petit cri de surprise.

– *¡Dios!* s'exclame Aurora. Ta mère jouait de la batterie ?

La voilà, en scène, avec des baguettes au-dessus d'une caisse claire, les cheveux en bun au sommet du crâne.

Et la grosse caisse affiche : WILD CITY BLUES.

– Wild City, dit Aurora. Comme la chanson.

J'en reste sans voix. Je ne connais aucun autre moyen de retenir ma surprise. La photo montre Frederick au micro, avec une guitare basse appuyée contre l'ampli.

Toute ma vie, j'ai essayé de m'expliquer l'absence de mon père, sans jamais rien comprendre à ce qu'avait vécu ma mère.

– Qui a pris tous ces clichés ? demande Aurora. Qui est ce type ?

Elle brandit le dernier portrait où apparaissent trois visages au lieu de deux. Trois têtes reposant l'une près de l'autre dans l'herbe, et un bras d'homme au-dessus d'elles pour prendre cet autoportrait.

Je n'avais même pas songé à me demander qui les avait prises.

– C'est Ernie, dis-je lentement. Quand il avait encore des cheveux.

Je prends l'enveloppe, la retourne. Il y a écrit « Hathaway » dans un coin.

– Quelle chance que cet Ernie les ait prises, à présent tu peux les voir !

Je n'en suis pas si sûre. Ça me donne le tournis.

Les jours suivants sont plutôt ardus.

Durant presque toute l'année, Clairborne avait été mon Poudlard – un endroit séparé dans ma vie, où tout se passe à peu près bien. Mais, maintenant, mon chagrin me rejoint jusque dans le New Hampshire. Je me sens d'une tristesse infinie.

Je continue de me lever tous les matins pour aller en cours. Mais, une fois sur place, je n'arrive pas à me concentrer. Je me suis mise à googliser ma mère, maintenant, au lieu de mon père. La recherche de Wild City n'avait jamais rien donné, en revanche, « Wild City Blues » me conduit à une ancienne liste de chansons d'un club de Kansas City.

Je ne reconnais aucun titre ni aucune pochette de CD. En revanche, le chanteur était Fred Richards, le bassiste, Ernie Hathaway et la percussionniste, Jenny Kaye.

Ma mère avait un nom de scène.

Les cours se suivent. Assise au fond de la salle de littérature, je reste sous le choc, à essayer de comprendre ce qu'a pu être la vie de ma mère, au lieu de me concentrer sur les subtilités du moyen anglais.

Deux rangs devant, Jake prend des notes avec ferveur. Et moi, je songe à notre petite maison verte de Floride, où je faisais mes devoirs sur mon lit pendant que maman allait et venait dans la cuisine pour préparer le dîner.

J'ai passé tellement de temps à souhaiter ce qui m'arrive maintenant – l'expérience de l'école préparatoire, la vie dans un joli campus de la Nouvelle-Angleterre –, pourtant, maintenant je n'arrive plus à songer qu'à la disparition de ma mère. Je voudrais pouvoir remonter en arrière, me réveiller chez nous, entrer dans la cuisine, examiner son visage tandis qu'elle assaisonne deux blancs de poulet avant de les passer au four.

Si seulement je pouvais la revoir une dernière fois, peut-être que je comprendrais ce qui s'est passé. Mais elle est partie. Toutes mes chances ont disparu.

Le tableau à l'avant de la classe me paraît illisible.

Il reste dix minutes de cours, pourtant, je passe mon sac sur mon épaule et me glisse au dehors. D'habitude je déjeune avec Aurora mais là, je n'ai envie de parler à personne.

En regagnant Habernacker, je me mouille les pieds dans l'allée qui vient de subir une averse printanière. Dans mon esprit, je regagne l'hôpital de ma mère. Pour la première fois depuis des mois, je laisse remonter ces souvenirs. Les premiers jours dans sa chambre, elle était encore à peu près consciente. Chaque fois que le médecin venait nous parler, je m'efforçais d'enregistrer ce qu'il disait sur les nouveaux antibiotiques et les moyens de faire baisser sa fièvre. Mais maman ne semblait jamais l'écouter. Ses yeux ne quittaient pas mon visage.

Je crois qu'elle savait.

Il n'y avait rien d'autre à faire qu'attendre et espérer, et tenir la main de Haze. Régulièrement, il m'entraînait à la cafétéria en me suppliant de manger quelque chose. Sa présence était un véritable réconfort. Et maintenant, même ce dernier lien avec mon ancienne vie est brisé par mon incompréhension et mes regrets.

Je grimpe dans ma chambre. Sors du bureau une feuille de papier blanc et une enveloppe. Même si ma mère et moi ne devons jamais plus échanger une conversation, je peux en avoir une avec quelqu'un d'autre avant qu'il ne soit trop tard.

Il me faut un bon moment pour trouver les mots justes.

Cher Haze,

Je sais que ça remonte à des mois, pourtant je suis encore bouleversée de ma dispute avec toi. Ça fait longtemps que je voulais te le dire, mais je ne savais pas comment. Je ne sais toujours pas. Je me suis sentie trop bloquée, car je ne pouvais être celle que tu voulais.

Je t'aimais comme un ami. Seulement tu m'as poussée plus loin que ce à quoi j'étais prête. S'il existait un meilleur moyen pour moi de te le montrer, je l'ai raté. Et j'en suis désolée.

Mais je n'oublierai pas comment tu m'as aidée à survivre, l'an dernier. Je t'aime très fort, Haze. Même si ce n'est pas de la façon que tu espérais.

Rachel

Ce n'est pas grand-chose, mais ça me soulage d'avoir pu l'exprimer. Je mets son nom sur l'enveloppe, rédige son adresse de mémoire. Puis je sors acheter un timbre.

Chapitre 28

Quelques jours plus tard, lorsque le temps décide de nous infliger encore un jour glacial, je regarde mon père approcher du carrefour où on a décidé de se retrouver.

J'ai dans ma poche une des photos de lui et ma mère, pourtant je ne sais quelle question lui poser.

Elle a passé dix-sept années sans me parler de ce qui s'était passé. J'espère qu'il ne m'en faudra pas autant pour le lui demander.

Arrivé au carrefour, il m'adresse un petit signe. Sauf qu'il est arrêté au feu et que la circulation repart. Je me frotte les paumes pour les réchauffer un peu et attends.

– Salut !

Telle une fleur vers le soleil, je me retourne au son de la voix de Jake. Instinctivement.

– Tu me manquais, lance-t-il. Terriblement. Et te voilà.

Il prend mes mains glacées dans les siennes.

J'ouvre la bouche, mais il embraie plus vite et se penche pour m'embrasser sur les lèvres. Quinze jours se sont écoulés depuis notre horrible discussion et il y a beaucoup de nostalgie dans ce baiser. La seule chose qui m'empêche de me laisser complètement aller, c'est l'idée que mon père doit nous voir de l'autre côté de la rue.

J'entends la circulation ralentir et recule d'un pas, mais trop tard.

– Bas les pattes, mon gars !

La voix de mon père. Jake s'immobilise et recule.

– Papa !

– Ce n'est pas ce que je devrais dire ?

Je me sens rougir. Devant moi, Jake semble abattu. Encore une fois interrompu. Ça tombe vraiment trop mal. Pourtant, il faut bien que je me lance :

– Bon, Frederick, je te présente Jake. Jake, voici mon père.

Enfin !

Ils se serrent la main et, dans le silence qui suit, je me demande ce qu'il faudrait dire de plus.

– Alors, on va se balader ? lance Frederick.

– Où est-ce que tu allais ? dis-je à Jake.

– Au gymnase.

– Venez avec nous, renchérit Frederick.

Tandis qu'il se tourne vers le campus, Jake hausse un sourcil et je lui adresse un léger hochement de tête.

– Bien, répond-il.

– Qu'est-ce que tu en penses, Rachel ? demande Frederick. L'étang ? La colline ?

– Tu choisis.

– Il y a une autre possibilité, intervient Jake. Vous voulez escalader le clocher ?

Il désigne la flèche blanche au-dessus de la bibliothèque.

– On peut faire ça ? dis-je.

– Seulement si on a une clé. Ce qui peut se produire par exemple quand on la fauche à son trouduc de frère pendant sa disparition au cours des vacances.

– Excellent ! s'esclaffe Frederick. Allons briser quelques règles ! Je faisais toujours ça à l'école.

– Pendant la semaine d'accueil, explique Jake en traversant la cour, on organise une visite du clocher.

Autrement, c'est interdit d'accès. Rachel, ça va? Je sais que tu n'aimes pas enfreindre le règlement.

Il a raison, bien sûr. Mais je crois que j'ai eu tort de vouloir sans cesse me comporter comme une fille modèle. Je ferais mieux de me fier à mon instinct et de moins m'inquiéter.

– Allons-y!

Ils me sourient tous les deux et on suit Jake vers la bibliothèque. On grimpe au cinquième étage, jusqu'à une porte métallique portant la mention: « Réservé au service d'entretien ».

Jake se retourne avec un large sourire, puis il actionne la poignée, jette un coup d'œil à l'intérieur. La voie est libre.

Je le suis dans une pièce faiblement éclairée contenant du matériel de nettoyage et une pile d'ampoules fluorescentes. Sur le mur, une flèche indique: *Vers le clocher*. On suit le couloir jusqu'à une vieille porte en bois.

– Bien, maintenant on va voir si la clé fonctionne ou si je vous ai amenés ici pour des prunes.

Jake sort un trousseau de clés de sa poche et en choisit une grosse en laiton qu'il glisse dans la serrure. La porte s'ouvre.

– Gagné! s'exclame Frederick. On grimpe, maintenant?

– Tout à fait, dit Jake.

Je le suis, bien que mes jambes commencent à me brûler dès le deuxième palier. Il fait froid dans cet escalier, pourtant je me retrouve vite en sueur. Frederick me tapote dans le dos lorsque je m'arrête devant lui pour respirer. Je me retourne et il me décoche un clin d'œil. Il y en a qui se marrent.

Toutes les dix marches, on tourne à gauche pour trouver encore dix hautes marches métalliques, avec un vieux tuyau en guise de rampe. À chaque étage, la lumière devient plus brillante et je comprends vite pourquoi.

Les quatre cadrans de l'horloge de la tour sont taillés dans un épais verre transparent et chacun doit mesurer deux mètres cinquante de diamètre. Je passe devant le premier, puis le suivant dont les bras noirs avancent lentement vers midi.

L'escalier continue malgré mes jambes en feu et ma douleur au côté. Alors que je me crois à bout de forces, on débouche dans une pièce au plafond de bois. Jake s'adosse au mur avec un sourire triomphant.

– Cool ! dis-je alors.

– Tu viens, mon vieux ?

Frederick émerge, l'air faussement essoufflé, puis il lève la tête :

– Wouah !

Au-dessus de nous apparaissent des dizaines de cloches anciennes, toutes d'une taille différente. Certaines aussi grandes que moi. Mais, au sommet, quelques-unes ne dépassent pas la taille d'un grille-pain. Sur un mur en face de nous apparaît une série de leviers rappelant des claviers d'orgues. À côté se trouvent un pupitre et un ancien tabouret de bois. Frederick se penche dessus pour les examiner de plus près.

– Si vous faites sonner une cloche, on est fichus, lance Jake.

– Pigé, répond mon père en comptant les leviers. Deux octaves et demie. C'est vraiment ancien.

– Certaines cloches datent de 1860. Mais je crois que ces leviers ne sont pas aussi vieux. Les gens qui en jouent font partie de la Guilde des Carillonneurs. Ils organisent des auditions à chaque printemps. C'est très prisé.

Une autre porte se trouve dans le mur adjacent. Jake fait glisser la barre de sécurité et elle s'ouvre vers l'intérieur. Un ancien crochet métallique enchaîné au mur la retient.

Je suis Jake à l'extérieur où nous accueille une vue panoramique sur la vallée de la rivière Connecticut à l'ouest et, derrière, les montagnes du Vermont.

– C'est extraordinaire !

Les étudiants dans l'allée en contrebas ressemblent à des miniatures.

– Quelle vue ! s'extasie mon père. Qu'est-ce qu'on aperçoit d'ici ? Les Montagnes Vertes ?

– Oui, et plus loin, c'est la Smarts Mountain, dit Jake en désignant le nord.

Ensemble, on contourne lentement le chemin du clocher en nous arrêtant pour bien profiter des points de vue. De là, les bâtiments de briques de Clairborne ressemblent à de jolis petits jouets.

Il fait frais et le vent me glace le visage. Je me frotte les mains en regrettant d'avoir oublié mes gants.

– Et voici le Mont Ascutney, dit Jake en désignant le sud.

Puis il se met à me frotter les doigts, d'un air tout naturel, comme si on ne s'était jamais disputés, que tout allait bien. Je m'adosse à lui, en essayant de ravaler ma boule dans la gorge.

J'aperçois Frederick qui nous regarde et m'adresse un clin d'œil. Le vent souffle à nouveau, alors il soulève sa capuche en la retenant en place.

– Je crois qu'on devrait y aller, dit Jake.

Je le suis vers l'angle de la tour mais, à l'instant où on va atteindre la porte, elle claque sous notre nez.

Il se précipite, pousse la poignée qui ne bouge pas. Il me regarde alors avec une frayeur non feinte.

– Oh mon Dieu ! dis-je.

– Pas vrai ! ricane Frederick.

– Il n'y avait même pas de loquet, marmonne Jake. C'est quoi, ça ?

Je ne sais pas quoi dire mais, à l'instant où je vais céder à la panique, elle se rouvre brusquement de l'intérieur et un visage apparaît.

– Je voulais juste rigoler un peu.

Jake saute sur le seuil.

– Qu'est-ce qui te prend ?

La personne s'avère être un gamin maigrichon à la tignasse noire et bouclée. Si Jake se présente lui-même comme un geek, ce type est un prototype. Sa pomme d'Adam remue nerveusement tandis qu'il nous contemple.

– Désolé, dit-il. De toute façon, vous n'avez rien à faire ici.

– En effet, soupire Jake. Mais je crois que tu viens de me voler un an de ma vie.

– Bonne blague, gamin ! rigole Frederick. Tu nous as bien eus.

Le gosse plisse les yeux.

– On se connaît ? Vous me dites quelque chose.

– Ça m'arrive souvent, dit mon père.

Le maigrichon consulte sa montre.

– Oups, j'ai une minute.

Il ouvre un dossier sur le pupitre, s'assied sur le tabouret.

Il est 11h59. J'avais oublié que le carillon jouait tous les jours à midi.

– Si on reste pour regarder, il n'y aura pas de représailles ? demande Frederick.

– Non, répond l'autre. Mais le concert entier dure à peu près cinq minutes.

Il se met à appuyer sur les leviers, et les cloches au-dessus de nos têtes commencent à jouer l'air traditionnel avec une puissance assourdissante. Je les regarde sonner l'une après l'autre, tirées par les cordes de métal animées depuis l'arrière du levier. Même lorsque le petit maigrichon cesse d'appuyer dessus, le son résonne encore dans l'air.

Frederick contemple le mécanisme.

– Le décalage doit vous gêner, observe-t-il.

– On apprend à anticiper.

Lorsque la réverbération cesse, le gamin se met à jouer une autre chanson. On se regarde, avec Jake.

– C'est...

Je n'arrive pas à mettre le doigt dessus.

– Duran Duran ! maugrée Frederick. « Hungry Like the Wolf ».

– J'aime bien jouer ça à l'heure du déjeuner, explique le gamin en entonnant le refrain.

Jake jette un billet de dix dollars dans la caisse à l'entrée du réfectoire.

– Nous avons un invité, annonce-t-il à la gentille dame qui s'en occupe.

Frederick se penche vers moi :

– Jake est gentil, murmure-t-il.

Je lève les yeux vers lui, le vois sourire.

– Je sais.

– Pourquoi tu me le cachais ?

– Je ne pourrais pas te dire.

– Pousse-toi, dis-je à mon père alors qu'il se glisse sur la banquette.

Jake s'installe en face de nous, son plateau couvert de deux sandwiches, de chips et d'une salade.

– C'est très bon, commente mon père après avoir goûté la soupe de poisson. Vous auriez dû voir la bouillie qu'on nous servait au lycée.

– Je parie que ça ne leur a pas coûté les yeux de la tête non plus, réplique Jake.

– Merci pour la visite du clocher, ajoute mon père, c'était très sympa.

– Oh, pas de problème.

– Quand la porte s'est fermée...

Il pouffe de rire.

– Tu aurais dû voir ta tête.

Jake s'empourpre. Il avale une gorgée de lait, mais un éclat de rire menace au point qu'il doit mettre la main devant sa bouche.

Mon père tombe contre le dossier de son fauteuil en rugissant.

Jake manque étouffer avant de rire plus fort. Et ça me met en joie. Je me demande ce que Jake aurait fait si cette porte avait vraiment claqué. Ça me fait rire aux larmes.

On est encore tous les trois écroulés quand Aurora s'arrête devant notre table.

– Aïe ! lance-t-elle. Qu'est-ce que j'ai manqué ? Où était mon invitation ?

Elle dépose son plateau à côté de celui de Jake.

Frederick le tire vers nous et s'essuie les yeux.

– Par ici, jeune fille. Voilà un moment que je ne t'ai pas vue.

Elle se dirige vers le bout de la banquette, saute dessus, passe derrière mon dos.

– Oh, j'ai oublié de prendre du café ! s'écrie Aurora après avoir commencé à manger.

– J'y vais, dis-je en bondissant. Qui d'autre en veut ?

Lorsque je reviens avec quatre tasses, deux dans chaque main, Aurora est hystérique elle aussi.

– On va bientôt devoir appeler les urgences ! se marre Frederick.

Je me rassieds près de mon père, tout en écoutant sa voix grave et le rire d'Aurora. Et je capte le sourire timide de Jake.

Jake doit partir le premier, afin de regagner l'université pour un cours de chimie. Frederick agite la main.

– Content de t'avoir rencontré, Jake ! J'espère qu'on se reverra.

Quand il se lève pour ranger son plateau, je le suis avec le mien. Une fois débarrassée, je me tourne vers lui.

– Merci, lui dis-je. On s'est bien marrés. Désolée... désolée de ne pas t'avoir présenté à Frederick avant. C'était idiot de ma part.

Il hausse légèrement une épaule, qui pourrait tout dire, aussi bien *Pas de problème* que *Tu crains !* J'hésite toujours quand Jake se penche près de mon oreille.

– Je t'aime, Rachel, murmure-t-il.

Puis il se tourne pour quitter le réfectoire.

Lorsque je me rassieds en face de Frederick et Aurora, j'ai du mal à suivre leur conversation. Les paroles de Jake sont pour moi comme un bijou que je serre dans ma main. Je ne peux pas le brandir en pleine lumière pour l'examiner avant d'être seule.

– C'est sur Choate Street, dit Frederick.

– Quoi ?

Je ne comprends pas ce qu'il essaie d'expliquer.

– Cette maison à vendre. Je voudrais que tu viennes la visiter.

– Ah oui, bon ! dis-je en essayant d'émerger de ma distraction. On peut faire ça ce week-end.

– Il faut que tu files en espagnol, fait remarquer Aurora.

– Oui, j'y vais.

Frederick pousse son plateau vers le bord de la table et quitte sa place.

– C'est un bel endroit, ici, commente-t-il.

– Revenez quand vous voulez ! sourit Aurora.

Mon père m'effleure en passant.

– Guitare la semaine prochaine ? demande-t-il.

– Bien sûr !

– Bon.

Il me passe la main dans les cheveux et s'éloigne en souriant.

Chapitre 29

Le soir suivant, je suis assise seule devant la fenêtre de notre chambre à regarder le ciel virer au mauve sur Clairborne. Mon téléphone vibre et je dois me détourner du soleil couchant pour l'attraper. J'espère que c'est Jake. J'ai pensé à lui toute la journée.

Mais le message ne provient pas de lui.

Lorsque je l'ouvre, j'aperçois juste une photo. La boîte à gants de la vieille voiture de Haze, ouverte, avec quelque chose à l'intérieur – l'enveloppe que je lui ai envoyée, mes excuses.

– Oh Haze !

Je relève les yeux vers le ciel, mais il est déjà passé au gris, alors je retourne dans ma chambre.

Les photos de ma mère se trouvent toujours sur la commode et je les récupère. Je les ai déjà examinées à plusieurs reprises et j'ai mémorisé chaque détail. Au début, certains me choquaient. Jeune et amoureuse, la Jenny que j'y vois me paraît une tout autre personne.

À présent les deux femmes se mélangent dans ma mémoire. En fait, je suis sans doute en train d'effacer mes souvenirs d'elle telle que je l'ai connue. Mais tant pis. Je préfère penser à elle comme à une personne ouverte à l'amour, sans amertume.

« Termine ton université, disait-elle. Sois toi-même. Comme toute fille intelligente. Ce sont les idiotes qui ne cherchent qu'à courir après les mecs. »

À présent, je sais que c'est aussi risqué. Je viens de passer presque toute l'année à faire mon possible pour que nul ne sache à quel point je suis vulnérable. Et je me retrouve maintenant assise, seule, tandis qu'en haut, attend quelqu'un qui m'aime.

Alors j'envoie un texto à Jake pour lui demander de venir.

Il répond immédiatement, disant qu'il arrive.

En l'attendant, je nettoie de nouveau ma chambre et allume une des bougies d'Aurora. Mon père m'a conseillé de connaître les mouvements de mon cœur, et de confier mes peurs à Jake. Ça ferait de jolies paroles pour une chanson. Avec un peu de travail, on devrait y trouver des rimes.

Mince, il sera sans doute plus facile d'écrire un single de platine que de regarder Jake dans les yeux et de lui avouer tout ce qui m'effraie.

Mais il est déjà là, frappant à la porte. Je crie :

– C'est ouvert !

Un instant plus tard, il passe une tête et entre dans la chambre, les yeux brillants à la lueur de la bougie.

– C'est sympa, ici.

Il s'assied à côté de moi sur le lit, pose une main au creux de mes reins. Même ce simple geste m'emplit de bonheur. Il m'a tellement manqué...

Je me tourne vers lui, l'entoure de mes bras.

– J'ai pensé à toi tout l'après-midi.

Je le sens tiède et fort contre moi.

D'un doigt, il étire de col de mon tee-shirt et m'embrasse sur l'épaule.

– C'est moi dans mes bons jours. J'espère ne pas en manquer beaucoup.

Jake n'a rien de mauvais, dois-je me répéter. Délibérément, je prends son visage entre mes mains et l'embrasse. Il émet un petit bruit du fond de la gorge, qui me donne des frissons.

Ses baisers sont doux et lents. Mais ce n'est pas pour ça que je l'ai fait descendre. Et si je laisse faire, on va sans doute se retrouver dans un autre voyage à Bizarreville.

Je m'efforce de reculer.

– Jake, dis-je le cœur battant, je ne dois absolument pas tomber enceinte.

Les joues rouges, il lève les mains comme un suspect dans une série policière, balbutie :

– Euh, d'accord...

Évidemment, ce n'est pas sorti aussi doucement qu'il aurait fallu. Alors j'insiste :

– Je veux dire, je sais qu'on n'a pas...

Je m'éclaircis la gorge pour ajouter :

– Mais tu le veux sans doute. Et c'est pour ça que je panique. Parce que personne ne m'a jamais menti. J'ai été la grossesse qui a gâché les études supérieures de ma mère, et puis sa vie sociale ; et maintenant, je bousille celle de Frederick et je crois que je lui coûte un million de dollars rien que cette année...

Jake en reste bouche bée.

Il la referme et vient me serrer dans ses bras.

– Ralentis un peu, une seconde, que je puisse te suivre, dit-il en me frottant le dos.

– D'accord.

Il sent le tee-shirt propre et le savon. Ça m'avait trop manqué.

– Avant tout, je suis vraiment content que tu aies gâché la vie de ta mère et de Frederick, si c'est bien la vérité.

– Oh que oui ! je marmonne dans le coton de son épaule.

Ses bras m'étreignent.

– J'aurais juste préféré que tu le dises avant. Que tu éprouvais toute cette angoisse de ne pas…

– Pour que l'histoire ne se répète pas.

Il m'étreint.

– Alors, on va l'éviter.

– Éviter quoi ? dis-je en levant la tête vers lui.

Les points roses sur ses pommettes se renforcent.

– C'est ce que tu vas devoir me dire. Tu m'expliques le règlement et je le suis.

– En fait… il pourrait y avoir deux… euh… modalités. Au cas où la première échouerait.

Je pose le menton sur son épaule pour ne pas avoir à le regarder dans les yeux.

– Parfaitement rationnel, murmure-t-il.

– Ce n'est pas facile. Il faut aller voir un médecin, dans un cabinet avec des tables et des étriers. Et lui dire en face que je veux la pilule. J'apporterai sans doute une copie de mon dossier scolaire pour prouver que je suis une fille exemplaire.

Je sens la poitrine de Jake s'agiter.

– Je n'ai jamais été aussi heureux d'être un garçon.

– Je suis enchantée que tu en sois un.

– Non, vrai. Ils ont même une caisse automatique pour les préservatifs à la pharmacie. Je parie qu'elles ont été inventées par un mec qui ne voulait pas affronter la caissière.

Je rigole dans sa nuque.

Il me prend le visage dans ses mains et y dépose un rapide baiser.

Saisie d'un élan de gratitude, je l'embrasse encore. Et encore. Trop heureuse de me retrouver dans ses bras. Jusqu'à ce qu'il se redresse et me regarde dans les yeux :

– Tu as oublié quelque chose d'important.

– Quoi ?

– J'ai bien compris. Qu'est-ce qu'il faut exclure d'autre ?

Bonne question.

– À vrai dire, rien.

Pour le lui prouver, je commence à déboutonner sa chemise de flanelle. Il me regarde faire, l'air incrédule. Je dégage complètement son tee-shirt *Parle-moi Geek.*

– Tu portais ça le jour où on s'est rencontrés.

Il me décoche un sourire timide.

– Ça attire les filles comme des mouches.

Doucement, je retire ses grosses lunettes noires, les retourne dans ma main.

– Jake, pourquoi tu te donnes tellement de mal pour avoir l'air d'un geek ?

Je les dépose sur la table de nuit en ajoutant :

– Je veux dire... il y a des gens chez qui c'est naturel. Tandis que toi, tu dois faire des efforts.

Sans attendre sa réponse, je remonte son tee-shirt et le lui passe par-dessus la tête, le jette par terre, appuie les paumes sur son torse nu.

– C'est que mon côté geek me donnait l'impression de moins ressembler à Trouduc. Et puis...

Il s'interrompt pour venir déposer un baiser sur mes pommettes, si tendrement que j'en frémis.

– Et puis, reprend-il, si la jolie fille du deuxième étage ne veut pas me toucher, au moins j'aurai une excuse.

Là, mon cœur se serre un peu. Je rapproche le beau visage de Jake du mien, l'embrasse passionnément afin qu'il sache à quel point je l'apprécie. Et son soupir heureux me transporte des pieds à la tête.

Et là, avec les précautions d'un artificier devant une bombe, il m'enlève à son tour mon haut, puis cherche dans le dos la fermeture de mon soutien-gorge ; ce qui ne le mènera nulle part, car elle se trouve sur le devant.

– Et tu te crois doué en technologie ! dis-je en le détachant moi-même.

Il semble surpris, ce qui ne l'empêche pas d'abaisser mes bretelles.

– Que j'aime ton corps !

Je ne sais jamais comment prendre un compliment. Alors, je me concentre sur sa ceinture. Ce qui lui coupe un instant le souffle. Emportée par ma propre bravoure, j'entreprends de défaire la fermeture de son jean. Cette fois, il recule, l'air incrédule, mais juste pour s'en débarrasser. Son caleçon arbore des petits chiens.

Je l'effleure d'une main et ça lui arrache un soupir tremblé. Du bout des lèvres, je lui effleure l'oreille.

– La fille du deuxième étage aimerait te toucher. Si tu voulais bien la laisser faire.

Il ferme les yeux, me caresse les épaules, les embrasse doucement. Puis un doigt vient se poser sur mon ventre, juste au-dessus de la taille de mon jean, m'envoyant une décharge électrique à travers le corps.

Néanmoins, il écarte la main.

– C'est toujours là que commencent mes ennuis, souffle-t-il.

Triste mais vrai. Si bien que je descends moi-même ma fermeture puis laisse tomber mon pantalon par terre. D'un geste déférent, Jake passe les paumes sur mes hanches. Lorsqu'il attire mon corps contre le sien, mon cœur bat la chamade.

Respire, me dis-je.

J'ai dû me crisper, car il pose le menton sur mon épaule et m'entoure de ses bras, dans un geste protecteur.

– Rachel, murmure-t-il en me faisant asseoir près de lui sur le lit. Reste un peu ici, avec moi.

Excellente idée !

On s'allonge ensemble et je pose la tête sur son torse en essayant de me détendre. La lumière de la bougie danse sur le mur et le pouce de Jake me caresse distraitement l'épaule. Je me laisse aller à écouter les battements de son cœur.

– Jake ? Pourquoi tu ne veux tellement pas ressembler à Trouduc ?

Sa poitrine se soulève dans un soupir.

– Il bat ses petites amies.

Je relève brusquement la tête.

– Quoi ?

– Oui, dit-il en écartant des mèches de mon visage. Enfin je crois. On l'a même arrêté, une fois. Et puis la fille a fini par retirer sa plainte.

– Mais tu crois qu'il a fait ça ?

– Je crois... sinon, il ferait mieux d'être moins agressif. Sa façon de parler quand il a bu devient carrément dégueulasse. On vit dans une petite ville. Alors, disons que je ne suis pas la seule personne à l'en croire capable. Le coach de football doit sans arrêt intervenir et s'excuser pour lui.

Ouille !

– Jake ?

– Oui ?

– Tu n'es pas comme ça. Pas du tout.

Je me blottis contre lui et il m'embrasse sur la tête.

Si près de lui, je peux admirer sa peau douce, les courbes de son torse et le bras musclé qui vient se poser sur mon dos. Il est beau et fort, et j'ai de la chance de le connaître.

– Tu sais, dis-je en m'éclaircissant la gorge, je n'ai jamais eu de petit ami avant toi.

Il soulève le menton pour mieux me regarder.

– C'est vrai ? Impossible !

– J'étais déjà peut-être fan de toi dans mon ancien lycée.

– Tu vois ? Je savais que tu étais extraordinaire !

– Tu avais une petite amie l'année dernière ?

– Oui. En fait, ça a duré deux ans. Elle a obtenu son diplôme et elle m'a largué à la fête de fin d'année. Le désastre.

– Ouf !

– Voilà. Je m'en suis voulu d'avoir loué un smoking. Ton ancien lycée organisait ce genre de soirée ?

Ma gorge se serre.

– Oui. Mais je n'ai pas pu y aller, la dernière fois.

Jake se redresse, regarde mon visage.

– Pourquoi ?

Ma vision s'embrume, la bougie devient éblouissante.

– C'était la nuit où ma mère est morte.

– Oh non ! souffle-t-il en m'étreignant. Désolé.

Il me serre si fort que j'ai du mal à dégager mon bras pour m'essuyer les yeux.

– Je ne veux plus être comme ça, dis-je d'une voix tremblante.

– Comment ?

– Je ne veux plus être la fille à qui tous les malheurs arrivent. Une rabat-joie. Surtout ce soir.

– Tu sais que ce n'est pas ce que je pense de toi.

– Non ?

– Je vois en toi la fille sexy qui sait chanter. Même quand tu es habillée.

Malgré les larmes qui me montent encore aux yeux, j'éclate de rire. Jake sait parfois se montrer si direct. Il n'est pas du genre à flatter, mais ses compliments vibrent toujours de sincérité.

Son sourire se rapproche, ses lèvres trouvent les miennes.

Je me laisse emporter dans son baiser avide ; mon pouls s'accélère. Et nos baisers continuent, augmentent, s'intensifient au point que je m'enivre de lui. Jusque-là, ce genre de sensation me faisait peur, mais plus maintenant, car nous avons déjà eu la conversation qui va prévenir tout risque de gueule de bois.

Quant à ses baisers... Wouah ! On se retrouve peau contre peau et c'est magnifique.

En lui caressant le torse, je trouve un sillage de poils bouclés qui part de son nombril et s'élargit en direction de son caleçon.

Je le suis du bout des doigts.

Son corps représente un territoire inexploré et je n'ai qu'une vague idée de la façon dont je devrais le toucher. Mais, à en croire ses gémissements, je suis sur la bonne voie.

C'est là qu'il m'attrape la main.

– Attends ! halète-t-il. Il faut que je relise la page 125 du bouquin de littérature.

– Quoi ?

Il déteste ce cours.

– Les poèmes en vers de Chaucer. C'était quoi son conte sur la patience ?

Moi qui retenais mon souffle, je le relâche d'un coup.

– « Le conte du Franklin » dis-je en pouffant de rire.

– J'ai tout gâché, ajoute-t-il en me caressant. Non ?

– Mais non ! Tu es parfait. Parfait ! Tu ne sais pas à quel point !

En fait, mon rire libère mes dernières anxiétés et je me laisse entraîner dans un nouveau baiser qui n'en finit plus.

J'oublie d'avoir peur. J'arrête de penser et me laisse aller.

Finalement, la bougie clignote. On reste blottis l'un contre l'autre. Jake s'assoupit, mais moi, je n'ai pas sommeil. Lorsque je change de position, ses mains se posent ailleurs, au creux de ma hanche ou à l'arrière de ma jambe. Chaque fois, je savoure.

Pourtant, j'ai dû m'endormir, car je perçois soudain une présence dans le noir et entends quelqu'un trébucher.

– *¡Jesús Cristo!* s'écrie Aurora d'une voix lourde.

Autre choc, suivi d'un autre cri :

– *¡Mierda!*

Clignant des yeux, je sens la main de Jake se fermer autour de la mienne. Je retiens mon souffle en attendant qu'Aurora ressorte de la chambre. Ce qu'elle fait sans tarder, car elle doit vouloir trouver la salle de bains.

– Ça lui arrive souvent de rentrer complètement bourrée à une heure et demie du matin ? marmonne Jake.

– Jamais.

– Tu veux que je m'en aille ? Si ça te gêne, j'y vais.

– Non.

Surtout pas.

Il m'embrasse dans le cou.

– Alors, rends-moi mon caleçon. Vite, avant son retour.

– Bonne idée.

Je me glisse hors du lit et tends son caleçon à Jake puis sors une nuisette de mon tiroir. Je l'enfile juste à l'instant où la porte s'ouvre à nouveau. Je file me recoucher.

Aurora entre en titubant, jette bruyamment sa trousse de toilette par terre et grimpe à tâtons dans son lit. Là, elle se met à chanter un truc en espagnol que je finis tout de même par reconnaître : « I Will Survive, » de Gloria Gaynor.

Sacrée performance.

Je parviens juste à ne pas me marrer trop fort, du moins jusqu'à ce que Jake s'esclaffe à son tour. Là, je dois me fermer la bouche d'une main.

La chanson d'Aurora s'interrompt tandis qu'elle se débat entre draps et couvertures. Et puis le silence revient, à part les rires étranglés de deux personnes dans un petit lit.

Derrière moi, Jake renifle, m'obligeant à cacher mon visage dans l'oreiller.

– CHHUUT ! souffle Aurora de l'autre côté de la chambre. *¡Silencio!*

Ce qui ne rend la situation que plus tordante. On s'accroche l'un à l'autre en tâchant de faire le moins de bruit possible.

– Vous avez peut-être passé une bonne soirée tous les deux, couine Aurora. Mais pas moi. Alors dodo !

Jake pousse un profond soupir.

– Bonne nuit, Aurora.

– ... nuit, répond-elle.

Bien qu'on rigole encore tous les deux dans la nuit, ma coloc se met à ronfler.

Lorsque mes rires s'achèvent enfin, je pose la tête sur le torse de Jake.

– Bonne nuit.

Il me caresse les cheveux.

– Bonne nuit, mon amour.

Je demeure immobile un bon moment, à me demander s'il est possible de mourir de bonheur. À la place, je m'endors.

Chapitre 30

Trois jours plus tard, je retrouve Frederick devant une grande maison sur Choate Street. Au moment où j'approche, il ouvre la porte.

– Sérieux ? dis-je. La clé était dans la boîte aux lettres ?

– Apparemment, il ne se commet pas beaucoup de crimes dans cette ville. Norah m'a conseillé de te faire visiter la maison. Elle n'est plus habitée.

Dès l'entrée, j'ai droit à un magnifique escalier tournant.

– Ouah ! Joli.

– J'aime beaucoup cet endroit. Je voudrais l'acheter, mais Norah tenait à ce que tu voies les lieux avant que je fasse une offre.

– C'est vrai ?

– Oui. Elle a dit : « C'est bien que tu aimes cette maison, il faut pourtant laisser à ta famille une minute pour s'habituer à cette idée. »

– Elle ne l'aime pas ?

– Si, beaucoup. Seulement elle en possède déjà une et trouve que je vais un peu loin. En fait, nous allons avoir besoin d'un peu plus d'espace.

Il me fait entrer dans un grand salon-salle à manger.

– Regarde par la fenêtre, me conseille-t-il. Cette petite bâtisse, au fond, est un atelier d'enregistrement.

– Intéressant. Tu pourrais l'insonoriser avec ton ignoble mousse noire.

– Exactement. Mon repaire.

Je me retourne.

– Et quelle cuisine !

Outre un gigantesque plan de travail, elle offre des tabourets et même une petite cheminée.

– N'est-ce pas ? Les propriétaires précédents ont dû dépenser un paquet d'argent pour la faire rénover.

J'imagine déjà Norah et son bébé dans les parages. Une chaise haute devant la table et Frederick qui leur adressera des signes par la fenêtre depuis son atelier.

La parfaite petite famille chez elle dans sa nouvelle maison.

– Viens voir en haut, me conseille-t-il.

À l'étage, un couloir mène à quatre chambres. Il commence par la plus petite.

– Voici la chambre d'enfant. Elle est connectée directement à la suite parentale.

Alors que je jette un coup d'œil dans les pièces vides, j'imagine déjà comment les choses vont se présenter. Frederick devant le berceau au centre de cette jolie demeure, prêt pour un nouveau départ.

Un excellent père pour son second enfant, qui pourra bientôt se déclarer guéri et se désinscrire du club des Enfoirés Anonymes.

J'en ai mal au cœur.

– Rachel, viens ici une minute ! Regarde, presque toutes les chambres sont réunies là mais, une fois que tu passes cette porte, il en reste encore une.

Je le suis dans un étroit corridor aboutissant à une jolie chambre à lucarnes et avec une banquette devant la grande fenêtre. De là, j'aperçois des bourgeons sur les arbres.

– D'accord, explique-t-il, on se trouve au-dessus du garage, ce qui la rend peut-être un peu froide en hiver. Mais c'est un coin plus tranquille, avec sa propre salle de bains. Ça me fait bien penser à une chambre de fille. Si j'achète cette maison, je voudrais qu'elle soit pour toi. Je sais que tu passeras le plus clair de ton temps dans ta résidence universitaire. Mais pendant les vacances d'été et d'hiver, il te faudra un endroit où être tranquille.

J'examine la pièce sous tous ses angles. Je trouve même des étagères encastrées sous les banquettes.

– Regarde, insiste-t-il. Il y a aussi un deuxième escalier qui mène au vestibule de l'entrée. Qu'en penses-tu ?

La chambre de rêve pour n'importe quelle fille. Quand j'étais petite, je n'imaginais rien d'autre.

Je me pose sur une des banquettes devant la fenêtre. Cette chambre est trop bien pour qui ne l'utiliserait que pendant les vacances. Un vrai gâchis, en fait.

– Tu aimes ? demande Frederick.

– Bien sûr, mais...

Mes yeux s'emplissent de larmes, je sens que je vais sangloter.

– Rachel, qu'est-ce qu'il y a ? s'écrie-t-il, l'air affolé.

– C'est juste... POURQUOI ? Pourquoi maintenant ?

Tout d'abord, j'ai l'impression qu'il ne comprend pas la question, et puis je le vois déglutir.

– Par « pourquoi maintenant », je suppose que tu veux dire pourquoi pas depuis longtemps ?

Je me contente de hocher la tête. Les larmes commencent à se répandre sur mon visage.

– Oh, ma chérie !

Il fait demi-tour, pose les mains sur sa tête.

– La raison pour laquelle tu n'auras jamais de réponse à cette question, c'est parce que je n'en ai aucune à t'offrir.

– Mais à quoi tu pensais, tout ce temps-là ? Et ne me dis pas que c'était il y a longtemps ou que tu ne te rappelles pas.

Je sors une photo de ma poche et la brandis devant lui. Celle avec ma mère devant la batterie.

Il sursaute, comme s'il venait de recevoir une gifle, puis s'assied par terre au centre de la pièce.

– Nous étions jeunes et bêtes. Moi, beaucoup plus qu'elle. Seulement il faut être deux pour faire un bébé.

Je m'adosse à la fenêtre en mettant un peu plus de distance entre moi et l'histoire de Frederick.

– En fait, on s'entendait à merveille. Elle était intelligente et drôle. Mais aussi pleine d'idées préconçues sur ma carrière. Et je n'étais qu'un crétin de vingt et un ans qui ne voulait l'aide de personne.

Il s'interrompt en toussotant. Le soleil apparaît à la fenêtre pour éclairer ses épaules.

– La musique était la seule chose qui me réussissait. Lorsque des producteurs ont fini par me faire des propositions, ce n'était pas pour le Wild City Blues. Ils disaient que le blues n'était pas assez branché. Ils voulaient le truc solo que j'avais ajouté en deuxième partie. Ils m'ont offert un contrat et je... Voilà, j'ai signé.

– Elle ne voulait pas ?

Il contemple le parquet.

– Elle pensait que si on partait ensemble en tournée, ça marcherait pour nous deux. Mais je n'ai pas voulu attendre.

J'essaie d'imaginer ce que ma mère a pu ressentir. Sauf que, comme je n'ai jamais vu en elle une musicienne, je ne peux pas savoir.

– On s'est disputés, ajoute mon père à voix basse.

– Et ça s'est terminé comme ça ?

Je n'arrive pas à chasser ces scènes heureuses de ma mémoire – ma mère et Frederick amoureux.

– Presque. J'ai fait une chose affreuse rien que pour lui prouver que je ne lui appartenais pas. Je... Je ne suis pas rentré un soir après un concert. Et elle a réagi de façon à me blesser à son tour. Ça s'est terminé ainsi.

J'essaie de décoder cette dernière information, sans y parvenir.

– Elle t'a trompé ? Avec qui ?

Déjà difficile d'imaginer ma mère en train de se déshabiller devant Frederick. Alors avec quelqu'un d'autre ?

Il relève la tête.

– Elle était hors d'elle. Et sans doute effrayée. Je crois qu'elle savait déjà qu'elle était enceinte. Mais je ne pigeais rien. Alors, je suis parti en tournée en la laissant derrière moi. Les choses se sont très bien passées pour moi et je n'ai pour ainsi dire pas remis les pieds à Clairborne.

À présent, c'est le joli plafond oblique qu'il regarde, comme si son histoire y était gravée.

– Elle ne m'a pas parlé de toi avant ta naissance. Elle m'a juste mis devant le fait accompli alors que j'allais partir pour Los Angeles.

– Qu'est-ce que tu as fait ?

– J'y suis allé, en prétendant que c'était indispensable pour ma carrière. Je ne voulais pas me sentir forcé de revenir. Je n'y connaissais rien en bébés, Rachel. J'ignorais ce qu'il leur fallait. Tandis que ta mère était la personne la plus compétente que je connaissais. Je ne pensais pas que tu avais besoin de moi.

– Pourtant, tu nous envoyais de l'argent.

– En fait, elle ne l'a pas demandé tout de suite, car elle savait que ça ne servirait à rien. Je comprends, maintenant. Mais il se trouve qu'elle l'a fait après mon premier album. Sauf que je ne voyais pas le rapport. Je me sentais manipulé.

– Pourtant, tu as payé.

– Oui. Et je ne m'en sentais que plus gentil. L'étoile montante qui indemnise sa petite famille. J'ai même doublé la somme sans qu'elle me le demande. Tous les mois, j'envoyais un chèque et, tous les mois, elle l'encaissait. Puis ces mois sont vite devenus des années. Quand on a un enfant qu'on n'a jamais vu, chaque année il devient plus facile de se dire que cet enfant se porte mieux loin de vous.

– Sauf que ce n'était pas vrai !

– En même temps, elle m'a bien aidé à entretenir la légende : je remplissais mon devoir en payant, point barre. Jamais elle ne m'a écrit une lettre ni envoyé une photo. J'expédiais l'argent et elle préférait me laisser dans une totale ignorance. L'ennui étant que je ne me suis jamais douté de ce que je manquais.

– Elle a agi comme ça par fierté, dis-je dans un sanglot.

– Tu crois ? s'écrie-t-il les yeux brillants. Quand je n'arrive pas à dormir la nuit, c'est à cause d'elle que je m'en veux. Toi... j'ai des années pour me rattraper. Mais je n'arrive pas à imaginer ses derniers jours. Si j'avais été dans les parages, j'aurais sans doute pu lui soulager un peu l'esprit.

Il s'essuie les yeux.

– Une seule fois, ajoute-t-il, j'ai failli me reprendre. C'était il y a cinq ou six ans.

Il ne me regarde pas dans les yeux, mais je sens ma gorge se serrer. Je n'ai peut-être plus trop envie d'entendre ce qu'il va dire.

– C'est la seule fois où elle m'ait demandé quelque chose. J'ai reçu un message dans ma boîte aux lettres, me demandant deux billets pour un concert à Orlando.

Mon cœur bondit. Deux larmes tombent sur ses célèbres pommettes.

– J'ai pris deux tickets, je les ai mis dans une enveloppe sur mon bureau.

Il s'essuie le visage avec sa manche.

– Et puis, j'ai essayé de m'en dissuader.

J'appuie les mains sur mes lèvres en essayant de ne pas exploser.

– Je savais que je ne pouvais pas les envoyer sans te rencontrer. Alors je me suis dit que c'était trop compliqué – c'était une grosse tournée, avec des gens importants. Je devais rester vigilant...

Sa voix se brise :

– Je ne les ai pas envoyés. Je te demande pardon.

Pliée en deux, cette fois je pleure vraiment, car s'il les avait envoyés, ça aurait tout changé. Sans parler de maman ! Je l'avais suppliée pour ces tickets et elle avait dit non. Et voilà qu'elle a ravalé sa fierté en les demandant quand même. Tout ça pour essuyer un refus.

Il se relève, se rapproche de ma banquette, attire mon visage trempé contre sa chemise.

– Je suis tellement désolé, ma puce ! C'était immonde de ma part.

– Et je suis encore furieuse ! dis-je dans un sanglot.

Cette fois, je l'ai avoué. En reniflant, mais à haute voix.

– Je sais, répond-il. Je le sais bien. Et j'assume. Je ne partirai plus.

CODA

CODA (« Queue » en italien) : *Passage terminal qui marque la conclusion d'une composition.*

Chapitre 31

– Je ne vois vraiment pas pourquoi ils font ça le premier avril ! gronde Jake. C'est dégueulasse.

On est assis ensemble sur le *SFP*, mes jambes sur ses genoux. C'est le jour d'admission à la fac et on a décidé d'examiner le site web de Clairborne ensemble. Jake est complètement stressé.

– Tu veux que je regarde pour toi ? Ça te faciliterait les choses ?

Sans rien dire, il me donne son portable. J'appuie sur le bouton.

Six secondes plus tard, l'écran s'allume en vert. FÉLICITATIONS JAKE WILLIS ! BIENVENUE EN PREMIÈRE ANNÉE.

J'ai dû couiner, car il m'oppose un visage incrédule. Cette fois, il me soulève par les hanches pour voir lui aussi son ordinateur.

– Pourvu que ce ne soit pas un poisson d'avril ! lâche-t-il dans un énorme sourire.

– Félicitations !

Et je le serre dans mes bras.

– À présent c'est ton tour.

– Si tu le dis. Mais on ne peut pas profiter un peu plus de ta victoire d'abord ?

Il échange nos ordinateurs, posant le sien sur la table basse.

– Allez !

Je suis le lien du mail et tape mon nom d'utilisateur tout en me disant que ça ira si je suis recalée. Jake y tient davantage que moi. Ses parents sont professeurs là-bas. Et je suis déjà acceptée dans une bonne école de Californie.

Mais, quand même...

Mes doigts tremblent lorsque j'appuie sur le bouton.

Jake laisse échapper un cri de joie.

– Wouah ! dis-je dans un soupir. C'est bon pour moi.

– Toi aussi !

Il m'enveloppe de ses bras et m'embrasse.

Je le laisse faire tandis que mon cerveau galope à mille à l'heure.

– Je n'y crois pas, dis-je contre ses lèvres.

L'année prochaine, on sera ensemble, Jake et moi. Sa langue vient caresser la mienne, puis il recule :

– Si tu restes à Clairborne cet été, je pourrai venir te voir.

Il travaille une saison de plus chez le marchand de moules de Cape Cod.

– Sympa. Mais si tu bosses à la plage, ce serait plutôt à moi de venir. Sauf que je n'ai pas de voiture. Enfin, je pourrai peut-être en emprunter une.

– Génial ! dit-il en m'embrassant encore.

La porte s'ouvre sur Aurora.

– Désolée, marmonne-t-elle.

On se sépare.

– Salut, Aurora ! lance-t-il les yeux rieurs.

Ces derniers temps, on n'est jamais seuls.

– Nous sommes tous les deux reçus à Clairborne, dis-je en guise d'explication. On vient de l'apprendre.

– Félicitations !

Elle-même ne se présente pas à la fac pour l'instant. Son père estime qu'elle a besoin d'une année supplémentaire pour consolider son CV.

– Vous devez être super-contents !

– Oui, dis-je posément.

Elle ne l'est pas, et ça date d'un bon moment.

– Tu devrais venir à la plage cet été avec Rachel, dit gentiment Jake.

Elle se laisse tomber sur la banquette. Je l'y ai souvent vue, ces derniers temps, à regarder par la fenêtre en buvant son thé.

– Aurora, insiste-t-il, tu as entendu ? Ne me fais pas répéter.

– Excuse-moi. J'étais un peu distraite.

– On a vu. Tu peux nous dire ce qui ne va pas ?

Elle secoue la tête. Ça fait plus d'une semaine qu'elle ne quitte pas cet air triste. On a cru un moment qu'elle avait rompu avec quelqu'un, mais elle n'a pas voulu en parler.

– Pardon si j'ai l'air de faire la tête. Mais je suis contente pour vous, et aussi que vous restiez dans la même ville que moi, l'année prochaine.

– Exact, dit-il en me caressant le genou.

Il repose la tête sur le canapé, ferme les yeux. Je glisse mes doigts dans son dos, pour le caresser sous son tee-shirt.

La mauvaise nouvelle étant que la rupture de la liaison secrète d'Aurora nous fait perdre encore un peu plus d'intimité. Elle est tout le temps à la maison, maintenant ; c'est tout juste si elle assiste aux cours. Jake reste un de ses grands amis mais, ces jours-ci, il ne regarde que moi, avec les yeux gourmands d'un mec affamé devant un buffet.

Ensemble, on examine encore le site web de la fac de Clairborne, lorsque Aurora se lève pour aller aux toilettes. Dès que la porte s'est refermée, Jake dépose l'ordinateur par terre et grimpe sur moi pour me donner un baiser thermonucléaire.

– Tu sais qu'elle va bientôt revenir, lui dis-je.

– Chut... on perd de précieuses nanosecondes, là. Tiens, si on allait discuter de nos cours dans ton lit ?

– Bonne idée, commente Aurora en rentrant.

Je ne me sens pas assez désinvolte pour continuer comme si de rien n'était et je repousse doucement Jake.

– Allez. Tu reviens à la verticale.

Mon téléphone chevrote à la sonnerie de Frederick.

– Salut Rachel ! gronde-t-il.

Même maintenant – au bout de presque un an – il reste capable de me faire sursauter rien qu'en prononçant mon nom.

– Qu'est-ce qu'il y a ?

– On donne un autre concert le week-end prochain. Cette fois dans le Massachusetts. Amène Aurora, cette fois.

– Cool. Et Jake peut venir aussi ? On fait la fête ! On est tous les deux admis à la fac de Clairborne.

– Yeah ! Encore que j'en étais sûr.

– Mais pas moi. Alors, Jake peut venir ?

– Il faut que je vérifie s'il y a de la place à l'hôtel.

– Il pourrait partager la chambre d'Henry.

Le rire de Frederick retentit dans mon oreille.

– Non, ça me reviendrait trop cher. Je vais lui demander de nous prendre une autre chambre. Mais personne ne se bourre la gueule, cette fois.

– On prendra juste de la drogue.

– Et tu as le droit d'arrêter tes cours de comédie.

– C'est ça, ciao mon vieux.

Je l'entends rire lorsque je raccroche.

Une fois la chambre réservée pour Jake, on se retrouve avec le groupe chez *Wheelock's*, le soir du concert. Henry nous a pris une grande table au fond et j'adresse un signe à Ernie qui a fait venir sa copine. On s'installe sur des canapés pour avaler des amuse-gueules avec les autres musiciens. Mon père et Norah discutent dans un coin.

Darcy, la serveuse, s'approche de moi.

– Qu'est-ce que je peux vous apporter, jeune fille ?

– Un Coca light ? Merci.

– C'est votre petit ami ? Trop mignon.

Elle caresse le biceps de Jake qui écarquille les yeux.

– Qu'est-ce que vous voulez boire ? demande-t-elle.

– Un Coca, merci.

– J'arrive.

Je suis Darcy des yeux tandis qu'elle s'éloigne. Elle est dans son élément, à servir des boissons rafraîchissantes et à caresser les musiciens de ses doigts fins. Il n'y a pas que moi qui trouve ça un peu bizarre. À l'autre bout de la salle, les yeux de Norah scintillent d'irritation.

Mon père vient nous rejoindre et me passe un bras sur l'épaule.

– Si tu es toujours d'accord, je vais acheter cette maison sur Choate Street.

On se regarde un instant. Je ne suis pas près d'oublier comment on a craqué tous les deux là-bas. Mais on ne choisit pas les grands moments de sa vie.

– Tu as raison, dis-je. Bonne idée.

– Merci.

On sait très bien tous les deux qu'on parle d'autre chose que de ce seul achat. Il m'embrasse sur la tête.

– À présent, je dois convaincre Norah.

– Elle ne veut pas de cette maison ?

Sans lui laisser le temps de répondre, celle-ci nous rejoint, tend la main à Jake :

– Bonsoir, je suis Norah.

– Ravi de vous rencontrer.

Aujourd'hui, il porte un tee-shirt qui affiche : *Darwin est mon pote.*

– Elle dit qu'elle aime la maison, gémit Frederick. Mais il lui faut un temps fou pour en négocier l'achat.

– Calme-toi, tu veux ? C'est dix fois trop cher. Ils vont accepter mon offre, il leur faut juste le temps de digérer.

– Dis-leur que je suis prêt à payer.

– Non !

Une acclamation monte du box en coin.

– Allez, Norah ! Allez, Norah ! scande Henry. Je suis ravi quand quelqu'un d'autre donne des ordres à Frederick.

Mon père consulte sa montre.

– Sauf qu'on doit partir, maintenant.

– Cette maison est en vente depuis six mois. Je ne bouge pas.

Son téléphone sonne. Elle vérifie le nom du correspondant, adresse un clin d'œil à Frederick.

– Allô ? Salut, Debbie... Oh, pas possible !

Elle lève le pouce.

– C'est une excellente nouvelle, ajoute-t-elle. Je vais lui dire.

– Je n'arrive pas à croire que tu aies réussi ce coup-là ! marmonne Frederick.

– Vous voulez signer aujourd'hui ? Bon, je crois que le client est chez *Wheelock's* encore quelques minutes avant de quitter la ville pour le week-end. On se retrouve là-bas.

Quand elle raccroche, il la prend dans ses bras et l'embrasse.

– Tu viens de me faire économiser combien ? demande-t-il.

– Deux semestres à la fac de Clairborne. À présent, lâche-moi, que j'aie l'air à peu près professionnelle.

Elle tire sur son chemisier. On commence tout juste à voir qu'elle est enceinte.

Deux minutes plus tard, une dame aux cheveux grisonnants apparaît dans le restaurant et s'avance sur des talons inimaginables. Je vois le visage de Norah se figer.

– Bonjour Debbie.

Visiblement, elles ne sont pas amies.

– Norah, dit celle-ci en lui tendant un papier.

– Merci. Voyons... Réserve de contrôle... Bon. D'accord.

Elle présente la feuille à Frederick.

Et Debbie d'adresser un large sourire à mon père.

– C'est un plaisir de faire affaire avec vous, Monsieur Ricks.

– Plaisir partagé, Debbie, répond-il.

Norah lève les yeux au ciel. Cependant, Frederick sort son feutre à autographes.

– Retourne-toi, Jake.

Et mon père appuie le papier sur son dos puis le signe.

Debbie lui décoche un autre sourire megawatt.

– Nous allons vous préparer le contrat pour le début de la semaine prochaine.

Quand elle se retourne, son sourire se fige :

– Mais, Norah, vous êtes enceinte ! Vous êtes-vous mariée sans me le dire ?

S'ensuit un silence de mort, au cours duquel on n'entend que mon père en train de retenir son souffle.

– Bon sang, Debbie !

Toutes les têtes se tournent vers la voix qui défend Norah et, à mon grand étonnement, je découvre qu'il s'agit de Darcy, son plateau appuyé contre la hanche.

– On n'est pas en 1957 !

Puis elle me tend deux Cocas.

– En plus, ajoute-t-elle, ce sera un enfant magnifique et très doué !

Après avoir tapoté le torse de Frederick, elle regagne la cuisine. L'air consterné, Debbie regarde Norah, puis Frederick, et finit par emporter le papier avec elle.

Le silence règne encore lorsque Frederick pose une main sur l'épaule de Norah.

– Mince, je suis désolé. Ça ne faisait pas partie du contrat.

– En fait si, soupire-t-elle, ça fait totalement partie du contrat.

Sa réponse me fait frémir. Il y a dix-neuf ans, ma mère a dû en entendre dix fois plus. Elle n'a jamais porté de bague au doigt, jamais eu un homme à ses côtés.

Peut-être que si elle avait vécu plus longtemps, elle aurait fini par surmonter sa colère. En tout cas, je l'espère.

Lorsque Darcy émerge de la cuisine, elle a droit à une ovation. Mais elle écarte les compliments d'un geste de la main.

– Il fallait que quelqu'un le dise.

– Bon, elle grimpe dans mon estime, murmure Norah, une fois la serveuse repartie.

Elle joue avec sa paille dans son eau gazeuse.

– Tu sais, Frederick, que je n'ai pas assez de meubles pour cette maison. Elle va paraître terriblement vide pendant un moment.

– Moi j'en ai, dit-il d'un air absent.

Je hausse les sourcils et Norah s'en aperçoit.

– Pas tant que ça ? me demande-t-elle.

– Juste ce qu'il faut pour un célibataire.

– Ah oui...

– Dur, dur ce soir, marmonne Frederick en nous regardant.

Et il vide sa bière.

– Allez, c'est parti ! proclame Henry en levant les bras. En selle !

Malheureusement, Aurora n'est pas encore apparue. Je cours jeter un œil sur Main Street. Un bus attend non loin de là, ses portes s'ouvrent.

– *¡Hola Rachel!* lance le conducteur.
– Carlos ! Je ne savais pas que vous veniez.
– *¿Vamos a Massachusetts?*
– *Momentito.*
Mais où est Aurora ?
L'un après l'autre, les amis sortent du bar pour grimper dans le bus. Je fais les cent pas sur le trottoir tout en consultant mon téléphone. Quand il sonne enfin, je réponds aussitôt.
– Aurora, où es-tu ?
– Je peux amener un copain ?
– Euh...
Cette demande de dernière minute m'ennuie un peu. Mais s'il y a déjà une chambre d'hôtel pour Jake, il peut la partager.
– Bien sûr. Seulement, il faut arriver dans trois minutes max.
Je me rends compte que j'ai parlé d'un ton un peu brusque et ajoute :
– J'ai trop hâte de le rencontrer.
– Tu vas avoir une surprise.
– Pas grave, Aurora. Mais rapplique ! On s'en va !
Je cours à l'arrière du bus pour prévenir Frederick. Sauf qu'il est en pleine discussion avec Jake.
– Le problème avec le modèle analytique de Beane, ce n'est pas qu'il a raté mais qu'il a été trop largement adopté, dit Jake. L'effet s'est dilué avec chaque nouvelle adoption.
Mon père semble perplexe.
– De quoi parlez-vous ? dis-je alors.
– De base-ball, je parie, répond Frederick.
– Désolée de vous interrompre, mais Aurora peut amener son petit ami ? Elle vient d'appeler.
Mon père semble intrigué.

– Un petit ami ?
– Il pourra dormir avec Jake !
Je file à l'avant du bus pour attendre Aurora.
Pourtant, lorsqu'elle grimpe enfin, je suis effectivement surprise. Car la personne qu'elle tient par la main est Jessica.
– Désolée pour ce retard, dit Aurora dans un sourire crispé.
J'essaie de contrôler ma réaction.
– Ravie que vous soyez là.
– *¡Dios mio, Rachel!* Tu en fais une tête !
– Je vous donne une minute, lance Aurora en s'installant à la place derrière Carlos.
Il ferme la portière et le bus démarre ; une acclamation monte de l'arrière et j'entends sauter quelques capsules.
– Je t'avais dit que tu serais surprise, marmonne Aurora, l'air embêtée.
– Donne-moi juste le temps de m'habituer à cette idée.
Je respire un grand coup, puis :
– Voilà, c'est bon.
Ma coloc semble encore inquiète.
– Désolée de ne t'avoir rien dit. Je ne savais pas comment m'y prendre.
– En fait, j'aurais dû deviner toute seule.
Comment peut-on être assez égocentrique pour ne s'apercevoir de rien ?
– Non, ma chérie. J'ai fait mon possible pour t'en empêcher. Mais c'était épuisant, et ça rendait Jessica furieuse. J'avais peur que tu ne veuilles pas d'une coloc qui aime les filles.
– Je m'en fiche, Aurora. Mon seul problème serait que tu ne veuilles plus être ma coloc.
– Non ! Si je vais à la fac de Clairborne dans un an, on partagera de nouveau notre chambre. J'ai trop hâte.

Et elle me serre dans ses bras.

Lorsque je regagne l'arrière du bus, une minute plus tard, mon père me tend une minuscule coupe de champagne. Jake en a déjà une.

– Si tu en apportais aussi à Aurora et à sa petite amie ?

Je contemple Jake puis Frederick.

– Vous vous en doutiez, ou quoi ?

Ils échangent un regard entendu.

– Tu avais la tête ailleurs, dit gentiment Jake.

– Est-ce que quelqu'un d'autre a quelque chose à m'annoncer ? dis-je à la cantonade avant de vider ma coupe.

– Tiens, propose Frederick en me tendant deux autres coupes. Et ce n'est pas pour toi.

J'apporte les deux petites coupes à mes amies.

– Santé ! dis-je en les leur tendant. Je suis contente que vous soyez là.

– Merci, dit Jessica.

Au moins, je n'ai plus besoin de me demander pourquoi elle se montrait si glaciale avec moi. Pourvu que ça change, maintenant.

– Je vais chercher Jake, leur dis-je alors. On va s'asseoir avec vous.

Alors que je regagne l'arrière du bus, Norah m'attrape la main puis se retourne vers Jake qu'elle désigne du menton avant de lever le pouce.

– Il est adorable.

– Je trouve, moi aussi, dis-je en souriant.

– Hé, Rachel ? lance mon père.

– Oui ?

– Tu sais, cette mélodie que je t'ai fait essayer la semaine dernière ?

– Oui. Quoi ?

Je relâche la main de Jake afin de me retenir à un siège alors que le bus prend un tournant. Les mains de mon père parcourent les cordes de sa guitare acoustique. J'ai l'habitude de ce son, désormais. Je l'entends tout le temps.

– Je voudrais l'enregistrer en duo. Juste pour voir, d'accord ? Si je trouve un studio quelque part à l'université, tu voudras chanter avec moi ?

– Bien sûr.

Chapitre 32

Les essais de son pour le concert de Frederick n'en finissent plus. Mais on s'en fiche. Avec les amis, on attend sur un vieux canapé déglingué qu'on a trouvé dans les coulisses.

– On se croirait à la maison, dit Aurora.

Je commence à m'habituer à voir ma coloc avec Jessica. Encore mieux, Aurora n'a plus l'air de se morfondre.

Je me pose sur le bras du canapé pendant que les trois autres s'asseyent.

– Peut-être que notre *SFP* n'est plus assez gros.

Jake m'attire sur ses genoux.

– Mais si ! Regarde.

– Dit celui qui ne veut pas nous aider à en monter un autre dans l'escalier.

Henry s'arrête devant le sofa, une enveloppe à la main.

– Des sièges dans la salle ou en coulisse ? demande-t-il. J'ai un troisième rang, sur la gauche.

– Dans la salle, s'il vous plaît, dis-je.

Ce soir sera différent de mon dernier concert, à tous les points de vue.

Henry compte quatre tickets et me les tend.

– Ah oui, et ceci, ajoute-t-il en me donnant deux pochettes avec des clés d'hôtel.

Je les contemple dans mes mains.

– Un problème ? s'enquiert Henry.

– Eh bien... La cohabitation, ça devient un peu compliqué.

Comment mettre Jake et Jessica dans la même chambre ?

– C'est comme ça, râle Henry. Demande-toi plutôt ce que Freddy ferait à ta place. À toi de résoudre le problème. Ça m'arrive tout le temps.

Et il s'éloigne en sifflotant.

Excellent conseil. Dès lors, je résous le problème en donnant une chambre à Aurora et Jessica et en prenant un bain moussant avec Jake dans l'autre. Et tout le monde paraît enchanté de cette décision.

Avant le spectacle, on dîne ensemble dans le bar à peine éclairé, en se passant des assiettes de fruits de mer et de pâtes. Alors que Jake me tient la main sous la table, Jessica interroge le batteur sur les instruments de percussion et Ernie et sa copine nous racontent une longue histoire sur leurs clés oubliées dans leur voiture à l'aéroport.

– Il fallait prendre la décapotable, dis-je en guise de solution.

Seul Frederick manque à l'appel, car il ne mange jamais avant un spectacle. Quand la copine d'Ernie va se préparer pour le concert, je contourne la table pour m'asseoir à côté de lui.

Il tire une chaise pour moi.

– Comment va, gamine ? Tu as un peu skié depuis la dernière fois ?

– Non. Je m'y mettrai plutôt l'année prochaine.

Je n'ai qu'une envie, le faire avec Jake.

– J'ai cru comprendre, dit-il en sirotant son Coca light.

Aucun musicien ne boit avant un spectacle.

– Tu sais, ajoute-t-il, je t'ai encore entendue chanter « Stop Motion ». Freddy jure que tu as cassé la baraque.

– Il est objectif !

Cependant, j'aime bien l'idée que mon père ait pu s'en vanter à Ernie, comme n'importe quel parent. Je me penche sur mon siège.

– Le mois dernier, j'ai trouvé un tas de photos prises par toi. Je voulais te dire... merci.

Son expression s'embrume et il change de position.

– Je ne savais pas qu'elles existaient toujours.

Là, je crois découvrir une chose que je n'avais encore jamais remarquée chez lui. Du regret. Du coup, j'ai l'impression de mieux comprendre ce qui s'est passé il y a des années.

Ernie aussi était amoureux d'elle.

L'air triste, il se prend le menton entre les mains. Si je ne me trompe pas, il est pour quelque chose dans la rupture de mes parents.

Mon cœur s'arrête une seconde. Cependant, je sais qu'Ernie est quelqu'un de bien. Ainsi que Frederick. Et ma mère aussi. Pourtant, il y a eu tellement de verre brisé entre eux que ça ne s'est jamais arrangé.

Quel gâchis !

– Elle n'a pas eu de chance.

– En effet, approuve Ernie, le regard fixé sur la table, et toi non plus.

À la lueur de la bougie, je vois mes amis rassemblés de l'autre côté de la table.

– Tu sais, Ernie ? Je ne me sens plus malchanceuse, maintenant.

Hé ! Je viens d'employer une double négation !

– En fait, j'ai de la chance.

Il me passe un bras autour du cou.

– Si tu savais comme ça me fait plaisir !

Doucement, il cogne son verre contre le mien et avale une autre gorgée.

Dès l'instant où mon père entre en scène, je sens la foule s'enthousiasmer autour de moi, comme une créature au grand cœur. Comme si cinq mille personnes avaient passé un pacte d'affection mutuelle.

Il nous donne tout, ses doigts courant sur les cordes à une vitesse phénoménale, et ils lui rendent cet amour qu'ils ont payé cent dollars par personne. Chaque fois qu'il entame l'introduction d'une nouvelle chanson, il est accueilli par un rugissement de joie.

L'expérience en direct et totalement différente des enregistrements en studio que j'ai gardés dans ma poche toute ma vie. L'acoustique des concerts part en lambeaux quand elle n'est pas consciencieusement reproduite par une escadre d'ingénieurs du son. Je perçois des claquements de doigts dans la basse d'Ernie et, parfois, le souffle de mon père en train de respirer dans le micro. Je vois toute la sueur, tout l'effort et les coups de médiator issus de la vraie vie.

Ça reste tout de même parfait. Puissant, compliqué, réel. La foule se lève, ondule autour de moi. Jake me prend dans ses bras et m'embrasse sur l'oreille. Le rythme des caissons de basse se mêle aux battements brûlants de son cœur.

Au-dessus de moi, mon père attaque, les sourcils froncés, la guitare rythmique de « Much of Me. » Il est littéralement debout sur un piédestal, à des mètres au-dessus des yeux. Faut-il être indomptable pour tenir ainsi quand les gens hurlent votre nom ! Ce doit être une sensation qu'on peut ensuite emporter avec soi. Malgré toutes les décisions idiotes qu'on a pu prendre dans la vie, voilà que les gens hurlent encore votre nom et jettent des fleurs à vos pieds.

Étrange.

Après la dernière chanson, le public bat des pieds pour en entendre encore. Les lampes de la salle ne se rallument pas et j'imagine mon père dans la coulisse, en train de s'essuyer la tête et de décider ce qu'il va chanter en rappel. Peut-être même qu'il prend le temps d'embrasser Norah. Il ne lui a fallu que quarante et un ans pour faire confiance à une femme, ça en vaut donc sans doute la peine.

Quand il reparaît, il est seul, devant le rideau. Un technicien apporte une chaise et un micro. Frederick s'assied au bord de la scène et un projecteur trace un cercle sur le rideau derrière lui.

Il gratte sa guitare tout en parlant. Le public l'écoute sans un bruit.

– Je ne sais pas si vous êtes au courant, commence-t-il, mais j'ai une fille, très jolie. Elle s'appelle Rachel et c'est la personne la plus courageuse que je connaisse.

Je retiens mon souffle.

– Oh ! dit Aurora en me prenant la main.

Jake me prend l'autre.

– Bien entendu, elle est géniale, ajoute-t-il.

La foule se met à rire.

– Récemment, elle m'a dit quelque chose de si intelligent et de si vrai que je n'ai pas pu le laisser passer. Alors, j'ai écrit cette chanson pour elle. Je vais l'appeler « Double négation. » C'est une chanson qui sollicite sa patience. Je pense que, d'ici ses trente ans, je finirai par savoir ce qu'est la paternité.

Il ferme les yeux et se met à jouer un rythme de blues sur sa guitare.

Je ne peux pas ne pas t'aimer,
Et je ne peux pas ne pas faire attention,
Je n'accepterai pas de refus,
Et je ne céderai pas au désespoir

Je ne cesse pas d'espérer,
Mais je n'oublierai pas de dire
Que tu n'as pas tort dans tes colères
Et que je ne peux vouloir les écarter

Tu ne crois pas que j'ai raison
Il m'a fallu trop longtemps pour y parvenir

Mais je suis ton double négatif
Où tout ce qui est faux devient vrai

Tu pourrais dire que je suis écœurant
Mais ne me contredis pas, ce soir, ma fille

Je suis ton double négatif
Où tout ce qui est faux devient vrai

Je dois me rasseoir quand il a fini. Je me tasse sur mon siège, me prends la tête dans les mains. Finalement, la salle se vide, nous laissant tous les quatre seuls au troisième rang.

Aurora fouille dans son sac à la recherche de mouchoirs. Elle m'en tend un.

– Tiens, ma chérie.

– Merci, dis-je dans un hoquet.

– Vous deux, alors ! s'écrie-t-elle. Quelle bande de pleurnichards ! Ne le prends pas mal, mais je crois que Frederick a gagné.

– Il peut garder son trophée...

– Qu'est-ce qu'on fait maintenant ? demande Jake.

La question que je me pose depuis un an. Mais, dernièrement, il me semble moins difficile de répondre. Je pose la tête sur son épaule.

– Dès qu'ils seront prêts, il va y avoir une fête quelque part. sans doute à l'hôtel. On va demander à Henry dans une minute.

Quand on se lève, mon téléphone vibre, annonçant un message. Qui dit simplement :

Je t'aime, Rachel